黒木 亮

Ryo Kuroki

兜町《しま》の男

清水一行と日本経済の80年

毎日新聞出版

目次

兜町《しま》の男　清水一行と日本経済の80年

プロローグ

昭和四十年秋――

国鉄御茶ノ水駅周辺は、明治大学、専修大学、共立女子大学をはじめとして、数多くの大学がひしめく日本屈指の学生街である。

通りには書店、食べ物屋、衣料品店、スポーツ用品店、レコード店などが多く、道ゆく大学生や予備校生たちのなかには、ボタンダウンシャツにレジメンタルタイという流行のアイビールックもちらほらみられる。

「はじめまして。清水と申します」

駅から駿河台方向に坂道を少し下ったところにあるシャンソン喫茶「ジロー」に、重そうな風呂敷包みを提《さ》げてぬっとあらわれた男は、界隈の若者たちとは明らかに異質だった。

三十四歳だというが、太い黒縁眼鏡をかけた浅黒い面長の顔は、年齢以上に老けてみえる。身長一七四センチで、体重は八〇キロを超える堂々とした体躯である。

差し出された名刺には「藤原経済研究所　清水一行」とあった。

「これはどういう研究所なんですか？」

眼鏡をかけ、左眼をつむった顔を少し上げるようにして、井家上隆幸《いけがみたかゆき》が訊いた。

岡山大学法文学部出身の三十一歳で、三一《さんいち》書房で主に新書の編集をしている。中背で、地方出身者らしい泥臭さと、社会や経済の実情に詳しい知性を感じさせた。八歳のときに病気で左眼を失明し、右眼だけで年間数百冊の本を読む読書家だ。

「東洋経済新報で編集長をやっていた藤原信夫さんという方の個人事務所で、八年ほど前からお世話になっています」

清水の言葉に、井家上はうなずく。

清水は元共産党員だと聞いていたが、確かに叩かれてもへこたれない、芯の強さのようなものを感じさせた。井家上自身も大学時代、共産党の山村工作隊に所属して農村でオルグをやっていたので、清水の人生や人柄はなんとなく察しがつき、ある種の共感ももてた。

「吉原公一郎さんとは、どちらで？」

吉原公一郎は、三一書房から『松川事件の真犯人』、『赤坂檜町三番地』、『小説日本列島』といった本を出している左翼系のルポルタージュ作家で、井家上に清水を紹介した人物である。

「以前、ちょくちょく『週刊スリラー』に書いておりまして、そこで」

「週刊スリラー」は、昭和三十四年から三十五年まで発行されていた。スリラー小説の雑誌ではなく、政財界のスキャンダルをスリラー仕立てで暴こうという、いっぷう変わった趣向の編集方針だった。

「それで、書いた小説というのは、それですか？」

井家上が風呂敷包みを視線で示すと、清水はうなずいて、風呂敷を解いた。

千二、三百枚の原稿が出てきた。

四百字詰め原稿用紙に、右肩上がりの万年筆の文字でびっしりと書かれていた。

「題は『兜町山鹿機関説』ですか……」

井家上は、原稿を受け取って、ざっと内容に目をとおす。題名はわかりづらいが、兜町の証券マンを主人公にした小説だった。

（いけるかもしれない……）

井家上の脳裏を期待がよぎる。

三一書房は、昭和二十年に京都で創業した左翼系の中堅出版社だ。昭和三十一年に出した五味川純平の『人間の條件』が数百万部を売り上げる大ベストセラーとなり、千代田区神田駿河台に四階建ての自社ビルを建てた。マルクス主義文献や左翼運動関係書だけでなく、小説、教養書、映画関係、高校生向けなど、幅広い種類の出版物を刊行している。

先輩編集者たちが、政治、経済、文学、芸術、教育など、それぞれの得意分野をもっているなかで、井家上はひそかにドキュメンタリーや内幕物の路線をつくれないかと考えていた。

「この山鹿悌司って人には、モデルがいるんですね？」

「ええ。日興証券の第一営業部長の斎藤博司さんです」

清水の物腰は丁寧だが、愛想はあまりない。大柄な身体に雄牛のようなエネルギーを秘めている感じである。

「すごい人なんですか？」

「日興証券を日本一にした人です。兜町では、『斎藤相場』、『斎藤銘柄』、『日興斎藤機関説』といった言葉が飛びかっています。生きざまに熱気をみなぎらせた人で、この人をつうじて神武相場と岩戸相場を描いてみたいと思いました」

斎藤は、戦前に日興証券の前身である川島屋に入社し、一度会社を辞めて海産物関係の仕事をしたあと、戦後、三十七歳で見習い社員として再入社した男だ。本田技研や理研光学で大相場をつくり、兜町にその名を轟かせたが、日本興業銀行からきた副社長、湊守篤《みなともりあつ》によって会社を追われた。

「でもこれは、小説なんですよね」

「大筋は事実に即していますが、個別のところは創作です」

青白い文学青年とは対極にある風貌だが、話しぶりは几帳面さを感じさせる。

「なるほど……。この作品の狙いといいますか、清水さんとしては、なにを一番表現したかったんですか？」

「わたしは、神武相場と岩戸相場という二つの大きな相場のなかで、大衆が大企業に金を巻き上げられるのを目のあたりにしました。兜町で、なぜ、どのような仕組みで、大衆の金が巻き上げられていくのか。それを小説のなかで解き明かしてみたかったんです」

井家上はうなずく。

「易者も出てくるんですねえ」

井家上は右眼で熱心な視線を原稿にそそぐ。

「下町生まれなんで、易者なんかはわりと身近な存在でした」

清水の本名は和幸《かずゆき》だが、易者や兜町関係の人のすすめで、一幸や一彦といった通名やペンネームを使ってきた。一行にしたのは、極東証券専務の曽根啓介から「幸の字は不幸だから、行を使え」といわれたからだ。最初は本名と同じ「かずゆき」と読ませていたが、ほどなくして「いっこう」になった。

「小説はいつ頃から書かれてきたんです?」

運ばれてきたコーヒーをすすって、井家上が訊いた。清水の本業は、経済系のルポライター、いわゆるトップ屋だ。

「旧制中学の三、四年の頃から、同人雑誌に加わって書きはじめました」

タバコに火をつけて、清水がいった。

地域や友人のガリ版刷りの同人誌や、早稲田の学生が中心の「稚態」に参加し、自分でも「南葛」という同人誌を主宰した。

「河出や講談社は出してくれないんですね?」

「ええ。残念ながら」

清水は伏目がちにいった。手にしたタバコから青白い煙が一筋立ち昇っていた。

河出書房新社の坂本一亀《かずき》からは、「そろそろ出してもいいだろうが、うちから出すほどの作品じゃないから、自分で出版社をみつけろ」といわれた。坂本は、野間宏の『真空地帯』や椎名麟三の『永遠なる序章』、三島由紀夫の『仮面の告白』などを世に送り出した編集者で、「新人練成の鬼」の異名をとるプライドの高い男だった。

「じゃあ、この原稿はお預かりします。とにかくいっぺん読ませてください」

井家上がいった。

「よろしくお願いします」

清水は頭を下げた。

数日後の夕方――

清水一行は、文京区音羽二丁目にある講談社の「週刊現代」編集部に姿をあらわした。
講談社の建物は昭和九年に建てられた要塞を思わせる鉄筋コンクリートの六階建てである。
まだ外は明るかったが、五階の「週刊現代」編集部の天井には、煌々《こうこう》と蛍光灯がともっていた。
机がぎっしり並べられ、編集者や取材から帰ってきた記者たち二、三十人が、原稿を書いたり、電話をしたり、締め切り間際の打ち合わせをしたりしていた。

「あ、どうもお疲れさまです」

清水が近づいてきたのに気づいたデスクの男が立ち上がった。
長身に少し汚れたジャケットを着て、ぬっとあらわれた清水は、あたりを払うような存在感があった。「週刊現代」は、清水が企画してはじめた「今週の株㊙情報」という株の特集記事で大当たりをとり、三十万部前後で苦戦していた実売部数が、またたく間に六十万部に乗った。年末にかけて、九十万部くらいまでいきそうな勢いである。

「できてるかい？」

清水はデスクに一瞥をくれた。

「はい、これです」

デスクが一束の書類を差し出し、清水が受け取って内容をあらためる。
それは「今週の株㊙情報」の取材原稿や資料だった。取材スタッフが集めた資料をアンカーマンの清水が最終的な原稿に仕上げるのだ。筆力だけでなく、スピードが要求される仕事である。

「オーケー。じゃ、書かしてもらいます」

清水は自分の席にすわり、万年筆を取り出す。

〈同和鉱業は四年に一度の相場〉

見出しを原稿用紙の上に書き、マッチでタバコに火をつける。しばらく煙をくゆらせながら考えをまとめたあと、原稿用紙の上に万年筆を走らせはじめた。

〈山口県の岩国市で有名なのは、日本の三大名橋の一つに数えられる錦帯橋である。この錦帯橋のちかくに、赤い目を光らせた数匹の白蛇が、天然記念物として飼育されている。古くから白蛇は神の使いだというういい伝えがあり、四年に一度訪れては幸運をもたらすという。〉

右ひじを机の上に押し付けるような独特の姿勢で、株式市場でも四年に一度の「白蛇相場」があり、最近まで大阪・北浜の相場をにぎわせた中山製鋼所もこの「白蛇相場」といわれたと一気呵成に書いてゆく。

〈ところが白蛇相場は中山製鋼だけではない。下の同和鉱業の過去十四年間にわたるケイ線をみていただきたい。絵にかいたような四年目相場の循環がつくられてきた。〉

タバコを左手にはさみ、しばらく原稿を書いたあと、小用のために立ち上がった。

手洗いにいく途中、灰色のキャビネットで仕切られた向こうに文芸部門がある。若い女性編集者が仕事をしている後ろ姿をみて、清水の浅黒い顔に不快感が浮かんだ。三十手前のその女は、清水から預かった原稿を風呂敷包みのまま半年以上も机の下に放置し、仕事中に靴を脱いで足を載せたりしていた。業を煮やした清水は原稿を取りかえし、三一書房の井家上に託したのだった。

清水が手洗いにいっているとき、「週刊現代」のデスクの電話が鳴った。

「おい、今週の『㊙銘柄』はなんだ？」

電話をかけてきたのは、講談社の重役だった。「週刊現代」が推奨する銘柄が、雑誌の発売と同時に急騰するので、雑誌が出る前に買おうというのである。

その晩——

「週刊現代」編集部で「今週の株㊙情報」の記事を書き上げると、清水は帰宅の途についた。

途中、池袋駅のそばで、去る六月に調印された日韓基本条約（日韓関係を正常化させる条約）や激化するベトナム戦争に反対する人々がビラを配っていた。

「おかえりなさい」

「ああ、ただいま」

西武新宿線の沼袋駅から歩いて十五分ほどの練馬区豊玉中一丁目の自宅に着くと、妻の美恵が清水を迎えた。あどけなさが残るふっくらとした面立ちで、くっきりとした眉と黒目がちな目が印象的な二十八歳の若妻である。

清水と美恵は墨田区向島の玉の井で出会った。玉の井は、昭和三十三年まで赤線地帯があった町である。栃木県出身の大工である清水の父親も、カフェー（赤線）を経営していた。美恵は、玉の井を東西に貫くいろは通りからカフェーが集まっている一角に行く途中にある「ムービー」という喫茶店で働いていた。

二人は昭和三十二年四月に結婚した。清水二十六歳、美恵二十歳だった。

結婚後、二人は清水の父が経営するカフェーの二階に住み、昭和三十三年十一月に長女が生まれた。しかし、日当たりも、空気も悪い家だったため、肺炎にかかり、生後三ヶ月で亡くなった。その年の十一月に次女が生まれたが、次女も出生一ヶ月で肺炎になったため、清水は玉の井を出ることを決意した。

最初に引っ越した豊島区千早町の家は、六畳、三畳、台所の狭い借家だったが、日当たりはよかった。濡れ縁があり、雨戸を開けると庭になっていた。次女は一命をとりとめた。

「お陽さまがいっぱいよ」

陽光につつまれた千早町の家で、美恵は、毎日のように布団を干し、乾きのいい洗濯物に頬ずりした。

沼袋（練馬区豊玉中）の家に引っ越したのは、三年ほど前で、カトリック系の徳田教会のすぐそばの木造家屋だった。一階はリビング、キッチン、寝室、二階に清水の書斎、和室兼麻雀部屋、子ども部屋がある。子ども部屋の下は駐車スペースになっている。清水の書斎の絨毯の色は赤で、清水は「戦うことは赤だから」といっていた。住人は、清水夫婦、男一人（泰雄）、女二人（七重、三奈江《さなえ》）の三人の子ども、それに美恵の母親である。主に兜町で仕入れたインサイダー情報で株取引をやって手に入れた金で買った家だったが、暮らしは楽ではなかった。

その日、夕食を終えると、清水はいつものように二階の書斎で机に向かい、紺地に金色の鳩が描かれたピースの缶から一本取り出し、火をつけた。

左手の指にはさんだピースの青灰色の煙をくゆらせ、原稿用紙の上に万年筆を走らせはじめる。

「俺は絶対、小説で身を立てる」

それが結婚前からの清水の口癖だった。

同人誌時代は、参加者のなかでは最年少だったが、もっとも精力的に作品を発表した。

十代後半の共産党員時代には、日本通運の労働組合の機関紙に『殺された金二』という労働小説を連載したこともある。

十代の終わりに結核にかかり、約三年半の療養生活を送ったときには、ショーロホフの『静かなドン』、堀辰雄の『風立ちぬ』、ヘッセの『車輪の下』などを読み、小説を書きたいという気持ちをかき立てられた。ロシアのノーベル文学賞作家、ショーロホフの『静かなドン』は、日本語訳で四百字詰め原稿用紙五千百枚強の大河小説で、清水の終生の目標となった。第一次世界大戦とロシア革命に翻弄された黒海沿岸のドン地方のコサックたちの生きざまと愛憎劇を、力強く絵画的な筆致で描き、人間の業を容赦なくあぶり出した作品だった。

清水は、小さな雑誌社で働いたりしたが、二年間ほど無収入同然の時期もあった。清水も美恵も将来への不安感で苛立ち、よく夫婦喧嘩をした。それでも清水は、出すあてのない小説を書き続けた。幼い次女と長男が泣いたり騒いだりすると、机に向かっていた清水が部屋から出てきて、「うるさい！」と怒鳴ったり、隣の子の三輪車を羨ましがって次女が泣き、美恵が「どうしてうちは三輪車を買ってやれないの⁉」と訴えたこともあった。

数年前から株式・経済物のルポライターで生計を立てているが、そのかたわら小説を書き、坂本一亀のところにもち込んで批評を仰いでいる。

沼袋の家には、中くらいの大きさの柳行李があり、これまで書いた小説がぎっしり詰まっていた。

まだ日の目をみぬそれらのなかには、『小説兜町』に続いて出される第三作『東証第二部』、第四作『兜町狼』など、清水の初期傑作群の原稿が眠っていた。第二作となる『買占め』の原稿は河出書房新社の坂本一亀に預けられている。

それからしばらくあと——

国鉄御茶ノ水駅から神田川に沿って水道橋駅方面にしばらく歩いたところにある三一書房の編集部で、井家上隆幸は清水から預かった『兜町山鹿機関説』の原稿を読み終えた。

(これは、いけるぞ……)

分厚い原稿を前に、笑みが自然とこぼれた。

小説は、モデルである日興証券元第一営業部長斎藤博司の人生の軌跡をほぼなぞり、現実の日本経済と兜町の動きを背景に、虚と実を皮膜の間でおりまぜていた。

物語は、昭和二十七年の夏に、千葉で魚のブローカーをしている三十七歳の山鹿悌司が古巣の興業証券に呼び戻されるところからはじまる。見習い社員として再入社した山鹿は、受渡しなど地味な事務部門で二年弱をすごしたあと、本店営業部の課長代理になり、投信を農協に売りまくって抜群の営業成績を挙げる。客の資金を利用して造船相場をつくり、昭和三十年には課長に昇進。神武景気（昭和二十九年十二月〜三十二年六月）の波に乗って、鐘紡で大当たりをとり、東洋レーヨンでも大儲けする。

　この山鹿の人物像が、非常に面白く、人間臭くできていた。身長は五尺八寸（一七六センチメートル）、体重が二十四、五貫（九〇〜九四キログラム）もある巨漢で、これと思い込んだ株を遮二無二買いあがっていく。何事もあけっぴろげで、社内で禁じられている「手張り」（証券会社の社員や外務員による自己思惑取引）をやり、自由奔放に本音で発言するから敵も多い。愛人もおり、大口個人投資家に対して、「私には妻子も必要ですが、千佐子も必要なんです。我儘かもしれませんが、山鹿悌司という男は、こういう人間です。道義的な非難は甘んじて受けますが、蔑みは受けたくありません」と、一度自分の愛人に会ってほしいと懇願する。その一方で、傷つきやすく、なにかあると拗ねたり腐ったりして、正体がなくなるまで泥酔する。

　準主役は、山鹿の愛人で元銀座ホステスの千佐子である。非合法の左翼活動家の男に魅かれながら、身勝手で生活力もない男に見切りをつけ、山鹿の強引な口説きに応じる。しかし、将来のみえない愛人生活のなかで、ときおり姿をあらわす左翼活動家の男の結婚という言葉に魅かれ、一時的な逃避行にはしったり、結婚の準備のために金を渡したりする。一方、あらわれるたびにみすぼらしくなっていく男は、料理屋の中年の女将の情夫となり、千佐子からもらった金を競輪で使い果たす。

　それ以外に、宗方という大口投資家で易者の老人の存在も、物語に独特の深みを与えていた。その時々の山鹿の運勢を当てる宗方は、相場の負けをなんとか挽回しようとしている山鹿が、痔の手術をし、家も新築するというのに対し、「勝負をしているときに城をいじる奴があるものか」、

「人間の体で肛門は力の中心だ。あらゆる力は肛門から盛りあがる。その本体を手術しただけでも問題があるのに、城であるべき家を新築するなんてもっての外だ」と叱りつける。

（これが、三十四かそこらの人間がつくった人物像なのか。もちろん背伸びしている部分はあるんだろうが……）

人間の業を知り尽くし、人の心の奥底までみとおしているような清水のまなざしが脳裏に蘇る。

（「自分の実家は、玉の井の女郎屋です」といっていたなあ。あのあたりは、東京大空襲で焼け跡になっただろうし……）

毎夜、欲望を吐き出しにやってくる男たちと迎える女たちの生態を目のあたりにし、東京大空襲の死体の山のなかを歩いた体験や戦後の共産党員としての活動などが、独特の人間観察力を培ったように思われた。

しかし、なんといっても、この小説の魅力は、符牒《ふちょう》のような証券用語と相場関係者独特の短い会話を駆使して、株式市場の躍動感をあますところなく描ききっていることだった。

〈「不動産《ボロ》を買いたいんだ。客注で、数がまとまっている」

山鹿はさりげなく言った。

「どのくらい買うの」

「わからない。とにかく昨日の引け値のところで、五万株も買い入れてもらおうか」

「二百マル一円だから、五万はどうかな」

「買えなければ、値を上げるよ」

「値が欲しいのか」

「株も値もだ。とにかくやってみてくれ。俺はここにいるから」

「ヤマちゃんのおてばじゃないだろうね」

「ばかを言うなよ」〉

〈「六円ヤリ。五万あるよ」

——もう一呼吸だ。

山鹿は懸命に自分に言い聞かせた。逆をやりたがる相場の心理は、いつか極点で飽和する。

「買物は」

「七円カイがありましたが、いまは五円カイが二万だけです」

五円ヤリになって、買物がなくなったら買って入ろうと思った。多分そのときは、売物の数も六円ヤリより増えるだろうとみた。

——相場とは心理の戦いだ。（中略）

「五円ヤリ」

その声を聞いた瞬間、山鹿は、

「五円で十万買う」

と、鋭く受話器に叫んだ。その一声で五円ヤリは霧散してしまった。株を買うことではなく、買い方の気魄のデモンストレーションである。

「五円を六円に上げろ」

追撃である。一瞬ではあるが、自分で想定したとおりの極点をとらえた以上、相場はすでに彼のペースでなければならなかった。山鹿は五円買いを六円に切り上げ、さらに、「六円カイはマルだ。改めて七円で十五万株買え」と注文を出した。〉

（日本の小説でここまでリアルに株式市場を描いたものは、おそらくこの作品が初めてだ）

井家上は、万年筆で書かれた分厚い原稿を惚れ惚れとみつめる。

物語では、神武相場の終わりで山鹿は手痛い打撃をこうむるが、それまでの二年間の実績で営業部次長に昇進する。その後、岩戸相場（昭和三十二年の終わり〜三十六年七月）という空前の上げ相場の追い風を受け、本田技研や新三菱重工で赫々《かっかく》たる実績をあげ、本店第二営業部長に栄進。さらに、理研光学を発掘し、株価を急騰させる。山鹿と彼の周辺にいる投資家たちは「山鹿機関」の異名をとり、兜町で台風の目となる。

しかし、豪華絢爛な岩戸相場もやがて終わり、株式相場は、新三菱重工や東芝、日立、松下といった大型株が売買の中心になり、投資信託の残高も増え、投資家層が業者や地場玄人筋から一般大衆へと移る。興業証券の創業者で会長の大戸元一は、相場師よりも経営力のある人物が証券会社に必要だと考え、工業銀行から海老原東太郎を副社長に迎える。勝手な相場観を発表したり、組織を無視したり、手張りをしたりする山鹿は、組織の秩序を重んじる銀行出身者の海老原によって、年輩の歩合外務員を束ねる得意部長に左遷されたあと、系列の中小証券に放逐される。

物語の随所で、その時々の日本経済の動向がマクロ経済指標を裏づけにして描かれ、元共産党員が書いたものとはとても思えなかった。八年間、清水が兜町で精進してきたことが窺われた。

小説のなかで、正月に上司と喧嘩して泥酔した山鹿が、深夜に親しい個人投資家の家におしかけるくだりがあった。最初は迷惑がって「酒の仕度などいらん」といっていた投資家の老人が、座敷で大いびきをかいて寝ている山鹿の姿を発見して、「みろ、虎だ。大虎だ。正月の二日に、わが家へ大虎が舞いこんだ。これは縁起がいい。酒の仕度だ」と喜ぶ場面には、縁起をかつぐ証券関係者の性格がよく出ていた。

（ただいかんせん、長すぎる……）

井家上は、引き出しのなかから赤鉛筆を取り出した。

（この作品の最大の魅力は、相場とそれにかかわる人々の動きだ。兜町の内幕だ）

井家上は、その部分を中心とし、かつ人間模様の綾をそこなわないようにしつつ、無駄な部分は削るべきだと思った。

井家上は意を決し、原稿の上に大胆に赤鉛筆を走らせはじめた。

翌年（昭和四十一年）二月中旬――

清水一行は、兜町の日証館にある藤原経済研究所で、仕事をしていた。

日証館は、東京証券取引所の横に道を一本へだてて建つ七階建ての古いビルである。裏手が日本橋川で、蛇行する川筋にそって建てられているため、上からみると北東側が切り落とされたようないびつな五角形をしている。店子は、中小の証券会社が多く、それ以外は、公社債新聞や公証役場、会計士事務所などである。

ビルのオーナーは、東証の建物も所有する平和不動産である。戦後、ＧＨＱ（連合国総司令部）によって株式取引所の再開が禁止され、昭和二十四年五月十六日に東証での立会が再びはじまるまで、ここの一階事務所で相対で売りと買いを突き合わせる、現物株中心の自然発生的な集団取引がおこなわれた。

藤原経済研究所は、中二階にある平原証券の一角の一坪半ほどを間仕切りで囲った、研究所とは名ばかりの狭い事務所だ。窓からは、くすんだ緑色に濁った日本橋川がみえる。川面に浮かんだ枯葉やゴミは、ほとんど同じ場所にとどまっている。

清水は一人で週刊誌の特集記事を書いているところだった。毎晩の暴飲とアドルム（催眠薬）の使用から抜け出せない所長の藤原信夫がやってくるのは、毎日午後三時すぎである。

藤原の机の上の電話が鳴った。

「ああ、清水さん？　初校ができたから、取りにきてくれませんか」

電話の主は、三一書房の井家上隆幸だった。

「え、初校？」

清水は一瞬、戸惑った。

以前、井家上に『兜町山鹿機関説』の原稿を預けはしたが、いきなりゲラにするとは想像もしていなかった。これまで原稿を預けた河出書房新社の坂本一亀は、読むまで半年くらいかかり、講談社の女性編集者にいたっては、八ヶ月間も机の下に放置したままだった。

「早いところ著者校をやってもらいたいんですよ」

井家上がたたみかけるようにいった。

「じゃあ、あの原稿が本になるんですか？」

「そりゃそうですよ。本にしない原稿のゲラなんかつくりませんよ」

とにかく早く取りにきてくださいとせかされ、清水は急いで駿河台の三一書房へ向かった。

雑然とした編集部の一角にあるソファーセットで、清水は、生まれて初めてゲラになった自分の小説を受け取った。当初、四百字詰めで千二、三百枚あった原稿は、山鹿悌司の私生活部分などが大幅に削られ、六百五十枚ほどになっていた。

（本当に、俺の作品が本になるのか！）

自分が書いた小説が、いつもの手書きではなく、きれいな活字のゲラになっているのをみて、心が躍った。

「清水さん、勝手に手を入れて悪かったけど、この作品はドキュメンタリー小説として売るべきだと思うんです」

眼鏡の下の左眼をいつもつむっている井家上がいった。

二年あまり前に手がけて成功させた吉原公一郎の『小説日本列島』と同じ路線で売ろうと考えていた。

「はあ……」

清水は、自分では人間ドラマだと思っていた部分が大幅に削られていたので、不安だった。

「まあ、愛人の千佐子の話とか、易者の宗方の話とか、山鹿を取り巻く投資家連中の話なんかは、ちゃんと残してありますから、これでいきましょうや」

「はあ……」

夢にまでみたデビューをさせてくれるというのだから、否《いな》という選択肢はない。商業主義をあえて拒んで、中途半端なものを出しても仕方がないとも思った。

「いつ本になるんですか?」

「三月中には出しますよ」

(もう来月じゃないか!)

清水の胸が高鳴る。

「ところで、この『兜町山鹿機関説』っていうタイトルなんですが、証券関係以外の一般人にはちょっとわかりづらいと思うんです」

井家上がいった。

「なにかほかにいいタイトル思いつきませんかねえ?」

「うーん……」

清水も、すぐには思い浮かばない。

そもそも、自分の書いたものが本になるということ自体、まだ半信半疑だった。

「『兜町』じゃありきたりだし、片仮名の『カブトチョウ』じゃ、魅力ゼロですしねえ」

「うーん、そうですなあ……」

二人でしばらく考えたが、いいものは思い浮かばなかった。

それからしばらく日にちがたって、二人が会ったときに井家上がいった。

「清水さん、タイトルは『しま』でいきましょう」

考えに考えた末、ようやく浮かんだ案であった。

「えっ、『しま』？」

清水は面食らった顔になった。

「『兜町』と書いて、『しま』と読ませるんですよ」

「はあーっ、そんな読み方があるの？」

「いや、あると思いますよ。僕、どっかで聞いたか読んだかした記憶があるんですけどねえ」

井家上は、昔読んだ小説かなにかに、兜町に「しま」というルビがふられていたような記憶がある。しかし、うろ憶えで自信はない。

「『しま』っていうの、聞いたことないですか？」

「いや、俺ぁ、知らねえ」

清水は戸惑ったようにいった。


数日後、清水から井家上に電話があった。

「井家上さん、確かに兜町は『しま』とも呼ばれてるらしいですわ」

「本当ですか⁉」

井家上は安堵の思い。

「昔、この界隈は島で、四方に橋がかかっていたんだそうです。江戸時代は『鎧ヶ島』と呼ばれていたそうです」

兜町という名前になったのは、平将門の兜が埋められたという伝承によるという。

三月——

三一書房の会議室で、新刊本のタイトルや初版部数を決める会議が開かれた。

「……そんな、一万二千部じゃ、宣伝費も出ないじゃないですか！」

井家上隆幸が、憤然としていった。

会議がはじまると同時に、清水一行の『小説兜町《しま》』に対して、「そんなもの読めるか」とか「新人の作品が売れるか」と否定的な意見があいついだ。

「新人、新人とおっしゃいますが、この清水一行は、『週刊現代』の株の記事でよく知られた人物です。今年の一月からは、記事の最後に彼の署名も載っています」

井家上は、営業部門の面々や社長の竹村一などを前に熱弁をふるう。

竹村は田畑弘とともに三一書房を創業し、無名の新人五味川純平を発掘した。反権力・反体制の旗印にこだわらず、商売になる作品なら躊躇なく本にした。

「北室滋之の『株の内幕』だって四万部もいったんです。この『小説兜町《しま》』が一万八千くらいいかないことはないと思います！」

三一書房は、岩戸相場の終わり頃に、大衆投資家が大企業に収奪されるさまを暴露した『株の内幕』を出し、四万部を売る成功をおさめていた。

「しかし、『株の内幕』が出たのは、まだ相場の熱気が残っていた頃でしょ？　今、証券物を出しても売れるかねえ？」

営業部門の一人がいった。

昭和三十六年七月に岩戸相場が終わったあと、翌三十七年の終わり頃からオリンピック景気がはじまった。しかし、三十八年七月のケネディ・ショック（米国が資本流出を規制する金利平衡税創設を発表）で日本の株価は暴落。翌三十九年は、サンウエーブ工業や日本特殊製鋼が倒産。昨年（昭和四十年）四月には、山陽特殊鋼が会社更生法の適用を申請したのに続いて、五月に山一証券が日銀特融を受ける証券恐慌が起き、兜町は長く暗い時代に入っている。

「こういう時代だからこそ、熱気のある小説を読者が求めているんです！　山一の日銀特融問題が世間で騒がれたし、証券業界に関心をもっている読者は多いと思います」

本当にそうなのかどうかは誰にもわからないが、ここまできたら無茶を承知で頑張るしかない。

「しかし、この『ドキュメンタリー小説』っていう副題は、それ自体矛盾してるんじゃないの？」

出席者の一人がいった。

確かに「ドキュメンタリー」と「小説」は、たがいに逆の意味である。

「じゃあ、『ノンフィクション小説』っていうのは……ああ、まあ、それも矛盾していますか」

井家上は、懸命に考える。

一応小説の体裁をとっているが、この作品は、兜町で起きたことを正確に描いている。そこをなんとか読者にアピールしたい。

「それじゃ、『実録小説』でどうですか？」

「『実録小説』？　うーん……」

先ほどの出席者が腕組みする。

「まあ、ドキュメンタリーやノンフィクションよりは、ちょっとはましかなあ」

一同はしばらく考えこむ。

またいくつか応酬があったあと、社長の竹村一が口を開いた。

「よし、わかった。初版部数は一万八千でいこう」

井家上がほっとした顔になる。

「俺もこれを読んで、自分が株で損したわけがわかった。なかなか面白い作品だと思う。ひとつ思いきっていこう」


三月三十一日――

清水一行の『小説兜町《しま》』が発売された。

キャッチコピーは最終的に〈書き下ろし実録小説〉となった。新書判で定価は二百七十円である。

発売と同時に、兜町を代表する本屋の千代田書店を筆頭に、日本橋界隈で飛ぶように売れはじめた。


翌日――

清水は自分の取材スタッフや「週刊現代」の記者たちと一緒に、群馬県の水上温泉に慰安旅行に出かけた。本を出したことは、まだ誰にも告げていなかった。

一行が温泉宿に着いたのは午後三時すぎだった。

群馬県北部の利根川上流の山あいにある温泉地には、まだ雪が残っていた。清水らはすでに列車のなかから飲みはじめており、一風呂あびて、すぐ飲み会になった。

夕食前の座敷でめいめい勝手に飲んでいると、仲居がきて、清水に東京から電話が入っていると告げた。

「のんびりしているじゃないの」

フロントで電話を受け取ると、三一書房の井家上隆幸の上機嫌な声が聞こえてきた。

「前から予定されていた旅行なんでね」

清水は一杯機嫌で答えた。

「大いに楽しんでよ。この分なら、いくら飲んでも勘定が足らないことはなさそうだから」

「えっ？」

「ちょっと売れるかもしれないですよ」

「ぼくの本が？」

「そう。昨日発売して、今日、さっそく五千部の増刷が決まったんです」

「まさか⁉」

「初版部数はいってありましたっけね？」

「いや、聞いてません」

「そりゃ、失礼。初版は一万八千で、これで累計二万三千部です」

受話器を置き、座敷に戻ってからも、清水は狐につままれたような気分だった。

発売即増刷などという事態は、考えてもみなかった。

（二万三千部だと、印税は……）

印税は定価の一〇パーセントなので、六十二万一千円にもなる。

清水の雑誌の原稿料は一枚七、八百円で、五ページものを一本まとめて一万六千円ほどである。源泉税を一割引かれるので、月に四回で五万七、八千円というところだ。ちなみに公務員の初任給は二万三千三百円、教員は同二万三百円である。

その晩、清水は悪酔いするほど飲み、旅館のフロアーショーで槍をかざして黒田節を踊っていた若いダンサーの頬にキスをして、「ぼくがスポンサーになるから、東京に出てきて踊りを習え」と口説いた。

『小説兜町』は、清水の知り合いの証券会社のトップセールスマンが千代田書店で二百冊をまとめて買ったり、モデルの斎藤博司も買い、「山一証券が買い占めた」という噂も飛びかって、売れゆきがぐんぐん伸びていった。

三一書房は、四月五日の東京新聞や同六日の日経新聞に全五段の広告を打った。

〈これが兜町だ！　スターリン暴落から山一証券の経営危機まで――兜町《しま》を主役に、おどろくべき株価操作の核心を衝く話題作！〉

場立ちの手ぶりの写真を中央に配し、その横に、〈発売後10日――5万部突破！〉の文字が躍っていた。

紙面の下三分の一を横いっぱいに使った大きな広告に清水は大喜びし、妻の美恵に「そこらへんから新聞を買ってこい」と近所に買いにいかせた。

新聞や雑誌の書評も続々と出て、五月の「週刊読書人」は、〈人気高める『兜町』〉という見出しで、次のように書いた。

〈〝沸点〟に達した「氷点」——とは、『週刊朝日』四月八日号のタイトルだが、最近の出版界は、この氷点ブームがふき荒れた感がある。すでに六十万部を突破したというが、若い女性の間に、テレビ版「氷点」（NET系）に主演した新珠三千代の使う「私困りますわ」というセリフをまねた言葉が流行したり、恋人にデートを申し込まれた女性が「いま〝氷点〟よ」と断った……（中略）

この「氷点」ブームとあわせてこのところフィクション部門で徐々に人気を高めているのが、『小説兜町』（三一新書）である。題名のとおり、証券界の内幕を暴露したドキュメンタリー・タッチの小説だが、著者の清水一行氏が『週刊現代』の「今週の株㊙情報」で当りつづけている相場通として知られているせいか、最初、日本橋界隈でよく売れ、その後徐々に売足を早め、発売一ヶ月で、すでに十八万部を突破したという。

その他、この部門で注目されるのは、阿川弘之『山本五十六』（新潮社）十八万五千、松本清張『逃亡』（光文社）十五万、梶山季之《かじやまとしゆき》『虹を摑む』（講談社）十三万、山本周五郎『ながい坂』（新潮社）十万といったところである。〉

『小説兜町』によって、清水は一躍文壇の寵児になった。

清水の華々しい成功に慌てふためいたのが、河出書房新社の「新人練成の鬼」坂本一亀だった。五年間原稿をみてやったじゃないかと恩に着せ、手元にあった原稿を奪うようにして、二作目となる『買占め』を、その年の八月に出版した。河出書房新社のオーナー社長にいい顔をするため、清水の印税をねぎっての出版であった。

『買占め』は、熱海の投資家グループの依頼を受けてゴム会社の株の買占めに乗り出す若手証券マンを描いた作品で、モデルは一行というペンネームを勧めた極東証券専務・曽根啓介である。河出書房新社は一度しか広告を打たなかったが、十五万部売れた。しかし翌年、同社は会社更生法を申請して倒産し、清水に対する印税の一部は支払われなかった。昭和三十二年に続く、二度目の破綻だった。

三作目は、その年十一月に、三一書房から出された『東証第二部』である。新たに発足する東証第二部で業績の悪い海藻加工会社の経営再建を任された証券会社の事業法人部次長の奮闘と顛末を描いた作品だった。当初、清水が考えていたタイトルは『虹の海藻』だったが、井家上が「三作目も証券ものとはっきりわかるほうがいい」と主張して変えた。売上げは七万部だった。

清水の沼袋の家の柳行李のなかに溜められた原稿は、ほぼ二ヶ月に一冊のペースで日の目をみていった。

これら初期作品群のなかで、『小説兜町』と並ぶ代表作が、昭和四十三年五月に読売新聞社から出された『虚業集団』だ。実在の総会屋、芳賀竜生《はがりゅうせい》（のち芳賀龍臥《りゅうが》に改名）をモデルに、知能ギャングがいかに企業を喰い尽くすかを生々しく描き、評判になった。清水はこの作品で自信を深めた。

デビュー後の三年間に出した著書は十五冊に達し、清水は、経済・企業小説の分野で、松本清張、城山三郎、梶山季之らと並び称される存在へとのし上がった。

第一章　玉の井

1

〈実際、玉の井というのはふしぎな街だった。汚くて、臭くて、みすぼらしい、およそ美というもののないこの場所に、外部からの遊客は独特の魅力を感じたのだ。（中略）
ドブと便所と消毒薬の匂い、一年中蚊が路地の至るところでわんわんと唸りを生じ、冬は冬で寒風が多角度に吹きすさび、ろくに方向を見定めることもできない。
この、うらぶれた貧しい場所へ、毎日毎夜、何千何万という人間が、雨の日も風の日も、悪臭をおかしてやってきたのも、言うなれば、玉の井という街の持つ貧しさそのものに、大きな魅力を感じたからに他ならなかったからであろう。（中略）
大廈高楼のならぶ遊郭とちがい、靴下や下着の破れに引け目を感じる必要もなく、だれにも手の届く親しみやすさで、一瞬の本能を満たすことができたのである。ここでは見栄も虚勢もなく、五十銭玉をしっかり握りしめて女と交渉すればよかった。〉
（前田豊著『玉の井という街があった』より）

清水和幸（のちの清水一行）は、昭和六年一月十二日、東京府南葛飾郡吾嬬町九丁目十九番地（現在の墨田区八広）の二階屋が四軒続く長屋で、大工の次男として生まれた。

家の近くには京成電車が走り、隅田川が流れていた。日清戦争（明治二十七〜二十八年）と日露戦争（同三十七〜三十八年）に勝った日本が、中国大陸での権益を拡大し、太平洋戦争につながる帝国主義の道をひた走っていた頃のことである。

忠助という名の父親は、中背でがっちりした体格だった。栃木県南部の田沼町（現・佐野市）の生まれで、東京の大工の棟梁に嫁いだ姉を頼って上京した。一方、母親は華《はな》という名の器量よしで、信州小諸近くの滋野村（現在は東御市と小諸市に分割編入）の出である。忠助が滋野村に大工仕事の出稼ぎにいったとき二人は知り合った。忠助は、華の実家である清水家に婿入りし、「迎えにくるからな」といい残して、親方とともに東京に戻った。しかしまもなく、華に子どもができているのがわかり、忠助を追って東京に出てきて、一緒に長屋暮らしをはじめた。

清水和幸が生まれた吾嬬町は、「玉の井」と呼ばれる花街（娼家が密集している地域）の南側に隣接していた。のちに永井荷風の『濹東綺譚』（昭和十二年）の舞台にもなったここに花街ができたのは、大正十二年以降で、関東大震災で焼け野原になった浅草観音付近から娼家が移転してきたのだった。隅田川をはさんで対岸にある吉原が、立派な構えの娼家が並ぶ伝統ある公娼街であるのに対し、玉の井は猥雑な私娼街だった。清水が生まれた当時、「銘酒屋」と呼ばれる娼家は五百軒ほどあり、一軒に二、三人の女（酌婦）が働いていた。おしろいをたっぷり顔に塗った女たちは、三尺の切り土間の小窓の向こうに顔をちらつかせ、「ちょっと、兄さん」「ちょっと、旦那、お話しましょ」と声をかけていた。

昭和七年三月七日――

「銘酒屋」や商店が建ち並ぶ玉の井の通りを、一人の男が血相を変えて走っていた。

「たたたた、大変だぁーっ！」

春らしく明るい朝の日差しのなかを駆けていたのは、玉の井に住むペンキ職人広田倉治だった。

「ひひひ、人があーっ！」

一目散に駆けてゆく広田を、朝帰りの遊客や商店主などが、怪訝そうな表情で見送った。

「しししし、死んでるぅーっ！」

広田は、玉の井のなかにある寺島町交番に駆け込み、息を切らせながら、お歯黒どぶでみたものについて説明した。

「なにっ、死体だと⁉」

巡査は話を聞くと、ただちに現場に駆けつけた。

お歯黒どぶは、曳舟川にかかる薬師道橋から玉の井の花街のほうに流れる幅三メートルほどのどぶ川である。お歯黒の液を流したように黒く濁ってあぶくが立ち、犬や猫の死骸や、ときには酌婦が処置に困って捨てた嬰児の死体が発見されたりする。

「確かに、これは人間の胴体だ……」

水の少ないどぶのなかに石を投げ入れて足場にし、ハトロン紙に包まれた五〇センチ角の物体をあらためた巡査がいった。麻縄が十文字にかけられたハトロン紙の内側に木綿の浴衣地の包みがあり、引きちぎった縫い目のあいだから青黒く変色した肉塊がのぞいていた。

「すぐに警視庁の鑑識を呼ぼう」

どぶのまわりは、すでに野次馬たちが集まる騒ぎになっていた。

ただちに警視庁から第一捜査課長や同係長、鑑識課長や同現場主任らが駆けつけ、死体の検分と捜査がはじまった。

ハトロン紙に包まれていたのは、男性と思われる人間の臍下から股の付け根までだった。

付近から別の二つの包みが発見され、頭部と首から胸までが入っていた。その日の午後におこなわれた検視では、年齢は三十歳前後で、鼻腔に石炭灰らしいものが残っており、右肩が異常に発達しているので、石炭などの運搬に従事する労働者ではないかとみられた。

事件は、玉の井の猟奇殺人としてまたたく間に全国に伝えられた。二日後には、みつかっていない手足を探すため、町内総出でお歯黒どぶや、付近の池やどぶの水をかい出す捜索がおこなわれ、有名探偵小説家の江戸川乱歩も推理に協力する騒ぎになった。


それからまもなく――

夕方、お歯黒どぶのすぐそばの一坪半ほどの空き地の屋台で、二人の男がそばを食べながら、酒を飲んでいた。

「天狗」と書いた提灯を下げ、まわりによしずを張った屋台であった。

「……まったく、あのバラバラ事件のおかげで、人が寄りつかなくなって、店は開店休業じゃ」

中年の男が悩ましげな顔で猪口《ちょこ》の酒をすする。娼家の経営者であった。

「おたくなんかまだいいさ。うちなんか、現場のすぐそばなもんだから、刑事が大勢やってきて、押入れや便所はおろか、床下から天井まで調べられたよ」

やはり娼家を経営する男がいって、ずるずると音を立て、そばをすする。

新聞は、前代未聞の怪奇事件として連日大見出しで報じ、三月十五日付の『朝日新聞』は、〈現場は玉の井の魔窟がすぐそば。紫色のお歯黒どぶが何か怪奇をふくんでブク〳〵とあわを立てていている。〉と不気味な筆致で書いた。

「今、儲かっているのは、こういう屋台の食べ物屋だけだ。……なあ、華さん」

娼家のあるじは、手ぬぐいで頭を姉さんかぶりにした屋台の女店主にいった。

「はあ、まあ、おかげさんで」

清水和幸の母、華は控えめに答えた。かつて滋野村の近在で器量よしと評判だった顔の黒髪はほつれ気味で、疲れがにじんでいた。

バラバラ殺人のおかげで玉の井に遊客が寄りつかなくなったが、お歯黒どぶには、連日、東京や近郊からやってきた野次馬がつめかけ、それを当てこんだ食べ物の屋台がいくつもできた。

華は、夫の忠助が花札ばくちばかりして稼ぎが悪いので、そばと酒の屋台を出した。信州で生まれ育ったので、そば打ちには自信があった。屋台は忠助がつくり、信州の天狗伝説にちなんで「天狗」という名をつけた。

屋台の下から、赤ん坊の泣き声がした。

「おお、はいはい。ちょっと待ってね」

華は、屋台の下から籠《かご》を引っ張り出し、なかで寝ていた一歳と少しの和幸を胸に抱く。

「おなかが空いたのかい?　よしよし」

客に背中を向け、胸をはだけて、乳をふくませる。

「さあ、ごはんだよ。たんと飲みな」

和幸は華の乳房に吸いついて、無心に吸いはじめた。

屋台の下にもう一つ籠があり、なかで二歳上の兄・光夫がすやすやと寝ていた。

「それにしても、早いところ、犯人を捕まえてもらわんとなあ」

「まったくもって」

子どもに乳をやる華の後ろ姿をみながら、娼家のあるじたちが冴えない表情で猪口を傾けた。


バラバラ殺人事件の捜査の進展ははかばかしくなく、発生一ヶ月後には、迷宮入りの気配が濃くなった。五ヶ月目には、当時はまだ珍しかったモンタージュ写真が作成され、一般に配布されたが、手がかりとなるような情報は寄せられなかった。

ところが、九月半ばになって、隅田川などを管轄する水上署の警官が、モンタージュ写真をみて、被害者の男を三年前に補導したことを思い出した。調べてみると、被害者は本郷区湯島新花町に住む無職の長谷川市太郎宅に同居していたことがわかった。

検挙された長谷川は、浮浪者だった被害者を気の毒に思って家に引き取ったが、怠け者で酒飲みで、暴力までふるうのでもてあまし、このままでは殺されると思って、凶行におよんだと自供した。

2

昭和九年――

二年前に、地上三階・地下二階建ての白亜の駅舎が落成した上野駅は、なにもかもが新しかった。

正面口の出札前ホールは、二階にバルコニーがあり、ニューヨークのグランド・セントラル駅の中央コンコースを小型にしたような感じである。これまで地平式だった山手線の線路を高架化し、高架乗降場が四面八線となったほか、貨物線一線も高架になった。発着する列車はすべて蒸気機関車に引かれ、構内には石炭の煙の匂いが漂っている。乗客や見送り人の服装は、和服と洋服が入りまじっている。

「かあちゃん、かあちゃん……」

信越本線のホームで、三歳の清水和幸は、片手にキャラメルの箱をもって、母にすがりついて泣いていた。母の華も目にいっぱい涙をため、小さな坊主頭をなでていた。

「ねえちゃんの田舎へいけば、牛や羊がいて、ウサギもいるんだよ」

着物姿の女性が、泣き止まない和幸に優しく話しかけた。

目が大きく、頬骨が少し出ていて、ぽってりとした唇の女性で、滋野村に住んでいる華の妹であった。和幸は、この女性の家に預けられることになった。

和幸の下に妹ができ、華は、妹を背中にくくりつけ、和幸と兄を屋台の下の籠のなかに入れて、お歯黒どぶのそばで商売を続けていたが、さすがに三人を育てながらでは身体がもたなくなった。そして、三人兄妹の真んなかの和幸が、間引きされるような形で信州にいくことになった。

「かあちゃん、かあちゃん……」

和幸はいつまでも泣き続けた。

やがて列車の発車時刻がきて、和幸は客車の窓から泣きながら小さな手をふり、母親に別れを告げた。


滋野村は、中世信濃の名族の一つである滋野一族発祥の地である。小諸市から西の方角に六、七キロメートルいった場所の農村で、三方ヶ峰（二〇四〇メートル）の南西麓の扇状地に位置している。北の方角に、大室山（一一四七メートル）、烏帽子岳（二〇六六メートル）、三方ヶ峰などがそびえ、すぐ南を千曲川が流れる風景のなかに、土壁の農家が点在している。

農作物は、米、大根、馬鈴薯、ニンジン、カボチャ、キュウリ、ナス、野沢菜、そば、りんご、ぶどう、シイタケ、クルミなどで、野良着姿で手甲ときゃはんを着け、わらじをはいた男たちが仕事をしている。

春がくるのは遅く、夏は短い。秋になると、家々で大根が干され、村全体で少しずつ籾を出し合って郷倉という土壁の倉庫にたくわえ、困窮者に与える。冬は零下の寒さで、土のなかに掘った「モロ」という貯蔵庫に、大根、ニンジン、ゴボウ、馬鈴薯など、越冬用野菜をたくわえる。野沢菜、大根、キュウリ、ナスなどは、塩漬けにする。人々は防寒用の綿入れを着る。

家にはいろりがあり、自家製の味噌や食べ物を煮炊きする匂いや家畜の臭いが染みついている。

明かりは行燈《あんどん》で、水は井戸水だが、水道も少しずつ普及してきていた。
主食は米だが、節約するために、麦などをまぜて食べることが多い。大麦の挽き割りを入れたものを「挽き割り飯」と呼ぶ。代用食は、馬鈴薯、大根、かぶ、カボチャ、そばなどである。そばは栽培期間も短く、手軽に収穫できるので、よく利用される。

清水一行は、滋野村での暮らしの様子を『佐久甲州街道 戦国駆ける将兵《つわもの》たちの道』というエッセイ（日本電気の「NECマガジン」連載シリーズ『日本再発見 道』第百一回）に書いている。上野駅をあとにして、一、二年後の時分のことである。
文中の「ねえちゃん」は清水の母、華の妹のことで、岩村田は、滋野村から一三キロメートルほど南東にある北佐久郡の町である。

〈ねえちゃんは耳が聞こえなかった。大人になる寸前に病気をして、聴力を失ったのだという。だから出かけるときはいつもわたしを連れていく。しかしねえちゃんには鉄道の線路工夫をしている亭主がいて、ねえちゃんは陽灼けで真黒な顔をした亭主を「旦那さん」と呼んでいた。
「旦那さんごめん。痛いよ旦那さん」
大酒飲みのその亭主に、ねえちゃんはいつも叩かれていた。顔中青アザにされたねえちゃんは、たまに岩村田のおばさんに亭主の非道を訴えにいく。補聴器代りのわたしの手をいつも引いてである。（中略）
難聴のせいかどうか、ねえちゃんに子どもはいなかった。

「お腹すいただろう。ご飯を食べな」

岩村田のおばさんは漬け物と、茶碗にてんこ盛りのご飯を出してくれた。そのご飯は米つぶの芽のところに黄色い胚がついていた。七分づきというのか、要するに白いご飯ではなかった。

その黄色いご飯がおいしかった。

三杯目のおかわりを言ったとき、ねえちゃんの平手がわたしの顔に飛んできた。

「いい加減にしな」

「いいよ。もっと食べな」

岩村田のおばさんは優しかった。

島崎藤村のせいもあって、わたしは岩村田が好きだったが、本当は藤村の小説より、岩村田のおばさんの黄色いご飯が、おいしかったからかも知れない。

佐久甲州街道の起点となる岩村田は、見渡す限り田圃以外になにもなく、その先の遥かな遠景に、武石峰からはじまる南アルプスの三峰山、大門峠（平沢峠）と蓼科山、そして八ヶ岳の連峰が連なっていた。〉

清水が滋野村で暮らしていた昭和十一年八月に、母の華が、四人目の子どもを流産し、亡くなった。清水の二歳上の兄、光夫と清水より一歳下の妹、時江は「お前ら、このおっぱいで育ったんだから、おっぱいのところをよく拭いてあげなさい」といわれ、遺体の胸をアルコールを含ませた布で拭いた。

清水は、自分はもう東京に帰ることなく、ずっと滋野村の人間として暮らすのだろうと考えていた。

しかし、父の忠助が茨城県出身の女性と再婚し、昭和十四年に、八歳になっていた清水を吾嬬町（昭和七年に向島区に編入）の長屋に呼び戻した。

新しい母親は、みつという名の小でっぷりしたしっかり者の女性で、玉の井の銘酒屋（娼家）の手伝いをしており、大工仕事にやってきた忠助と知り合った。

清水を自分の家の子として育てるつもりだった滋野村の親戚とはかなりもめたが、最終的に清水は東京に戻った。

緩やかに弧を描く仏様のようなくっきりとした眉、一重まぶたの黒い両目、厚めの唇などが南方系の印象を与える面立ちの継母みつは、清水に「わたしをお母さんと呼びなさいよ」といった。

清水は、滔々《とうとう》と流れる隅田川をみて、自分は東京に帰れたんだなあとしみじみ思った。

その頃、日本では戦争の影が色濃くなり、戦時統制経済が強まりつつあった。

二年前の昭和十二年七月に北京郊外で発生した盧溝橋事件をきっかけに、日本は中国との全面戦争に突入した。当初の日本側の予想に反し、中国側の抵抗は頑強で、戦線は拡大し、国家の総力を挙げて戦う長期戦になった。翌昭和十三年五月には、国家総動員法が施行され、戦時統制経済がおこなわれるようになった。軍需品を政府が買い上げるために大量の通貨が出回り、急激なインフレが発生。それに対処するため、昭和十四年十月、すべての物価が固定された。

昭和十六年四月から、本格的な生活必需品の配給制がはじまった。米については、世帯ごとに米穀通帳をもたせて配給量をチェックし、通帳がなければ、いくら現金をもっていても買えなくなった。向島区に百三十〜百四十軒あった米屋はすべて廃業させられ、配給所に衣替えした。衣服、砂糖、石鹸などについては、世帯構成に応じて品種ごとに点数制の切符を配り、物資ごとに決められた点数に応じた切符を店にもっていって買う仕組みになった。

昭和十六年十二月、日本海軍が真珠湾を攻撃し、太平洋戦争がはじまった。緒戦は日本が優勢だったが、昭和十七年六月のミッドウェー海戦で大敗を喫して以降、敗戦への道を辿ってゆく。

五年ぶりに東京に戻った清水は、墨田区立更正小学校（現・八広小学校）に入学した。

当初、滋野村の方言が抜けず、学校でいじめられたりして苦労した。

滋野村の人々が話す言葉は、信州東部の「東信方言」だった。連母音が融合し、「帰る」は「けえる」、「黒い」は「くれえ」である。「手術」は「しじつ」、「巡査」は「じんさ」と発音する。動詞に促音（小さい「ッ」）化した接頭語がつく場合が多く、「はじめる」は「おっぱじめる」、「壊す」は「おっこわす」。方角や場所をいうときは「せぇ」を使い、「上に乗せる」は「上せぇっける」となる。また、「〜だろう」は「〜だらず」である。

「だらず、だらず！」

「やーい、清水、日本語、喋れねえ！」

子どもたちは面白がってからかい、坊主頭の清水は唇を噛みしめた。

また、滋野村の難聴のねえちゃん（叔母）の補聴器のような役回りをしていたので、意思疎通のために奇妙な手真似・足真似をする癖がついていて、これもしばらく直らなかった。

清水は、更正小学校を卒業すると、台東区上野七丁目にある岩倉鉄道学校（現・岩倉高等学校）に入学した。上野駅入谷口の真ん前にある、日本でもっとも古い鉄道関係の教育をおこなう学校である。校名は、鉄道の発展に功績があった明治の元勲、岩倉具視にちなんでいる。

清水は運動神経がよく、野球部に所属していた。反骨精神旺盛な硬派で、長髪禁止への抵抗がはじまった頃、校長が「髪を伸ばせばポマード代もかかる」といったのに対し、「学校にポマード代を出してくれとはいってないぞ」と反論し、相手を沈黙させた。しかし、自分自身は坊主頭を貫いた。またこの頃から文学を志し、小説を書きはじめた。

3

玉の井の銘酒屋（娼家）は、太平洋戦争がはじまったあとも営業を続けていた。しかし、徐々に物資不足の影響を受けるようになった。軍需増産のため、民需品は生産量も品物の質も落とされ、代用品があらわれはじめた。木炭でエンジンを動かす木炭車、代用コーヒー、合成酒などだ。

こうした状況のなか、清水忠助は、海軍省の需品納入業者となり、潜水艦に使われるネジなどをつくる町工場を家の近くの中居堀（墨田区）や大宮ではじめ、世情とは裏腹に、生活に多少余裕が出てきた。

昭和十九年七月、サイパン島で南雲忠一中将が率いる三万人の日本軍守備隊が玉砕。八月には、テニアン島とグアム島が占領された。これらの島々から飛び立った米軍の空襲がはじまり、清水忠助の工場も焼かれた。

清水兄弟は勤労動員に駆り出され、兄・光夫は、墨田区内の防毒マスクをつくる工場で働き、和幸は、軍靴工場で働くようになった。父の忠助は、春日部に新工場を建てる計画を進めた。

十一月二十四日に、B29七十機が大挙して東京に来襲、立川の中島飛行機工場を集中的に爆撃した。これ以降、米軍による日本本土空襲が本格化した。都市の密集地では、火災が広がらないよう、住宅を壊して空き地をつくる建物疎開がはじまった。

昭和十九年晩秋——

十三歳になった清水和幸は、兄の光夫と一緒に、千葉県に食糧の買出しにいった。薄汚れたリュックサックを背負い、ズボンにゲートル姿であった。

京成線の列車は、買出しの人々でごった返していた。二人と同じような戦闘帽に国防服の男たちやモンペの女たちの頬はこけ、目がぎょろぎょろしていた。疲労と刺々《とげとげ》しさが人々の全身ににじみ、車内には殺伐とした空気がよどんでいる。列車が敵機の機銃掃射を受けることもあるので、買出しは命がけだ。

戦況が深刻になるにつれ、食糧事情が悪化し、配給品だけでは食べていくのが困難になっていた。

配給される米はほんのわずかで、あとは芋やトウモロコシの粉、油を抜いたあとの大豆かすなどで、芋などは半分腐っていた。赤ん坊や年寄りが、栄養失調で次々と亡くなっていった。

京成成田駅に着くと、買出しの人々は、ぞろぞろとあちらこちらに向かって歩きはじめる。

清水兄弟も五キロメートル以上離れた農村を目指して歩き出した。以前、買出しにきたことがあり、どのあたりに農家があるかはだいたいわかっていた。

戦争中とは思えないのどかな農村風景のなかを歩いていると、頭上でグォン、グォンというプロペラ音がした。

反射的にみあげると、翼と胴体に白い星がある黒い機影が急接近してきていた。

米軍の戦闘機グラマンだ。

「逃げろっ！」

二人は全速力で駆け出す。

周囲は見渡す限りの田や畑だ。

二人は、あぜ道のそばの溝に飛び込んだ。

顔や胸や手に泥と雑草がべっとりこびりつき、頭上の低空でエンジン音が大きくなる。

ピューン、ババババババ
ピューン、ババババババ
禍々《まがまが》しい音とともに、長さ一〇センチもある鋼鉄の弾丸が、頭や肩先をかすめて豪雨のように降ってきた。

（ここで死ぬのか……？）

しかし、じっとしている以外、術《すべ》はない。

しばらく息を殺すようにして、溝のなかに伏せていると、敵機は去った。

二人は立ち上がって泥を落とし、再び農家を目指して歩き出した。

「あのう、東京から来たんですが、米を売ってくれませんか？」

清水は一軒の農家にたどり着き、畑にいた農夫に声をかけた。

「供出でないだよ」

農夫は、冷たくいい放った。

その後も、訪ねる先、訪ねる先で断られ続けた。

「売る米などねえ。家で食べるに精一杯だぁ」

「さっき、ほかの人に売ったから、もうないよ」

「東京もんは、ええ格好しとるから罰があたったんだ、ははは」

「おい、買出しのやつらがきたから、イモを隠せ！」

金以外の品物をもってきた人々と、金しかもたない人々を別々に並ばせている農家もあった。

インフレで金の価値が日々下がっているため、衣類、機械類、貴金属品、砂糖、塩、石鹸などをもっていかないと、売ってくれない農家が増えていた。

一軒の農家の庭先に、収穫したサツマイモをわけていただけないでしょうか？」

「すいません、そのサツマイモをわけていただけないでしょうか？」

清水は声をかけたが、農夫は返事をしない。

「あの、少しだけでもお願いします」

「東京の食い物乞食ども、勝手に庭先に入るな！」

激しい剣幕で怒鳴りつけられた。

「なんとかお願いします」

「うるさい！　出てけ！」

農夫は、石の代わりに、サツマイモを一個掴んで、思い切り投げつけた。それが清水の身体にあたった。

(くそっ、機銃掃射のあとは、芋つぶてか!)

芋でもあたるとかなり痛い。

以前は虐げられ、馬鹿にされていた農民が、時代の変化に応じて態度を豹変させ、居丈高になるのを目の当たりにした清水は、人間は弱いものであるという冷厳な事実を頭にすり込まれ、のちに作家になると、そういう人間の弱さを徹底して描くようになる。

二人は歯を食いしばって怒りをこらえ、別の農家にいった。

十軒以上頼み歩いて、ようやく二人は二斗(三〇キログラム)の米を買うことができた。

半分ずつ背負い、駅へ戻る道を歩きはじめる。取締りの警官の目からのがれるため、あちらこちらと迂回しながら、ほこりっぽい道を黙々と歩いてゆく。米一粒、トウモロコシ一本でも県外にはもち出せない規則である。

米の重みでリュックサックの紐が徐々に両肩に食い込み、日ごろ十分な食事をしていないため、身体がふらふらする。

日が少し傾いてきた頃、道の先に、男が立っているのがみえた。

「おい、私服(警官)だぞ」

光夫がいい、二人は、急いで近くの橋の下に隠れた。

しばらく待ったが、警官は引き揚げる気配がない。この頃の闇の買出しに対する取締りは執拗で、徹底的に捕まえようとしていた。

そのうち日も暮れてきて、腹も減り、二人とも心細くなってきた。

「しょうがない、帰ろう」

橋の下を流れる水をみつめていた光夫がいった。

二人は、警官のところにいって、もっていた米を差し出した。

「食べるものがないんです。少しだけでももち帰らせてもらえないでしょうか?」

「しょうがないな。じゃあ、食い扶持に、これだけもって帰れ」

警官は、一人一升ずつもち帰ることを認めた。

「なんとかこれだけはもち帰りたいな」

「うん」

二人はうなずきあって、帰り道を急ぐ。

帰りの列車でも検査が厳しく、みつかると没収と罰金である。当時、「日本で一番米が穫れるのは上野駅」という笑えない冗談が流行っていた。


十二月に入ると、B29の来襲は一段と増え、十五回に達した。年が明けて昭和二十年に入ると、ほぼ連日、大編隊でやってくるようになり、主に軍需工業施設を爆撃した。巻き添えを食った民家三万戸以上が焼失し、千三百人あまりが亡くなり、八万人以上が焼け出された。

昭和二十年三月九日——
北北西の生暖かい風が吹く日だった。

夜、十四歳の清水和幸は、家族とともに向島区吾嬬町九丁目の実家にいた。

風はいっそう激しくなり、木造の四軒長屋の壁や天井が軋んで不穏な音を立てていた。

明日は、日露戦争の勝利を祝う陸軍記念日で、人々は、なにか起きるかもしれないという暗い予感を抱いていた。

午後十時半ちょうどに、表通りから警防団員や隣組の人々の大きな声が聞こえてきた。

「警戒警報発令！」

「防空壕へ避難してくださーい！」

灯火管制のために、明かりを落とした室内で、清水らはラジオ放送に耳を澄ませた。

「東部軍管区情報、敵機の編隊、房総半島付近から本土に接近中」

「房総半島より侵入せる敵の第一目標は、目下海岸付近にあり」

「敵第一目標は、反転南下して目下房総南部にあり」

ラジオは、敵機が房総半島南部をうろうろしていることを伝えていた。

「今日は、もうこねえようだな」

父親の忠助がいい、一家は床についた。

真夜中の零時すぎ、突然、家の近くで、ずしん、めりめりという大きな音がして、一家は驚いて目を覚ました。

「玉の井が焼けてるぞ！」

外に飛び出した忠助がいった。

長屋から目と鼻の先の玉の井で、火の手が上がっていた。

頭上で、ゴォンゴォンゴォンという低いエンジン音が響き、みあげると、Ｂ29の大編隊が空をおおい尽くしていた。

「ちくしょう、Ｂ公だ！」

和幸が叫ぶ。

Ｂ公というのは、Ｂ29のことだ。

大編隊は、空から雨を降らせるように、大量の焼夷弾を投下しはじめ、地上のあちらこちらで火の手が一斉に上がった。

「荒川の土手に逃げるぞ！　みんな、布団もって走れ！」

忠助の号令で、忠助、みつ、光夫、和幸、時江は、貴重品や布団を抱え、近くの京成電鉄荒川駅（現・八広駅）近くの土手へと急いだ。

土手へゆくと、大勢の人々が着のみ着のままで避難してきていた。煙で顔を黒くした人々や炎で服の一部が焼かれた人々や素足の人々もいる。

「すごい数で、きやがったなあ」

光夫が上空をみあげ、悔しそうにいった。

二百機とも三百機ともつかないＢ29が上空を埋め尽くし、地上の炎で胴体や翼が赤々と照らし出されていた。広い範囲で街が燃えているので、あたりは昼間のように明るく、建物が燃えさかる轟音が響きわたっていた。

「我が物顔で飛びやがって！」

和幸が歯噛みする。

高射砲は鳴りをひそめ、迎撃機は一機も飛んでいない。

昨年六月から実戦配備されたＢ29は、高度一万メートルを四八〇〇キロメートル以上飛び続けることができるボーイング社製の最新鋭爆撃機だ。日本のゼロ戦が高度三〇〇〇メートル以下で性能を発揮するため、以前は低空に降りてこなかったが、もはや飛び立てるゼロ戦も高射砲の弾もろくにないとみて、この日は、二〇〇〇～三〇〇〇メートルの低空から東京の街を蹂躙《じゅうりん》した。

「隅田川のあたりが相当やられてるなあ」

忠助が南西の方角をみながら険しい顔つきでいった。

日本橋、浅草、本所、深川のあたりの空がひときわ明るく、一面火の海になっていた。一方、清水の家がある場所から南のほうは、空はそれほど明るくない。

頭上のＢ29は、ゴォンゴォンゴォンという唸りを上げ、まるで怪鳥の群れが一斉に糞でも落とすかのように、焼夷弾を撒き散らし続ける。

おりからの強風にあおられ、炎が猛烈な勢いで広がり、地上を焼き尽くしていた。

土手にいる清水らのところに、焼夷弾の硫黄臭や人の髪や肉が焼ける臭いがまじった黒い煙が吹きつけてくる。

そうしている間にも、大勢の人々が荒川の堤防に逃げてくる。荷物を積んだ大八車を引いてくる人もいた。

Ｂ29が去ったのは、午前二時すぎだった。

清水一家が布団や貴重品を抱えて家に戻ると、幸いなことに、風向きのせいか、長屋は焼けていなかった。

「あっ、布団が一つなくなってる！」

家のなかに入った和幸がいった。

「こりゃ、盗まれたなぁ」

兄の光夫が苦笑いした。

それから一家はまんじりともせずに、時をすごした。もし火が迫ってきたら、消火作業をするつもりだった。

「もう大丈夫だ。うちは焼けねえぞ」

ようやく東の空が明るくなってきた頃、忠助がほっとした声でいった。


この「東京大空襲」で、約八万四千人が命を落とし、全焼家屋は約二十六万七千戸、被災者は約百万人に上った。もっとも被害が大きかったのは、現在の江東区、墨田区、台東区の三つで、死者数はそれぞれ、三万千六百八十一人、二万五千九百三十人、一万千八百二十五人であった。

その日、清水は、「みんな死んじゃったらしいから、お前、一人ずつ死んだ人の顔をみて、親戚をみつけてこい」と忠助に命じられ、西田端に住んでいる親戚の遺体を捜しに出かけた。

炎はおさまっておらず、あたり一面に、煙と異臭が立ち込めていた。焼け出されて通りをいきかう人々は、顔が煤けて黒く、防空頭巾や着物はぼろぼろで、浮浪者のようだった。火傷を負っている人も多く、道端に転がって呻いている重傷者も少なくない。

黒焦げの焼け跡と化した町は死体で溢れていた。全身が炭化し、黒いマネキンのようになった死体が、何百と地面に転がっていた。親の肩につかまったまま炭化した赤ん坊の遺体は、黒い小さな影のようだ。

（これじゃ、わかりようがない……）

隅田公園に並べられた無数の遺体をみながら、清水は嘆息した。

近くの道端には、窒息死し、国民服やモンペ姿でまるで眠っているような顔の人々の遺体が並べられ、警察官が調べにきていた。赤く膨れた死体、消防車を運転したままの姿で死んでいる消防士、自転車を引いて立ったまま焼け死んでいる人……。

あちらこちらで死体を荼毘《だび》にふす煙が上がっていた。

東京湾までの一帯がすべて焼き尽くされてしまったため、一望千里で、炎や煙がくすぶり続ける大地の彼方に、白っぽい上野駅が小さくぽつんと建っていた。その左手には、御茶ノ水にあるニコライ堂の青緑色の丸屋根がみえる。

玉の井から二キロメートルほど南にある、言問橋付近では、燃え続ける船のそばに、無数の死体が浮かんで漂っていた。隅田川の両岸から火を逃れてきた人々が飛び込み、壮大な炎の燃焼作用で空気が足りなくなって窒息死したのだ。赤ん坊を背負った主婦や、手提げ金庫を背中にくくりつけた老人の遺体などもある。

「おうい、須崎のほうは、大丈夫だったぞー」

歩いて二、三十分の向島須崎町（現在の向島四丁目の一部と五丁目）に住む姉の安否を確かめにいってきた忠助が、安堵の表情で戻ってきた。

第二章　ああ、インターナショナル

1

昭和二十二年――

敗戦国日本は、マッカーサー元帥を頂点とするＧＨＱ（連合国軍総司令部）の完全な支配下に置かれた。食糧だけでなく、石鹸、マッチ、革靴なども引き続き厳格な配給制で、人々は相変わらず飢えに苦しんでいたが、思いのほか明るく、たくましく、復興への道を歩みはじめていた。

清水和幸は、十代後半から二十代前半の十人ほどの男女と肩を組み、懸命に歌を歌っていた。肩を組んでいるのは、墨田区向島の青年共産同盟に所属する若い男女の労働者たちだ。

「起ぁーてー　飢えたるものーよ　いまーぞ　日は近しー　覚ぁめーよ　わがはらかーら（同胞）　あかつーきーはーきぃぬー」

歌っていたのは、代表的な社会主義歌、『インターナショナル』である。一八七一年のパリ・コミューンの蜂起の際に詞が書かれ、作曲はベルギー人のアマチュア作曲家、ピエール・ドジェーテルによる。

「ほら、もっと声出してー！　元気出せー！」

三十歳くらいのリーダーの男が、肩を組んだ若者たちに発破をかける。

「ぼぉぎゃーく（暴虐）の　鎖断ぁーつ日　はた（旗）は血ぃにもー（燃）えてー　うみ（海）をへだてつわれーら　かいな（腕）むーすーびー（結び）ゆーくぅー」

もともとは、一九一七年から一九四四年までソビエト連邦の国歌だった格調高い調べだが、墨田区内の工場などで働いている若者たちは声を張り上げ、がなるように歌う。

「ほら、坊や、しっかり歌えよ！」

リーダーの男は、懸命に声を張り上げる清水に発破をかける。

十六歳の清水は痩身で、頭髪を額の真んなかで分け、洒落たロイド眼鏡をかけたインテリ風の格好をしていた。年齢が若いので、「坊や」と呼ばれている。

「いーざ　たーたかわーんー（闘わん）　奮いー立てー　いーざー　ああ　イーンタナッショナーアル　われーらがもーのー」

「よーし、その調子だ。いいぞぉ」

「いーざ　たーたかわーんー（闘わん）　奮いー立てー　いーざー　ああ　イーンタナッショナーアル　われーらがものー」

敗戦とともに、それまで禁じられていた共産主義が熱病のように知識人、労働者、学生などの間に広まっていった。共産党が積極的に拡張運動をおこない、親子でやっているような小さな工場が多い墨田区では、多くの労働者が入党した。

清水も自然と共産主義に興味をもつようになった。若いので党員にはなれなかったが、青年共産同盟（のちの日本民主青年同盟、略称・民青）に入り、マルクス＝エンゲルスの『共産党宣言』や『資本論』を勉強したり、赤旗をかついでデモに参加するようになった。「赤旗」の購読勧誘やビラ貼り、知り合いを仲間に引き入れるための説得工作なども熱心にやった。

一方、父親の忠助は、長屋が戦災にあわず、住む場所が確保できていたので、戦災復興の大工仕事で忙しくなった。まもなく、かつて玉の井の銘酒屋（娼家）の手伝いをしていた妻のみつのつてで、廃業する娼家の経営者から店舗と経営権を譲り受け、夫婦で娼家の経営をはじめた。

戦災で玉の井の花街はいったん焼失したが、戦後、比較的家が焼け残っていたいろは通りから一〇〇メートルほど北に復活した。魔窟のようなその一角は、周囲を商店に囲まれ、「ちかみち」、「ぬけられます」の看板のある路地を入った先にあった。

戦前、娼家は銘酒屋と呼ばれる私娼だったが、戦後はカフェーと呼ばれるようになった。カフェーを営業するためには、風俗営業取締法にもとづいて地元の警察署と保健所に申請して許可を受け、墨田カフェー協同組合に加入することが必要になった。

忠助夫婦のカフェーは、いろは通りからいくと花街の入り口近く（本通りと柳通りの間）にあり、上玉の女給七、八人を使って繁盛した。一階に女給たちが窓から道ゆく男たちに声をかけたり、遊客を迎えたりするホールや帳場、経営者の住居があり、二階に、客をもてなすための部屋が複数あった。夜の仕事でもあるため、忠助夫婦は、カフェーで寝泊りするようになった。店の切り盛りは主にみつがやり、忠助は東北や北陸などにいって女を集めた。金を払って手に入れた女が逃げないように、一晩中夜行列車で寝ずの番をし、便所にいくときもついていかなくてはならないので、なかなか大変な仕事だった。忠助は組合の会計係もやった。

和幸ら家族はしばらく吾嬬町の長屋で暮らしていたが、やがて玉の井のいろは通りの荒川寄りの裏手にある二階家に引っ越した。「玉の井新劇場」という日活系の映画館の近くで、忠助とみつが経営するカフェーまでは歩いて数分の距離だった。

昭和二十三年春――

清水和幸は、早稲田大学の専門部法科に入学した。戦前の専門学校令にもとづく大学付属の教育機関で、旧制中学や実業学校の卒業資格で入学でき、実学を中心とした教育をするところである。

それとほぼ同時期に、清水は、有楽町にある産別会議（全日本産業別労働組合会議の略称）書記局で働くようになった。

産別会議は、電産、国鉄、鉄鋼、機器、全炭など、二十一の単産（単位産業別労働組合、組合員総数約百六十三万人）によって結成された共産党系のナショナルセンター（全国中央組織）で、共産党の対労働運動の窓口ともいえる存在だった。戦後初期の労働運動をリードし、昭和二十二年二月一日の「二・一ゼネスト」の計画（直前にマッカーサーによって中止させられた）、労働立法の制定、最低賃金制の確立、労働協約の締結などに貢献した。

清水を誘ったのは、産別会議書記局文化部で働いていた北条四男だった。清水の中学時代の担任教師で、戦前からの共産主義者だった。

産別会議書記局は、有楽町駅銀座方面出口の前にある廃墟のようなビルに入っていた。旧関東配電の変電所跡で、外堀川（現在の外堀通り）に面して建っていた。五階建てくらいの高さがあったが、なかはがらんどうに近い状態だった。そばの空き地では夜になると、濃い化粧にくわえタバコのパンパン（街娼）たちが米兵や日本人を相手に春をひさぎ、東側の通りの向かいには一杯飲み屋の屋台が建ち並び、その先の空き地には闇市ができていた。そのうち「ミルクワンタン」という、ワンタンに鶏モツをのせてミルクをかけた料理を出す店が近くにでき、書記局員たちは、腹が減るとよくそこで食事をするようになった。

変電所跡のビルは大きな鉄の扉が出入口で、その鉄扉に小さなくぐり戸がついていた。くぐり戸を入るとホールで、右手に階段があり、階段を下りた半地下の部屋が産別会議書記局になっていた。天井から裸電球がぶら下がり、電気の配線がむき出しで、机や椅子や謄写版などが雑然と置かれていた。

朝、玉の井の実家から清水和幸が出勤してきた。

「おはようございまーす」

「おう、坊や、おはよう」

先にきていた美濃部修が返事をした。

東京の四谷生まれ、四谷育ちの男で、年齢は十九歳である。

清水同様、東京大空襲の直後、京成電鉄の堀切菖蒲園から焼け跡を二日間にわたって歩き、二度とあのような惨禍を引き起こしてはならないという強い思いをもっている。

十七歳の清水は最年少の使い走りで、ここでも坊やと呼ばれていた。

「今日は紙を取りにいく日ですねえ」

丸いロイド眼鏡をかけた清水がいった。

産別会議では「労働戦線」という機関紙を出しており、そのための紙を受け取りにいく仕事を清水はやっていた。

この頃は、原材料の不足や電力不足で洋紙生産がストップし、「紙飢饉」と呼ばれるような状態だった。しかし、産別会議や労使協調路線をとる右派系の総同盟（日本労働組合総同盟、組合員総数約八十六万人）などは、優先的に紙の割り当てを受けていた。その背景には、日本を再び軍国主義に走らせないようにするには、国を民主化する必要があり、その一環として労働組合を育成すべきであるというGHQの方針があった。

「それじゃあ、いってきまーす」

その日、清水は大人びたジャケットをはおり、トラックに乗って紙を取りに出かけた。

最初に、お堀端の第一生命ビルを庁舎として使っているGHQにいき、建物左手の入り口からなかに入る。三階でしばらく待たされたあと、紙の割り当ての証明書をもらう。

そのあと、トラックの荷台に乗り、千葉の市川にある工場にいき、洋紙を何連か受け取り、愛宕下にあるあかつき印刷に届ける。

戦争が終わってまだ二年九ヶ月ほどの東京は、都心のどまんなかに畑ができ、多くの人々が焼け跡の掘っ立て小屋に住み、闇市が立ち、蚤やしらみだらけの浮浪児たちがたむろし、ぱりっとしたカーキ色の制服姿の米兵のかたわらを疲れ切った表情の復員兵がとぼとぼ歩き、白い軍用病衣と戦闘帽姿で物乞いをする傷痍軍人や靴磨きが道端にいた。市谷の旧陸軍士官学校講堂では、極東軍事裁判が続いていた。

この日、産別会議の指導を受けた東宝（映画会社）がストをやっている最中で、プラカードを掲げた社員たちにまじって、女優の久我美子や若山セツ子らがデモに参加しており、道ゆく人々が珍しげに眺めていた。

（へへっ、そこのけ、そこのけだ）

トラックの荷台で風に髪をなびかせた清水は得意げだった。トラックに「ＰＲＥＳＳ」と書かれた旗が立っており、それがあるとスピード制限なしの天下ご免である。

トラックの高い荷台の上から、脇によける車や人をみおろしていると、革命というロマンに身をささげている自分が時代の英雄のようで陶然となった。


その晩――

清水和幸は、半地下の産別会議書記局で、全日本機器労働組合（機械・器具関係の労働組合）の執行部から産別会議入りした金子健太の話を聞いていた。

「……産別会議は、約二年前の昭和二十一年八月に結成されたわけですが、その前身として、二十一年の一月に、関東地方労働組合協議会が結成されました。これは、日本共産党の指導で組織された、関東地方の労働者と労働組合の結集体であるわけです」

裸電球のオレンジ色の光のなかで、七、八人の書記局員や新聞記者たちが、椅子や机の上にすわって話を聞いていた。『共産党宣言』や『資本論』などがレクチャーされ、政治問題が語られる夜毎の勉強会だった。

新聞記者で出入りしているのは、朝日新聞論説委員、聴濤克巳《きくなみかつみ》（日本新聞通信放送労組委員長）、読売新聞元編集局長、鈴木東民《とうみん》（のち釜石市長）、毎日新聞論説委員、永戸俊雄、読売新聞社会部記者、徳間康快《やすよし》（のち徳間書店社長）らであった。

「戦後、徳田球一ら投獄されていた共産党の指導者が釈放され、共産党再建の活動をはじめたわけですが、このとき徳田は、松岡駒吉ら旧総同盟の幹部に対し、『政治的主張は違うが、労働組合だけは、全国で一つの同盟を組織して、協力しあおうではないか』と申し入れました」

丸いロイド眼鏡をかけ、くたびれた合織のジャケットを着た清水は、真剣なまなざしで、話に耳を傾けていた。マルクスやレーニンより、サルトルやカミュを愛読していたので、「サルトル坊や」と呼ばれていた。

「しかし、松岡らは、徳田の申し入れに同意しなかったわけです。彼らは、三井、三菱、住友、安田といった独占資本を訪れ、重役連中に会って『総同盟の再建をするからよろしく頼む』と協力を要請して歩いたのです」

総同盟は、戦前に存在したナショナルセンターで、戦後、復活した。

「総同盟から企業に派遣されたオルグは、勤労部長や人事課長と会って、企業内労組を組織し、それを総同盟に加入させるというやり方をとるわけです」

裸電球の光に照らされた男たちは、頬杖をついたり、足を組んだりして、じっと話を聴く。タバコをくゆらせている者もいる。

「我々にとってもう一つ厄介なのは、GHQがこのところ、日本を経済的に自立させ、アジアにおける共産主義の防波堤にしようと、占領政策を転換しつつあることです。これが、現実に、我々の労働運動に悪影響を与えはじめていて……」

米国は、当初、日本の軍事力を徹底的に破壊し、二度と欧米に歯向かえない農業国に変え、国民の生活水準も他のアジア諸国と同じかそれ以下にしようと考えていた。しかし、米ソ冷戦や中国における共産党勢力の伸張で日本の重要性が高まり、また、占領にともなう財政負担にも耐えられなくなってきたため、占領政策の重点を日本の経済復興に移しつつあった。それにともない、企業活動に制限を加える労働運動に対し、厳しい視線を向けるようになった。


それからまもなく――

清水和幸は、父親の忠助と激しい口論をした。

「うちは赤線商売をやってるが、はばかりながらアカの血統はねえんだ！」

中背でがっしりした体格の忠助が、かんかんになって怒鳴った。

清水の共産党活動が発覚したのだった。

「そういう馬鹿みたいな活動は、今すぐやめろ！」

「共産主義は立派な思想だ！」

繊細そうな細面にロイド眼鏡をかけた和幸は、精一杯の反論をする。

「おやじこそ、女を搾取して、恥ずかしくねえのか⁉」

「なんだと、このガキぃ？　もっぺんいってみろ！」

「何度でもいうさ。そもそもおやじが早稲田の月謝を出してくれないから、俺は、共産党や産別で勉強しなきゃならないんじゃないか！」

忠助が一番嫌いなものは学校である。

兄の光夫も大学に進学させてもらえず、旧制中学卒業後、人造皮革の工場に就職した。

「学校の勉強なんか、なんの役に立つ⁉ 人間は読み書き算盤ができりゃ、十分だ！」

忠助は肩をいからせる。

「とにかく、うちにアカの人間はおいておけねえ。共産党を辞めねえんなら、勘当だ！ とっとと出てけ！」

「ああ、わかったよ。出てくよ。出てきゃ、いいんだろ」

和幸は啖呵をきり、身の回り品や本を柳行李につめて、家を飛び出した。


数日後――

夜、産別会議書記局の机の上に薄い布団を敷いて寝ていた清水和幸は、顔の上を小さな動物が駆けてゆく不快な感触で目を覚ました。

（くそっ、またネズミか！）

寝ぼけまなこで起き上がり、裸電球のスイッチを入れると、床にいた二匹のどぶネズミが汚らしい尻尾を鞭のようにしならせ、壁の穴のなかに逃げ込んでいった。

「まったく、寝られやしねえ……」

顔をしかめて頭をかき、いまいましげに独りごちる。

家を飛び出したものの、住む場所がないので、産別会議の部屋で寝泊りするようになった。

しかし、部屋にはネズミがたくさんおり、布団のなかに入ってきたり、足を齧ったりするので、おちおち寝ていられない。

　仕方なく、薄茶色の表紙にくすんだ緑色のアザミの花が描かれた本を広げて読みはじめた。昨年十二月に発売され、ベストセラーとなった太宰治の『斜陽』であった。

　この頃、清水は太宰、織田作之助、長塚節《たかし》、島木健作などを愛読し、産別会議の仲間たちには話していなかったが、彼らのように正面から人間をみつめてゆくような作品を書けないかと密かに考えていた。

（ああ、腹がへったなあ）

　金がないので、近所の商店で買う沢庵が主食だった。鯨のベーコンやコッペパンは時々食べられるが、米が口に入ることはめったにない。

　本を読んでいるとやがて眠気が襲ってきた。

　しかし寝ると、またネズミの襲来を受ける。

　清水は部屋の片隅においてある柳行李のなかから、ヒロポンのアンプルを取り出し、先端部を指で折って、透明な薬液を注射器で吸い上げる。この頃、ヒロポンは、「眠気と倦怠除去に！」、「頭脳の明晰化！」などと盛んに宣伝され、薬局で普通に売っていた。

　清水は左腕に注射針を刺し込み、ゆっくりとヒロポンを注入していった。

　翌日の夕方――
　半地下の産別会議書記局の部屋にいい香りが漂っていた。清水が、みんなのために配給の白米を飯ごうで炊いていた。おかずは醤油と塩である。

「なんだこれは⁉」

突然、背後で大きな声がした。

肩越しに視線をやると、幹部の金子健太が、使用済みのガラスのアンプルをつまみ上げ、眉間に縦皺を寄せていた。戦前からの不屈の運動家で、冗談もいわない堅物だ。

「誰か注射をしたんでしょう」

書記局員の一人がいい、清水は、視線を合わせないよう、丸めた背中を向ける。

「馬鹿野郎！　そんなこと訊いてるんじゃねえ。誰がこんなもの使ったんだ⁉」

街頭演説で鍛えた金子の声は野太い。

「なんの薬ですか？」

「ヒロポンて書いてあるじゃねえか」

途端に室内にいた全員の視線が清水に注がれた。

「坊や、お前か？」

ごまかせないと観念した清水は立ち上がり、ぎこちなくうなずいた。

「こんなもの注射して、お前は革命を達成できると思ってるのか⁉」

金子は、清水を叱りつけた。

「いい加減な気持ちで、信念が足りないから、こういう不健全なことに走るんだ」

清水は無言でうなだれていた。

いい加減な気持ちで産別会議に入ったわけではないが、密かに小説の道を志している清水にとって、織田作之助や坂口安吾も使うヒロポンは、革命という言葉と同様に、甘美なロマンを抱かせた。

「いいか、もうこんなものは二度と使っちゃいかんぞ。わかったな?」

念を押され、清水は無言でうなずいた。

2

昭和二十四年――

清水和幸は、この年一月に十八歳の誕生日を迎え、正式な共産党員になった。

一月二十三日には、日本国憲法施行後初の衆議院総選挙がおこなわれ、民主自由党が議席総数四百六十六の過半数を占める二百六十四議席を獲得して大勝。同党の初当選者のなかに、のちに総理大臣となる池田勇人や佐藤栄作がいた。共産党は改選前の四議席を三十五議席に増やす躍進をとげた。


五月三十日――

夜、清水が、産別会議書記局の机の上で寝ていると、電話が鳴った。

書記局は、前年七月に、有楽町駅前の旧関東配電の変電所跡から、港区芝新橋七丁目に建てられた産別会館内に移転した。地方の旧兵舎をいったん分解して移築した横長の二階建てで、御成門交差点と山手線の線路の中間(現在の新橋六丁目)あたりにあった。

「おい、産別はなんで誰もこないんだ?」

電話をかけてきた、ある労組の幹部がいった。

「えっ、なんの話ですか？」

清水は寝ぼけまなこで訊いた。

「知らないのか？　都庁前の公安条例反対のデモだよ。早く旗もってこい。誰もこないと、産別がデモに参加したことにならないぞ」

「はい、わかりました。すぐいきます」

清水はあわてて産別会議の赤旗をかつぎ、丸の内に向かって夜の街を駆け出した。

都議会では、都の公安条例改正の審議がおこなわれているところで、それに労組や学生が反対していた。改正されると、現在はデモ実施の四十八時間前までに届け出ればいいだけなのが、七十二時間前までに申請し、かつ公安委員会の許可が必要になる。


清水が息せき切って、千代田区丸の内三丁目の都庁舎前に駆けつけると、スーツやコート姿の社会人や学生帽をかぶった学生ら約千五百人が集まり、シュプレヒコールが夜の闇にこだましていた。女性も一割くらいまじっており、学生は、東大、東京商大（のちの一橋大）、早大、慶大生などだった。

「デモ取締り、はんたーい！」

「公安条例改悪をー、絶対にぃ、許すなー！」

夜空に、いくつもの赤旗がひるがえっていた。

都議会議事堂のなかでは、第三回定例都議会本会議が続いているようだった。丸の内署の警官約五十人と警視庁の予備隊員約百五十人が、デモの人々を取り囲んでいた。

赤旗は、国鉄、全印刷、都労連、日映演、全電工、土建一般労組などのものだった。

清水も人々のなかに入って、産別会議の赤旗を懸命に振った。

午後九時五十分頃、デモ隊の一部が、気勢を上げながら、都議会議事堂のなかに乱入していった。

まもなく、丸の内警察署の警官たちや予備隊員たちも議事堂内に突入した。

「警察、帰れーっ！」

「やめろー！　やめんかーっ！」

「官憲の横暴を許すなーっ！」

議事堂内外で激しいもみ合いがはじまった。

もみあいのさなか、都庁舎のすぐそばで、どかーんという大きな音がして、人々の悲鳴が一斉に上がった。

「きゃあーっ！」

「落ちたぞ！　人が落ちたぞ！」

清水が視線をやると、人々がわらわらと駆け寄り、人だかりができていた。

「しっかりしろ！」

「担架だ！　担架！」

「誰か、担架をもってこーい！」

暗闇の中で悲鳴が飛びかい、二、三人が、担架をとりに脱兎のごとく駆け出していった。

まもなく、顔が血まみれで意識を失った男が、大勢の人々に付き添われて担架で運ばれていった。

都庁舎の三階から落ちたのは、都電や都営バス従業員の組合である東京交通労組の橋本金二だった。都電の柳島営業所（江東区）で車掌をしている二十五歳の男である。

橋本は中央区木挽町七丁目の菊地病院に収容されたが、その夜、死亡した。遺体は東大法医学教室で、親族、社会党国会議員、東交労組幹部、検察官などの立ち会いのもとで解剖され、肝臓破裂による失血死と断定された。

翌日――

清水和幸は、赤旗をかつぎ、ＧＨＱから警視庁に向かって行進するデモ隊のなかにいた。

「人殺し議会はー、解散しろー」

「橋本君のー、犠牲をー、無駄にするなー！」

「公安条例、絶対ふんさーい！」

労働者や学生からなる数百人のデモ隊は、シュプレヒコールを繰り返し、ジグザグ行進をする。大きな声で『インターナショナル』を歌っている者たちもいる。

正午から橋本金二の死亡と公安条例に反対する「公安条例反対大会」が都庁内広場で開かれ、約三千人の労働者や学生が気勢を上げた。午後一時に集会は終了したが、一部は都庁付近で肩を組んで人垣をつくり、清水らは、ＧＨＱ（連合国総司令部）までデモ行進をしたあと、警視庁に向かった。

「おい、産別、なにもたもたしてんだ。お前、先頭にいけ」

背後からどやしつけられ、赤旗をかついだ清水は、あわてて行進をする人の波をかきわけ、デモ隊の先頭に立つ。

道の両側に、ヘルメットをかぶり腕章をした占領軍のＭＰ（憲兵）が並び、少し離れたところで、警棒を手にした大勢の日本人警官たちがデモ隊を監視していた。

「お前、しょっぴかれるぞ。気をつけろ」

そばの男にいわれ、清水はぎくりとなった。

ＧＨＱ付近はデモ禁止区域であり、拘束されてもおかしくない。拘束されると軍事裁判にかけられ、米軍占領下の沖縄で重労働の刑に処せられるといわれている。

（くそっ！　もう、しょうがねえ）

なるようになれと思いながら、デモ隊の先頭で産別会議の赤旗をふり続けた。

「解散を命ずる！　デモ隊は解散せよ！」

午後四時すぎ、大きな声が飛んできた。

「集会届出時間は終了している！　ただちにデモをやめて、解散せよ！」

いつのまにか、六尺棒を手にした大勢の武装警官たちがトラックで乗りつけていた。

「やかましい！　デモは国民の権利だ！」

「ポリ公の人殺し野郎！」

デモ隊から激しい野次があがる。

「解散せよ！　不当行為は取り締まる！」

「解散するのは、お前らのほうだ！」

清水は先頭でひたすら赤旗をふった。

まもなく、背後で、わあーっ、という悲鳴があがった。

ふり返ると、デモの列のなかに、警官隊が突入していた。あっという間に隊列が乱れた。警官たちがヘルメットをかぶった男をとり囲み、首根っこを六尺棒で押さえつける。男の背後から、数人のデモ隊員が支える。警官とデモ隊員たちが、互いの胸倉を掴み、怒鳴りあう。警棒で殴りかかろうとする警官の背中をデモ隊員が掴み、その腕を別の警官が引きはがす。

はっと気づくと、清水の両側にヘルメットのMPが立っていた。一瞬、逃げようとしたが、両側から腕をぐっと掴まれた。

（もう駄目だ……）

清水の顔から血の気がひいた。

「カム（こい）」

巨人のようなMPは、清水に隊列から離れるよう命じた。


この日、公務執行妨害と家宅侵入で六十四人が検挙され、丸の内、三田、麻布、愛宕、神田、麹町の各警察署に留置された。

清水和幸は、産別会議のはす向かいにある愛宕警察署で一夜をすごした。占領軍指令違反で軍事裁判にかけられ、沖縄に送られるのではないかと恐怖にとりつかれたが、翌日、釈放された。

出てみると、勘当された玉の井の実家から、越中ふんどし三本と下着のシャツが差し入れられていた。

それからまもなく――

清水和幸は、産別会議の同僚である美濃部修と新橋駅近くの大衆酒場で酒を飲んだ。

新橋駅烏森口には、終戦直後から掘っ立て小屋に毛が生えた程度の大衆酒場が建ち並び、夜になると「もつ焼き」「きも焼き」「焼鳥」などと書かれた提灯にずらりと明かりがともる。

「おっ、きたきた」

二人がすわったテーブルに、前掛けにサンダルばきの若い女性が、やかんをもってやってきた。

一杯二十七円のカストリと呼ばれる焼酎であった。メチルアルコールのようにつんとくる匂いの密造酒だ。

「たくさん入れてね、たくさん」

二人は、皿の上に載せたコップに焼酎をそそぎはじめた女性をひやかす。

焼酎がコップのへりまで近づいたとき、美濃部が手を出して、女性の手をふわっと握った。

「きゃっ！　おばさーん！」

若い女性はあわてて店主の女性のほうに向かって叫び、手元が狂って、焼酎が少しこぼれた。

「はっはっはー、上手くいった」

切れ長の目をした二十歳の美濃部が、してやったりという笑みを浮かべ、コップの底についた焼酎を人さし指で丁寧にふき取って舐め、次に受け皿にたまったのを舐める。こぼれた分だけ余分に飲めるという「産別流」だ。

「しかし、坊や、一晩で出られてよかったなあ」

「うん」

「愛宕署には俺もぶち込まれたことがあるよ」

「へえ、どうしてまた？」

「新橋駅の地下に、新橋メトロって小さな小屋（映画館）があってさ。俺、争議の支援で裏から入ったんだ。ところが唯一の出口だった正面入り口がふさがれてた。仕方がないからマンホールから上に出たら、おまわりたちが大勢で待ち構えてて、そのまま愛宕署いきよ」


裸電球のオレンジ色の光のなかで、両切りのタバコに火をつけ、美濃部は苦笑した。


新橋メトロの争議は、昭和二十一年から二十三年にかけて起きた東宝争議の一環だった。その頃は、神戸の川崎重工葺合製鈑工場の争議も激しく、「東の東宝、西の川崎」といわれた。

「まあ、お互い、沖縄送りにならなくて、よかったよなあ」


前年四月に、朝鮮学校閉鎖に反対する大阪の闘争で、全逓（全逓信労働組合＝逓信省職員の労働組合）の幹部が検挙され、軍事裁判にかけられて重労働の刑で沖縄送りになっていた。

「ところで、坊やは、琴平にいったんだよなあ。どうだった？」


先日、清水は産別会議の書記（組織の責任者）として労働運動を指導していた斎藤一郎に命じられ、香川県の琴平で開かれた国鉄労組の大会に参加した。

「いやあ、もう、斎藤さんはいけとはいうんだけど、『汽車賃ください』っていったら、『そんなものは、自分で考えろ』ですからねえ」

頭髪を頭の真んなかで分け、ロイド眼鏡をかけた十八歳の清水は、焼酎で赤らんだ顔で苦笑した。

「でも、いったんだろ？」

「いきましたよ。いきは全日通のバスに乗せてもらって」

全日通は、日本通運の労働組合である。

「宿は知り合いの部屋にもぐりこんで、食費はちょっと借りました」

「帰りはどうしたの？」

「帰りは、汽車でキセルですよ。もう手もちが二十円しかないんですから。検札がくるたびに、デッキをつたって逃げて、とうとう東京までキセルで帰りました」

「ほう、そりゃ、すごい」

「そのことを斎藤さんにいったら、『子どもをこういうところにやってはいかん』って怒るんですよ。自分でいけっていっておきながら」

二人は笑った。

「坊や、最近、オルグのほうの調子はどうだい？」

オルグとは組合をつくったり、組合を支援したりする活動のことだ。

清水らは、産別会議の傘下にある電産、全炭、全鉄労、国鉄などに出向いて、組織の運営や機関紙づくりのアドバイスなどをしている。

「うん、まあまあだよ。こないだ、機器（全日本機器労働組合）傘下の墨田区の会社が組合をつくったそうなんで、いろいろ話してきた」

清水はタバコをくゆらせる。

「今、墨田区じゃ、共産党の区議が中心になって、東京都の五十億円融資のあっせんや、都民税や区民税の引き下げを打ち出して、民主商工会をつくろうとしてるみたいだよ」

墨田区は清水の出身地である。

「ほう……。まあ、旨味があれば、商店主たちは、興味はもつだろうなあ」

美濃部は相槌を打ち、タラの干物を齧る。

ただし、産別会議の活動は、傘下の大組織に対するものが中心で、中小企業や商店の組合に直接働きかけることはほとんどない。

「修ちゃんのほうは？」

「うん……。ドッジ・ラインで、首切りがたくさん出そうだから、なんとかしなきゃいけないって、いろんなところと話し合ってるよ」

去る二月にGHQ財政顧問として来日したデトロイト銀行頭取のジョセフ・ドッジが、「日本経済は両足を地につけておらず、米国の援助と国内の補助金という二本の竹馬に乗っている」と断じた。

吉田茂内閣は、ドッジの勧告にもとづき、補助金削減や政府機関融資の縮小などを柱とする超緊縮財政「ドッジ・ライン」を実施した。その結果、終戦直後から続いていたインフレは収まってきたが、失業や倒産があいつぐ「ドッジ不況」が起きつつある。

「ドッジ・ラインねえ……なるほど」

清水は、なんのことかよくわからなかったが、わかったふうな顔をしてうなずく。

「話は変わるけど、最近、吊るし上げが多くなったですねえ」

産別会議では、毎日夕方六時くらいから細胞会議が開かれている。変電所跡にいた頃は、勉強会的な雰囲気で、前向きな話が多かった。しかし、昨年七月に港区芝新橋の産別会館に移転してからは、「誰それの傾向はよくない」とか「自己批判が必要だ」といった吊るし上げが多い。それらは具体的になにが悪いという指摘もなく、単に難癖をつけるものだった。

「俺もこないだやられたよ」

美濃部が冴えない表情で、焼酎を舐める。

美濃部は「日常活動に手抜きがある」といって吊るし上げられた。

「組織内で権力闘争があるから、雰囲気が殺伐としてきてるんですかねえ」

「細谷が原因だよなあ」

細谷というのは、産別会議事務局次長、細谷松太のことだ。産別会議の幹部は戦後になって労働運動に参加した者たちが多かったため、戦前からの労働運動経験者の細谷が招かれた。しかし細谷は、昨年二月に産別会議民主化同盟を立ち上げ、それが原因で組織は分裂傾向にある。

「あいつは総同盟の犬だよ、きっと」

「そうなんですか?」

「うん。勝手に名古屋や山形にいっては、資本家連中と懇談会をやったり、産別を批判するような発言をしてるらしい」

「本当ですか⁉　許せんですね!」

「たぶん、近々、決着をつけるときがくるんじゃないか」

そういって美濃部は、カストリ焼酎を舐めるように飲む。

「修ちゃん、最近あんまり飲まないね」

美濃部のコップに視線をやって、清水がいった。焼酎はあまり減っていなかった。

「うん、どうも胃の具合がなあ」

美濃部は心もち青ざめた顔でいった。

「もしかして、胃潰瘍かなにか?」

「うーん、かもしれない」

「そうですか……。産別は飲みすぎですよねえ」

「まあ、鍛えられたおかげで、酒を飲んで不始末をしなくなったのはよかったけど」

斎藤一郎をはじめとする幹部は酒豪が多く、清水や美濃部らはしょっちゅう飲みにつれていかれていた。清水ら若手は、カストリ焼酎を浴びるように飲みながら、戦前の左翼活動や獄中体験談、マルクスやヘーゲルの話を目を輝かせて聴いた。

「海野さんなんか、酒飲んで反吐《へど》吐くと、『このエンゲル係数が高い時代に、これ以上ない栄養をとって、反吐を吐くとは何事だ!』って怒りますからねえ」

海野幸隆は四十歳手前の幹部で、戦前、斎藤一郎と一緒に投獄されたこともある。斎藤が声が大きい強面であるのに対し、物静かな学究肌の人物だ。清水は海野を神様のように尊敬していた。


一年後(昭和二十五年)――

三月に、オレンジと緑二色のあでやかな車体の湘南電車が登場して東京と沼津・伊東間を結び、学制改革で旧制高校が廃止された。六月には朝鮮戦争が勃発し、ドッジ不況に喘いでいた日本は、戦争特需で息を吹き返した。

十九歳になった清水和幸は、港区芝高輪南町にある全日通労働組合の宿直室で仮眠をとっていた。

産別会議が内部抗争で弱体・縮小化したので、清水は電産（日本電気産業労働組合）の東京地方本部で働いたあと、全日通関東地方本部の機関紙部の書記として送り込まれた。

「おい、清水、どうしたんだ⁉」

眠っていると、誰かがそばで呼んだ。

（誰だ……？）

夢うつつで、声のしたほうに顔を向ける。

「大丈夫か⁉　具合が悪いのか⁉」

ぼんやりとした視界に、眉間に縦皺を寄せた全日通の職員の男の顔が迫ってきた。

「あの……なにかあったんですか？」

清水は、畳の上に敷かれた布団からのろのろと上半身を起こしかける。このところ、微熱が続いていて、身体がだるかった。

「お前、そのほっぺた、血じゃないのか？」

「え？」

意味がわからないまま、片手で頬に触れると、ぬるりとした感触があった。

真っ赤に染まった掌《てのひら》をみた清水は、驚きで両目を見開いた。

それからまもなく、清水は、全日通労組副委員長で、共産党組織の責任者を務める男に宿直室に呼ばれ、妙な質問をされた。

「きみと中西功《つとむ》氏とは、どういう関係なんだ？」

中西功は共産党の参議院議員である。戦前、中国共産党の抗日活動を支援し、昭和十七年に検挙され、無期懲役の判決を受けた。戦後、ＧＨＱの指令で釈放され、昭和二十二年に参議院に当選した。

「知りません。会ったこともありません」

熱が去らず、ふらつく頭で答えた。

「きみは、分派をどう思う？」

分派というのは、共産党内で反主流の「国際派」のことで、宮本顕治、中西功、志賀義雄らがリーダー格だ。一方、主流は、徳田球一、野坂参三らの「所感派」で、全日通労組副委員長もこちらに属している。

去る一月、ソ連のスターリンの意を受けたコミンフォルム（欧州共産党情報局）の機関紙が、『日本の情勢について』と題した日本共産党の平和革命路線を批判する論文を掲載し、これを受け入れる「国際派」と、受け入れない「所感派」の間で、党内抗争が激化していた。

なお、国際派という名称は、国際的な批判を受け入れたことに由来し、所感派は、徳田球一らが「〝日本の情勢について〟に関する所感」という論文を発表し、コミンフォルムに反論したことに由来している。

「わたしは宮本顕治氏らの主張を詳しく読んだり聞いたりしたことがないので、よくわかりません」

清水は答えながら、宮本顕治の妻でプロレタリア作家の宮本百合子を訪ねたことがなにかの誤解を招いているのだろうかと思った。

清水は、『貧しき人々の群』でデビューし、『播州平野』や『道標』などの作品で知られる百合子のファンで、団子坂（文京区千駄木）の宮本宅を訪ねたことがある。

「産別会議の連中とは、まだ付き合っているのか？」

「付き合っています」

「そうか」

尋問調の会話はそれで終わった。

嫌な後味が残る会話だった。


この頃、清水は、全日通関東地区の機関紙に『殺された金二』という小説を連載した。前年五月三十日の公安条例改正反対の集会で、都電の車掌、橋本金二が都庁舎三階から転落して死亡した事件を題材にした作品だった。死因が肝臓破裂による失血死だったため、組合や共産党関係者らは、橋本は暴行を受けたあと、突き落とされたのだと主張していた。


八月の終わり――

清水は二度目の喀血をした。

このときの様子を、清水はのちに、『十九とそしてまた十九歳』というエッセイ（「別冊小説宝石」昭和五十六年初夏号）に書いている。

〈その夏、暑い夏が毎日続いていたが、どういうわけかわたしは、ほとんど汗をかかなかった記憶がある。

記憶といえば、その頃は勘当……され家を出ていたのだが、どこで寝て暮らしていたのか、さっぱり思い出せない。どこかに寝ていたはずで、ある時期は事務局の机の上だったり、友人が借りていた板を張った風呂場で、一枚の布団を柏餅に、何ヶ月間か寝泊まりしていたこともあるが、ある労働組合の機関紙部書記をしていたその夏に限って、毎晩どこで寝ていたのかどうしても思い出せない。

ともかくわたしは、毎日二個ずつの夏みかんを喰べていた。

夏みかん以外のものには、まったく食欲が湧かない。それも一日に三個は喰べる気がせず、午前十一時頃と、そして四時半頃、書記局の机で夏みかんの皮をむいては一房ずつ丹念に果汁をすすっていた。

大学へかよっていれば二年生のはずだったが、月謝を納めていなかったし、戻る意思はなかった。

機関紙部の書記はわたし一人。

手を抜くわけにはいかなかった。

その日は午後三時頃印刷所から帰ってきて、途中で買ってきた夏みかんを机に残し、宿直室の西陽の当たる畳の上にひっくり返った。熱があって全身がだるく、どうにもならなかった。

食欲のなさはこの熱のせいである。

うとうととして、急に息苦しくなって目が覚め、畳に俯せに咳き込んだ。

濁った血が口腔から飛び散った。

飛沫が畳を染め、なお咳き込みながらわたしは、起き上がって腰の手拭いで、人に見咎められないようにと、畳の血痕を懸命に拭き、ゆすいできた手拭いでさらに何度も畳を拭き直した。綺麗に拭き終わったとき、二度目の喀血に見舞われ、西陽のかんかんに当たる畳の血の中へ、顔を埋めてのめりこんだ。

それでも咳が納まり落ち着いてから、わたしは顔を洗い畳を拭き直した。〉

数日後――

高輪南町にある全日通の事務所に、清水の兄の光夫が訪ねてきた。

二歳年上の光夫は、都内の化学工業学校（旧制中学）を卒業し、共和レザーという椅子などに使う人造皮革を製造する会社に勤めていた。

「カズ、お前、血を吐いたそうじゃないか」

熱でふらふらしながら姿をあらわした清水に、光夫はいった。

「誰から聞いたんだよ？」

「ここの人が連絡してくれたんだ」

それを聞いて、清水は内心舌打ちした。

誰にも知られていないと思っていたが、みていた人がいたらしい。

「こんなに痩せて……」

清水より少し背が低い光夫の柔和な面立ちが曇る。

「顔色も真っ白じゃないか。このままだと、死んじまうぞ」

「……」

清水は無言で兄の言葉を聞いていた。

「所感派」が主流の全日通で、清水は異端分子として扱われ、孤立無援だった。喀血した血を何度も拭いたのも、病気を理由に、組織を追い出されたくなかったからだ。

しかし、身体はもはや働けるような状態ではなかった。


清水は勘当を許され、玉の井の実家に戻った。

近所の医者に診てもらうと、結核で肺炎を起こしているといわれ、絶対安静を命じられた。この頃、結核は日本人の死亡原因ナンバーワンの死にいたる病であった。

約一ヶ月間、清水は、いろは通りの荒川寄りの裏手にある家の二階で寝てすごした。父親の忠助と後妻のみつが経営するカフェー（娼家）が流行っていて金があったので、毎日、看護婦がやってきて清水に注射を打った。

やがて肺炎が治まり、安静の効果で病状も落ち着いてきた。なんとか動けるようになったので、千葉大学医学部附属病院の習志野分院に入院することになった。当初、結核病棟は満員で、病院側から「ベッドがないから入院できません」といわれた。しかし忠助が、「俺は大工だ。ベッドぐらいすぐつくって担いでくる。だからこいつを入院させてやってくれ」と頼み込んだ。

3

翌年（昭和二十六年）晩秋――

〽 歌も楽しや東京キッド
いきでおしゃれでほがらかで
右のポッケにゃ夢がある
左のポッケにゃチュウインガム
空を見たけりゃビルの屋根
もぐりたくなりゃマンホール

同室の患者のラジオから、十四歳の天才少女歌手・美空ひばりの楽しげな歌声が控えめに流れていた。前年に出されたヒット曲「東京キッド」であった。

二十歳になった清水和幸はベッドに痩せた身体を横たえ、ロイド眼鏡をかけた目で、ぼんやり天井を眺めていた。

ベッドのそばには、繰り返し読んだ堀辰雄の『風立ちぬ』が置かれていた。昭和十年七月から十二月まで、堀が結核を患っていた婚約者の矢野綾子とともに信州の富士見高原療養所ですごした日々を抒情的な文章で書き綴った作品である。夏から冬にかけての自然の描写が、同じ時期に滋野村で暮らしていた自分の生活を思い起こさせ、また結核の療養という境遇も同じだった。

千葉大学医学部附属病院の習志野分院は、京成電車の京成大久保駅（京成津田沼駅の隣り）から歩いて十分ほどの場所にある。毒ガス戦の研究や訓練をおこなっていた陸軍習志野学校の跡地で、大きなヒマラヤ杉が建物の前にある幹部候補生隊舎、幹部候補生の自習棟、騎兵連隊の建物など、立派な木造の建物が数多く残っていて、病院の施設として使われている。

付近には、広大な演習場跡地があり、春には砂埃が舞う空でひばりが鳴き、夏には月見草が咲き乱れ、秋には桔梗が咲き、冬になると霜柱が立つ。

「よお、具合はどうだ？」

クレゾールの臭いがしみ込んだ清水の病室を、一人の男が訪ねてきた。

二十歳の清水と同年配の片倉仁であった。産別会議の事務局細胞が縮小したため、清水は墨田区の共産党細胞に移り、そこで片倉と同僚だった。二人は小学校以来のつきあいでもある。片倉は、いつも真っ黒になって働いていたメッキ工で、党活動も熱心だった。

「ああ、まあまあだ」

着物の寝巻き姿で、ベッドの上で上半身を起こした清水はいった。体重は四〇キロを切り、長い顎が細くとがってみえた。

「手術はしないで済みそうなのか？」

「ああ、なんとかな」

入院直後、若い担当医から、「体力の回復をまって、左肺上器部の拇指大の空洞をつぶすため、肋骨を七本切ることになる」と告げられた。局所麻酔をして骨をのこぎりで削る手術で、清水は恐怖にかられた。

しかし、忠助が赤羽の駐留米軍にわたりをつけ、特効薬のストレプトマイシンを四十二本入手し、医者に渡した。その効果で、清水の肺の空洞は徐々に小さくなっていった。医者に一度に全部渡すと、ほかの患者に使われてしまうため、忠助は少しずつ渡すようにしていた。

「ところで、俺たちはどうして除名されたのかなあ?」

椅子にすわった片倉が、沈痛な面もちでいった。

この頃、清水と片倉は、なんの前触れもなく、共産党から除名された。除名は、共産党の墨田区委員会のタブロイド判の機関紙「新すみだ」に突然発表され、理由も書かれていなかった。

「俺には思いあたることがない」

いいながら清水は、全日通労組副委員長との尋問調の会話を思い出していた。一つ考えられるとすれば、分派(国際派)と誤解され、党内抗争のとばっちりで除名されたということだ。

(あるいは、一度会議の席上で「火炎瓶闘争や山村工作で革命は達成できないと思う」と発言したのが、問題視されたんだろうか……?)

「俺は、山村工作隊の活動だって懸命にやった。それなのになぜ、除名されなきゃならないいんだ?」

片倉の顔に苦悩がにじむ。

日本共産党は去る二月と十月の第四回と第五回の全国協議会で、徳田球一、野坂参三ら「所感派」主導の下、日本の解放と民主的変革を平和的手段で達成しうると考えるのは間違いであるとして、武装闘争方針を打ち出した。

きっかけは、前年六月に勃発した朝鮮戦争だった。スターリンはコミンフォルムをつうじて全世界の共産党に、北朝鮮を支援し、米帝国主義の後方をかく乱するため、武装闘争を開始するよう指令した。日本共産党主流派の徳田球一、野坂参三らはこれに反対し、反主流の「国際派」のリーダー、宮本顕治と激しい論争になった。結局、主流派もコミンフォルムによる厳しい批判に屈し、朝鮮総連および全学連（全日本学生自治会総連合）と共闘し、いわゆる「火炎瓶闘争」と呼ばれる武装革命闘争を全国規模で起こしたのだった。

山村工作隊は、「所感派」がはじめた農村解放のための武装闘争組織だ。各地の農村にゆき、火炎瓶をつくり、列車の爆破、交番へのテロなどをおこなう。地元の実情を無視した活動は農民からの支持も得られず、隊員たちは警察の追及をのがれるため、鶏小屋などに寝泊りしながら移動していた。

「俺は、犬や豚のような生活をしながら、党のために懸命に働いた。……それなのに、どうして裏切り者扱いされるんだ⁉」

片倉の家は、墨田区ではよく知られた共産党一家で、両親も弟妹も共産党員だ。突如片倉一人だけが除名されたために、家庭内で大きな動揺が起きていた。

「片倉、誰かを裏切ったという思いがあるのか？」

「誰も裏切ってなんかいないさ。だからなおさら裏切り者なんていわれたくないんだ」

苦悩にさいなまれた友人の顔を、清水はじっとみつめる。

「なにか怖いことでもあるのか？」

清水が訊くと、片倉はぎくりとした顔つきになった。

「怖いことなんか……あるわけないだろ」

片倉の顔は青ざめていた。

「俺は自己批判して、許されたら党へ戻るつもりだ」

片倉がいった。

「なにを自己批判するんだ？」

「なんでもだ。党にいわれたとおりにするしかないじゃないか」


（いつか俺たちは……処刑されるのか？）

片倉が帰ったあと、清水は天井をみながら、ぼんやり考えた。片倉の青ざめた顔を思い出すと、じわじわと恐怖が伝わってきた。

共産党は前回（昭和二十四年一月）の衆議院選挙で、それまでの四議席から一挙に三十五議席に議席数を増やす大躍進を遂げた。もし将来、政権を獲るようなことがあれば、裏切り者は人民裁判にかけられ、処刑されるかもしれない。

（共産主義体制になれば、おそらく人民裁判の制度ができる。「暁に祈る」事件のように……）

「暁に祈る」事件は、昭和二十四年に朝日新聞がスクープした事件だ。ウランバートルの捕虜収容所で、ソ連軍から日本人捕虜の隊長に任じられた池田重善元曹長が、労働のノルマを達成できなかった隊員にリンチを加え、多数の人間を死亡させたと報じられた。裸で一晩じゅう木に縛りつけられた隊員が、明け方には瀕死の状態になり、首をうなだれて祈っているようにみえることから「暁に祈る」事件と名づけられた。

数ヶ月後――

入院患者たちが寝静まった夜中、清水は病院の洗面所で、自分のパンツを洗った。

体力をつけるために栄養をとっていたが、寝たままなので、発散の方法がない。そのため、よく夢精をした。目が覚めて、パンツがべとべとになっているのに気づくと、こっそり起き出して、一人で洗った。

女はすでに知っていた。初体験は十六歳で、相手は、忠助とみつのカフェーで働く女だった。いきなり病気をうつされたが、そのあとも忠助の目を盗み、自分の部屋に店の女を呼んで行為をした。

(片倉は党に戻れたのかなあ……?)

冷たい水でじゃぶじゃぶパンツを洗いながら、清水は思い出す。

あのあと片倉は、党に連絡をとり、自己批判書を出した。どういう内容の自己批判書なのかは聞いていない。

(あいつにとっては、共産党員であることが人生そのものだが……)

党にいわれるままの内容で自己批判書を書いたのは間違いない。

(いったん裏切り者の烙印を押した人間を、党は簡単に許さないいんじゃないか……?)

片倉が、復党できたかどうか清水は聞いていない。党に対して忠誠を誓う片倉は、自己批判をしていない清水と接触しなくなった。清水もまた、自分が接触すると、片倉の自己批判の意味がなくなると思って連絡を絶った。

(修ちゃんは、今頃、どうしているかなあ……)

清水は、洗い終えたパンツを両手でぎゅっと絞りながら、窓の向こうの夜空に煌々と輝く月をみあげる。

産別会議の同僚だった美濃部修は、去年、胃潰瘍になり、広尾の日赤中央病院で胃を四分の三切除する手術を受けた。その後は、産別会議を辞め、好きな映画の道に入ったと聞いていた。

4

昭和二十七年五月一日——

東京は新緑が爽やかだった。空は見事に晴れ渡り、日差しは初夏を思わせた。

前年九月に米国サンフランシスコで調印された講和条約が三日前に発効し、日本はようやく独立を回復した。

独立後初のメーデーを祝うため、労働者たちが続々と神宮外苑に集まってきていた。

午前八時すぎから、国鉄の千駄ヶ谷駅や信濃町駅、地下鉄駅、都電などから吐き出された人々は、無数の波となって神宮外苑に向かった。人々が手にしたプラカードには、「低賃金打破」、「自由を我らに」、「再軍備反対」といったスローガンが書かれていた。「天下り供出反対」と書いたむしろ旗を掲げているのは農民組合である。

道端では、アイスキャンデー、ラムネ、まんじゅうなどが売られ、日本共産党の機関紙「アカハタ」の売り子もメガホンを抱えて飛び回っていた。

神宮球場を背景に設けられた中央ステージには、主催者である総評（日本労働組合総評議会）

の赤旗が数本ひるがえっていた。総評は、産別会議から脱退した産別民主化同盟系の組合が、総同盟の主流左派や中立組合と合流してつくったナショナルセンター（全国中央組織）である。

午前九時半、文化行事のハンガリアン・ラプソディのメロディーがステージから流れ、続いて炭坑節や秩父音頭が流れる。

午前十時二十分、詰めかけた約四十万の人々がみまもるなか、中央ステージで、「統一メーデー」の式典がはじまった。

日教組、私鉄、海員、都労連、日通の各代表が議長団となって議事に入り、来賓の左派社会党鈴木茂三郎、右派社会党加藤勘十、労農党堀真琴、共産党細川嘉六、平和推進会議妹尾義郎、日農八百板正、文化人代表清水幾太郎らが挨拶。続いて各組合代表が演説をし、参加者たちは、プラカードを高々と掲げて呼応した。その後、モレー仏社会党党首、シューマッハー西独社会民主党党首、マレーCIO（米産業別組合会議）議長らからの祝電が披露された。

大会は、「破壊活動防止法粉砕」をはじめとする決議を採択し、「再軍備反対、民族の独立を闘いとれ」、「低賃金を統一闘争でうち破れ」など、二十七のスローガンを確認して、議事を終えた。正午近くに、赤旗を手にした百人ほどがステージに殺到。「実力をもって人民広場へいこう」と呼びかけ、会場は一時混乱した。

その後、予定されていた働く女性たちのコーラスと職場音楽の合奏がはじまり、約十四万四千人が、新宿、日比谷公園、飯田橋・後楽園、六本木経由日比谷公園、渋谷の五方面に分かれてデモ行進を開始した。

様相が一転したのは、午後二時すぎだった。

日比谷公園に向かった二手のデモ隊のうち約五千人が、「人民広場へいこう」と叫び、皇居前広場を目指して無届デモに入ったのだ。先頭の日本民主青年団が日比谷交差点付近で警官隊と衝突。警官隊のスクラムを突破した都学連などデモ隊の大部分が、馬場先門から皇居前広場に入った。このとき、付近に停めてあった米軍乗用車など約二十台の車のガラスなどが壊された。

デモ隊は続々と集結し、皇居前広場には約一万人が集まった。人々は、太鼓を打ち鳴らし、石を投げ、棒きれ、プラカード、竹やりなどをふりかざして、警官隊と衝突。砂塵が巻き起こるなか、両者入り乱れての乱闘になった。

午後三時半すぎ、警官隊は催涙弾を発射。白い催涙ガスが立ち込めるなかで、乱闘、投石、警官のピストル発砲が続き、広場のクロマツの根元に血だらけになった学生が何人も倒れ、付近の道路では、暴徒と化したデモ隊が、片っぱしから米軍車両などをひっくり返して放火した。自動車が焼かれるごとに歓声があがり、米兵と連れ立って歩いていた日本人女性が殴られ、警視庁の白バイが叩き壊され、警官や米国人水兵が濠に突き落とされた。

衝突は夕方まで続き、デモ隊は二人の死者（うち一人は警官による射殺）と千数百人の重軽傷者を出し、警官隊も約八百人が負傷した。

清水和幸が、事件のことを知ったのは、翌日だった。

一年半の療養生活で病状がかなり回復し、兄の光夫と一緒に佐渡島を旅行している最中だった。

（「血のメーデー」?.）

広げた朝刊の一面に、皇居前広場で衝突するデモ隊と警官隊の大きな写真が掲載されていた。

ヘルメットをかぶり警棒を手にした警官たちと、赤旗を掲げ、角材などを手にしたデモ隊が、催涙ガスが立ち込めるなかで激突している様子は、戦国時代の戦場さながらだった。

記事には百三十人が検挙されたとあり（最終的な検挙者数は千二百三十二人）、共産党の関与が疑われ、日本共産党の前主幹、岩田英一が緊急逮捕されたと書かれていた。

清水は驚き、急いで帰京した。

「片倉仁が逮捕された」

帰京した清水に、共産党時代の仲間の男がいった。

「本当か⁉」

清水は愕然とした。

「あいつの親父と妹とメッキ工場の職人一人も一緒にだ」

「四人もか⁉」

「あいつは、自己批判を認めてもらいたくて、旗ざおをもって皇居前広場に突入したんだ。親父や妹たちは、たぶん片倉の汚名をなんとかそそごうと、一家をあげて応援したんだろう」

「そんなことを……」

清水は呻《うめ》く。

「あいつは、復党できたのか？」

「いや、俺は知らん。ただ、『いじめられている』とか『つらい』といっていたらしい」

「……」

共産党のような組織では、一度除名されると、信用を回復するのは容易ではない。片倉は何度も何度も踏み絵を踏まされていたに違いない。

「なあ清水、俺も警察に追われている。逃げるのに手を貸してくれ」

昔の仲間はすがるような目でいった。

「お前も、山村工作隊にいたのか？」

「ああ……。もう家畜のような生活をしながら、馬鹿げた破壊活動をやるのは、まっぴらだ！」

男の顔が苦渋で歪む。

共産党の武装闘争方針により、各地で警察官の殺害、交番や税務署襲撃、火炎瓶事件が多発し、世情は騒然としていた。

「児戯にも劣る革命ごっこで共産党は国民の支持を失いつつある。新聞の論調もきわめて厳しいし、破壊活動防止法も近々成立するだろう」

日本共産党と朝鮮人の破壊活動を念頭においた破壊活動防止法案は、去る四月十七日に衆議院本会議で趣旨説明がおこなわれた。吉田茂首相は「この法案に反対する者は、暴力団を教唆し、扇動する者である」と強い調子で述べた。

「墨田区の細胞はどんな状態なんだ？」

「片倉一家以外にも逮捕者がかなりいて、壊滅状態だ」

昔の仲間は苦渋をにじませていった。

「なあ、清水。俺以外にも、何人も追われている仲間がいる。助けてくれないか？」

「わかった。できる限りのことはしよう」

党には除名されたが、昔の仲間や友人を助けるのは清水にとって当然のことだった。

それからしばらくの間、清水は共産党時代の仲間たちの連絡役になり、自分を頼って訪ねてくる者たちが警察の手から逃れられるよう手助けをした。なかには、深夜、泣きながら訪ねてくる者もいた。彼らがかつて抱いた革命のロマンは、ぼろ雑巾のように破れた。

「血のメーデー」事件は、共産党の武装闘争方針のクライマックスで、同党が壊滅的な打撃を受ける転換点ともなった。逮捕された千二百三十二人のうち二百六十一人が、騒擾罪で起訴された。裁判は長引き、片倉仁の一家は、法廷に立たされ続けた。

吉田茂政権と米国が共産党弾圧の切り札として心血を注いだ破壊活動防止法は、七月三日に参議院を通過したあと、翌日、衆議院本会議で賛成多数で可決・成立した。十月におこなわれた衆議院選挙では、共産党はすべての議席を失った。

その後、清水は、習志野の千葉大学医学部附属病院から結核診療を目的とした国立療養所清瀬病院（東京都清瀬市）に転院し、そこで一年近く療養生活を送った。

第三章　藤原経済研究所

1

昭和三十一年――

十九歳の小沼美恵は、玉の井にある喫茶店「ムービー」で働いていた。玉の井の中心部をほぼ東西に貫くいろは通りの寺島町七丁目交番の脇を入り、ガラス屋、自転車屋、菓子屋などが並ぶ細い通りを五〇メートルほどいったところにある喫茶店である。

入ると煙突がついたストーブが置いてあり、右手に赤っぽい色のカウンターがある。カウンターの近くに、小さなサイドテーブルつきの椅子席が四つあり、奥にテーブル席がある。

朝は、付近のカフェーを経営する旦那衆のたまり場で、夜は、カフェーに遊びにくる男たちがやってくる。店に置いてある白黒テレビがプロレスの力道山の試合を放映するときは、立ち見の人々で満員になる。

店のオーナーは、美恵の兄の小沼桃吾である。桃吾は、すぐそばにある玉の井映画劇場の支配人で、金をためて、昔からの夢だった喫茶店を開いた。「ムービー」という店名は映画からきている。

営業時間は午前九時から夜中の一時までで、美恵たちは二部制で働いている。美恵は市川にある高校に通っていたときから「ムービー」でアルバイトをし、今は店の二階に住み込んでいる。隣の部屋には、兄の桃吾が住んでいた。

外の通りを、チャッチャッチャッチャッと雪駄の足音が近づいてきた。

「ムービー」のドアが開き、一人の男が入ってきた。

「いらっしゃーい」

美恵はにっこり笑って声をかける。

雪駄の男は、二十五歳の清水和幸であった。

二年ほど前に、国立療養所清瀬病院を退院し、産別会議のツテで、しばらく港区芝田村町にある労調協（労働調査協議会）の出版部で働いた。

労調協は、労働組合が金を出し合って昭和二十三年に設立した労働問題の調査機関だ。「分派（国際派）」として昭和二十五年に党を除名された元参議院議員、中西功がしょっちゅうきて原稿を書いており、産別会議幹部の海野幸隆などもよく顔を出していた。

その後、清水は、労調協が使っていた愛宕のあかつき印刷で知り合った「近代産業」という小さな雑誌の編集部に入り、現在は編集長を務めている。

「コーヒーを」

カウンターの近くの椅子席にすわり、清水がいった。結核療養時代に針のように痩せた身体は、人並みの肉づきに戻っていた。着ている服はやや汚れていて、両目の底には共産党員だった名残の反骨の光を宿していた。

清水は毎日「ムービー」にやってきて、一杯五十円のコーヒーを注文していた。

「はーい」

美恵は明るく返事をして、サイフォンでコーヒーを淹れはじめる。

清水は、くわえタバコで新聞を広げながら、美恵の後ろ姿をちらりとみる。

美恵は中背で、くっきりした眉に黒目がちな目をしていた。ふっくらした頬にはまだあどけなさが残っている。性格は素直で明るく、清水は一目みたときから心を動かされた。

「はい、お待ちどおさま」

美恵がコーヒーをもってきた。

「あんた、こないだ客とドストエフスキーの話をしていたなあ」

新聞から顔をあげて清水が訊いた。

「はい」

盆を胸のあたりで抱えた美恵は、明るく返事をする。

「本を読むのが好きなの？」

「はい」

「じゃあ、よかったら、うちに遊びにこないか？　本がいっぱいあるから」

「はい」

美恵の顔がかすかに赤らんだ。

黒々とした頭髪をオールバックにし、顎の長い細面に黒縁眼鏡をかけた清水は、なかなかの男前で、美恵も気になっていた。

それからまもなく――

小沼美恵は、清水和幸の家を訪れた。

いろは通りの荒川寄りの裏手にある家で、一階に清水の兄の光夫が住み、二階に清水が住んでいた。そばに「玉の井新劇場」という映画館があり、付近には、齋藤電気、こまどり化粧品、竹中医院などが軒をつらねている。

部屋はがらんとしていて、文机、本棚、バイオリン、ギターなどがあった。横長の文机の上には、原稿用紙の束が置かれていた。

「共産党の本があるのねえ」

美恵が本棚をみていった。

大きな本棚には世界文学全集などと一緒に、『資本論』や『共産党宣言』などが並んでいた。

「昔、共産党員だったからな」

「ふーん。今は違うの?」

「ああ、もう辞めた」

清水はつまらなそうな顔でいい、タバコをくわえてマッチをする。

美恵は書棚から何冊かの本を抜き出して開く。

「バイオリン、ひけるの?」

部屋の隅にバイオリンが立てかけてあった。

「ああ。なにかひこうか？」

清水は立ち上がり、バイオリンを手にした。

「ツィゴイネルワイゼンひいて」

スペイン生まれのバイオリニスト、サラサーテが作曲した派手で劇的なバイオリン曲である。

「……」

くわえタバコの清水は困った顔をし、ツィゴイネルワイゼンではなく、流行の歌謡曲をキーコ、キーコとかなでた。

「ギターもひくか？」

「うん」

清水は、ギターも器用にひいた。産別会議時代におぼえたという。

「ねえ、これはなにを書いてるの？　仕事の原稿？」

美恵が、文机の上の原稿用紙の束を指差した。

「仕事の原稿じゃない。小説だ」

「小説？　ふーん」

美恵は少しみてみたが、労働運動のことなどを書いたものらしく、自分には難しすぎると思った。

「俺は、絶対小説で身を立てようと思ってるんだ」

清水は強い口調でいった。

旧制中学時代からの小説家になりたいという気持ちは、約三年半の結核療養中にさまざまな作品を読むにつれ、ますます強くなった。産別会議時代から今にいたるまで、機関紙づくりや出版の仕事をしているのは、そういう思いのあらわれだった。

その日、美恵は、チェーホフなど世界文学全集を何冊か借りた。「これを貸して」というと、清水が「文学全集だと、読むのに時間がかかるから、あんたはあんまりここにこなくなるなあ」と残念そうにいった。美恵はそれを聞き、あれっ、この人、わたしのことを女として意識しているの、と思った。

清水は、「ムービー」に帰ってゆく美恵をみおくると、自分の部屋に戻って、タバコに火をつけた。

初めてやってきた美恵と、まずまず楽しいひとときをすごすことができ、満ち足りた気分だった。

タバコをくわえたまま、いつものように小説を書こうと、文机の引き出しのなかから、使っていない原稿用紙の束と万年筆を取り出す。

引き出しの底の茶封筒が目にとまった。

清水は、一瞬考えたあと、茶封筒を手にとり、なかに入っていた手紙を取り出した。

〈　　自己批判書

一九五一年当時、分派として除名した事について、左のことを自己批判すると共に、その除名を取消し、再びその様な誤りを犯さない為に、党規約を守り、才六回全国協議会で示された決議を正しく実践することを誓います。

一、意見の相違を、党を破壊する者と規定し、当時の情勢から仕方ないとして、党規約を無視し一方的に除名し、党を分裂に導いた。

一、除名を本人に通知もせず、当時大衆紙〝新すみだ〟に発表し、本人に重大な損害を与えた。

一、結果として、大衆斗争を分裂させ、革命全体に損害を与えた。

日本共産党東京都東部地区委員会㊞

一九五五年九月二十六日

清水一幸殿

〉

清水の本名は和幸だが、占い師に「一幸」のほうがいいといわれ、仕事などでは長年そちらを使用している。

いつでも復党を認めるという報せだった。

茶色いわら半紙に複写で書かれていた。

（こんなものなのか……）

手紙を眺める清水の顔に、軽蔑とも憤りともつかない感情があらわれる。

（除名されたことを真剣に悩み、苦しんだ俺や片倉はいったいなんだったんだ？）

日本共産党は、昭和二十七年十月の衆議院総選挙で議席をすべて失う惨敗を喫したあと、翌年、

「所感派」の徳田球一が亡命先の中国で病死。昭和三十年三月には、「国際派」の宮本顕治が党の実権を掌握した。徳田とともに中国に亡命していた野坂参三は、同年帰国して宮本と和解し、七月の第六回全国協議会（六全協）で武装闘争路線の誤りを認めた。

清水は、タバコの煙をくゆらせながら、苦い思いで手紙をみつめた。

共産主義への幻想を捨てきれてはいなかったが、心は徐々に離れていた。

それには、除名されたことだけでなく、雑誌「近代産業」の仕事も影響していた。

清水は、労調協の仕事で出入りしていたあかつき印刷で「近代産業」の社長と知り合い、請われて仕事を手伝うようになった。労調協の幹部らは、清水に対して「二足のわらじは駄目だ」と咎める一方、清水が「近代産業」からもらった原稿料を取り上げ、労調協の運営費などに使った。こうした幹部らの態度が、清水の不信感をつのらせた。

また、労調協出版部で退職金の解説本や『労働賃金』という本をつくって利益をあげ、「近代産業」でも黒字化に貢献したことで、清水は自信をつけ、本の出版にますます魅せられた。特に、労調協で出した退職金の解説本は約一万部という、当時としてはかなりの部数を売り上げた。

この頃、玉の井では赤線廃止反対運動がおこなわれていた。

昭和二十年代後半になると、終戦後の混乱のなかで黙認されてきた社会悪を一掃すべきだという世論が高まり、国会に数多くの女性議員が登場したことで、売春制度に対する風当たりが強くなった。

昭和二十八年の第十五回国会では、「売春等処罰法案」が議員立法で提出された。

これに対し、赤線業者の総元締めである全国性病予防自治連合会は、国会議員に働きかけた。カフェーで働く女性たちも、両国駅前でビラを配ったりして法案の成立を阻止しようとした。しかし、世論の後押しもあり、この年（昭和三十一年）五月に「売春防止法」が成立し、公布された。

同法は、昭和三十三年四月まで施行を延期する経過措置つきだったため、玉の井では、カフェー組合や商店街が、施行時期をさらに遅らせるよう運動をした。カフェー組合に招かれた真鍋儀十衆議院議員（日本民主党・東京六区）は、カフェーが密集する赤線地帯のそばの啓運閣という寺の本堂で、「女性を必要とするのは男性の本能であります。赤線がなくなれば、男性の性のはけ口がなくなり、社会問題となることは必至でしょう」と演説した。

玉の井のカフェー経営者の一部は、地元に見切りをつけ、新宿や小岩などの新天地に転出したり、バーや飲食店に商売替えしはじめた。

翌年（昭和三十二年）――

清水和幸は、小沼美恵が二十歳になるのを待って求婚した。当時、清水は産別会館の地下にある理髪店の娘とも付き合っていたが、伴侶として美恵を選んだ。

美恵の兄は清水と仲がよかったが、美恵に対しては、「お前はまだ子どもだから、結婚しても続かないだろう」と反対した。しかし、美恵は清水の求婚に応じ、四月十四日、大安の日曜日に二人は結婚した。清水二十六歳、美恵二十歳であった。八十軒あまりのカフェーが密集している赤線地帯にある家で、身内や近所の人々十人ほどが集まって簡単な式を挙げ、清水はモーニング、美恵は文金高島田に振袖姿で記念写真を撮った。式のあと、黒っぽいドレスを着た美恵が清水と一緒に写真店に向かうと、近所の子どもたちがぞろぞろついてきた。新婚旅行は、熱海の錦ヶ浦に二泊でいった。

新居は、「ムービー」から五〇メートルほどいった赤線地帯の入り口の家で、忠助夫婦のカフェーで働いている女性たち四、五人も同居していた。女性たちは、皆、美恵より年上で、二人に優しくしてくれた。

二人の部屋は、二階にある日当たりの悪い四畳半で、風呂は一緒に近所の銭湯にいった。細い路地の向かい側に忠助夫婦のカフェーと住まいがあり、昼間から女たちが路上に立ち、夜は酔っ払いの喧嘩がある場所だった。

清水は本郷にある「近代産業」の事務所に毎日出勤していった。月給は二万四千円で、少し前に共和レザーを辞めて都の職員になり、墨田区で税の徴収の仕事をしている兄の光夫の給料より少し多かった。しかし、生活は楽ではなく、月末に新聞代の支払いを待ってもらったり、八百屋で一袋十円のもやしをたくさん買って料理に使ったりした。少しお金があるときは、ふんぱつして、いろは通りにあるラーメン屋で三十円の五目ラーメンを食べた。

清水は、「近代産業」でつくらせた自分専用の原稿用紙を使って、出すあてのない小説を四畳半の文机で書き続けた。

九月七日土曜日――

九州に上陸した台風十号が、徐々に勢力を弱めながら北東に進み、日本列島を縦断している最中で、全国的に雨模様だった。

東京は二日前から雨降りで、雨脚は次第に強まり、夜から翌日にかけて関東地方も荒れ模様になると予想されていた。

正午の気温は、二十四・三度で、残暑が感じられた。

自宅にいた清水がなにげなくラジオをつけると、信じられないニュースが耳に飛び込んできた。

「……浜松町駅で、日本共産党員が貨物列車に飛び込んで自殺しました」

（えっ……⁉）

清水は思わず、アナウンサーの声に耳を傾けた。

「自殺したのは、片倉仁さん、二十七歳で……」

「なんだって⁉」

清水は思わず叫び、自宅を飛び出して浜松町駅に向かった。


二十七歳の片倉仁の遺体が、国鉄の浜松町駅構内西側の東海道線の下り路線上で発見されたのは、その日の午前一時四十五分頃だった。白い開襟シャツに縞の入った紺色のズボンを身に着けた遺体を発見したのは、貨物掛の二十八歳の駅員だった。愛宕署で検視したところ、死体のまわりに二百字詰め原稿用紙七、八枚に書かれた遺書があったという。

〈自分は（昭和）二十五、六年ごろから日共山村工作隊員として献身的に働き、その後もアカハタ編集局員として、党のために尽した。ところが最近の〝トラック部隊〟事件などから、幹部に対する信頼がもてなくなったうえ、党の財政が苦しいところから給料も遅配つづきのあげく、先月末人員整理のため解雇予告をうけ、妻子をかかえて生きる希望を失った〉

遺書にある「トラック部隊」は、共産党の「所感派」が設けた資金獲得のための部署である。旧海軍の佐世保鎮守府などにトラックで乗りつけ、戦後不要になった大量の軍需品を運び出して売りさばく窃盗団で、警察の捜査や検挙を受けていた。

清水は、片倉が自殺した日の光景を、第三作の『東証第二部』（昭和四十一年十一月、三一書房、のち『虹の海藻』に改題）のなかで、主人公、庵《いおり》達夫が、浜松町駅で友人の木上賢一が自殺したという報せを受け、駅に駆けつけるシーンとして書いている。小説のなかでの季節も実際と同じ九月である。

〈――自殺‼

次の瞬間、庵は表へ飛び出した。雨が降っていた。むれ返るように暑かった。彼は走った。人に突き当り、突きのめされながらぐしょ濡れになって走った。雨滴か汗か判別のつかない滴が、眼のなかへ流れこんだ。

だが強い夜来の雨が、轢断された木上賢一の死体から完全なまでに血痕を洗い流してくれていた。粗末な筵の下に横たえられた死体は、精巧につくられた蝋人形であるかのように思えた。蝋人形は胴と足が解体されていた。検死はすんでいた。事故の起こったのは午前一時前後であっ

た。〉

それからしばらくして――

清水は藤原信夫という四十六歳の株式評論家と知り合った。

明治四十四年生まれの藤原は、昭和九年に國學院大学を卒業し、時事新報社景気研究所などをへて、昭和十九年に東洋経済新報社に入社。同社で「日刊東洋経済」や「株式ウィークリー」の編集長を歴任し、三鬼陽之助（雑誌「財界」の創設者）とともに一時代を築いた。前年（昭和三十一年）九月に東洋経済を退社し、現在は兜町に個人事務所、藤原経済研究所をかまえている。

「きみ、ぼくの事務所へきて、勉強しないか？」

白髪で眼鏡をかけておらず、背がひょろりと高い藤原は清水にいった。

「……」

清水は戸惑った。ずっと労働運動に関係し、経済のことも株のこともなにひとつ知らない。その一方で、片倉仁の自殺で決定的な影響を受け、労働運動や共産党と訣別し、まったく違う世界で生きてゆきたいとも考えていた。

産別会議は、民主化同盟系の組合が次々と脱退したことで弱体化し、去る十月の第七回大会で解散の方針を確認し、来年には消滅する。清水の帰る場所はもはやない。

「まあ、給料なんか、ぼくからは一銭も払えないけれどね」

藤原はいった。

「それで勉強を？」

「やる気があればだけど」

「どうやって食べていくんですか？」

「原稿を書けばいいだろう」

「原稿を……」

清水は「近代産業」で、毎月一冊雑誌を出すことを請け負っていたので、原稿を書くことはなんとかなりそうな気がした。

2

翌昭和三十三年春――

去る一月に日本とインドネシアとの平和条約・賠償協定が調印され、東京ではエッフェル塔をしのぐ世界一の高さの東京タワー（三三三メートル）が建設中だった。プロ野球界にはスーパールーキー、「背番号3」の長嶋茂雄が加入し、国民を熱狂させていた。

「清水君、ちょっと」

日証館の中二階にある藤原経済研究所のデスクで、所長の藤原信夫が呼んだ。

平原証券の一角を間仕切りで囲った一坪半ほどの事務所には、机が三つあり、藤原と清水がいるだけである。

「はい」

二十七歳の清水和幸は自分の席からぬっと立ち上がった。

「この会社の総務部長のところにいってな、封筒をもらってきてくれ」

白髪の藤原は、ある会社の名前と住所を書いた一枚の紙切れを差し出した。いつものように前夜の酔いが残っていて、息が酒臭かった。

「わかりました」

清水はメモを受け取り、くたびれたジャケットを羽織り、事務所を出てゆく。

七階建ての日証館ビルを出ると、目の前に東京証券取引所が建っている。昭和六年に完成した堂々とした洋風建築で、正面が六階建ての円筒形になっている。


兜町（中央区日本橋兜町）は、日本橋川、永代通り、昭和通りによって切り取られた二等辺三角形の狭い土地だ。一番長い東西の辺である永代通り沿いでも三〇〇メートルほどにすぎない。地名の由来は、平将門の兜を埋めて塚にしたところを兜山と呼んだことにちなむという説が有力である。

もともとは沼地だったが、江戸城築城のために埋め立てられ、明治に入って三井家の所有地になり、兜町と名づけられた。明治六年に第一銀行本店、同十一年に東京株式取引所（東京証券取引所の前身）が置かれると、金融街へと急速に発展していった。

最寄駅は地下鉄東西線茅場町駅で、狭い「しま」に約百三十の証券会社がひしめいている。石造りの堂々とした大証券会社があるかと思えば、隣りに中小証券会社の木造家屋が寄りかかっている。銀行の支店、鰻屋、寿司屋、中華料理屋などもあり、六段くらいに重ねた丼を片手で肩にのせた出前持ちが自転車で通りをゆく。

この街で、証券会社の一万人強の役員と社員、千人近くの歩合外務員のほか、客と証券会社の間をとりもつ数百人の独立ブローカーが働いている。喫茶店や日証館にびっしり詰まっている中小証券会社を覗くと、得体の知れないブローカーたちが、タバコの煙を輪に吹いて密談をしている。

「五円カイ、五円カイ……六円、六円カイ……」

昭和六年に竣工した東京証券取引所の立会場のポスト（台）の上では、取引所員が大声で叫んでいる。そのまわりに集まった証券会社の場立ちたちが、カイ（買い）の手を振る。

「……九円カイ、九円カイ……四百円カイ！」

取引が成立すると、拍手とどよめきが湧き、撃柝《げきたく》（拍子木）が打ち鳴らされる。

立会場の両側の高い壁に設けられた巨大な緑色の黒板に、どんどんついていく値段を書き込むため、チョークを手にした取引所員が走りまわり、それを各社の場電《ばでん》係が、即座に本社に伝える。場電は、取引所と証券会社間の直通電話のことだ。

取引所では、約六百の銘柄が売買されている。そのうち東京海上、日本郵船、新三菱重工、日清紡績、味の素、三越、三菱地所、平和不動産の八つが「特定銘柄」とされ、取引高も多く、市場をリードしている。なかでも、東証ビルの所有者である平和不動産は、東証に対する賃料が取引所の出来高に応じて決まる仕組みなので、相場を敏感に反映する代表的な仕手株だ。同社の株は、頻繁に取引されて株券がぼろぼろになるので「ボロ」の愛称で呼ばれる。

株式市場は、昭和二十九年末から昭和三十二年前半まで「神武相場」と呼ばれる活況が続き、造船、鉄鋼、海運株が相場の牽引車になった。昭和三十一年に、日本の造船量は英国を抜いて世界一になった。鉄鋼業では、昭和二十八年六月に千葉製鉄所の第一高炉の火入れを挙行した川崎製鉄が業界の台風の目で、大阪の中山製鋼所は十八・四倍に爆騰した。海運株は、エジプト大統領ナセルが昭和三十一年七月にスエズ運河国有化を宣言した「スエズ動乱」（第二次中東戦争）で海運市況と株価が暴騰した。

しかし、「スエズ動乱」が昭和三十二年五月に収束し、神武景気で原材料を大量に輸入して国際収支が大赤字になった日本は金融引締めをおこなったため、景気は冷え込み、「なべ底不況」を迎えた。

昭和三十三年の大発会の東証ダウ（現・日経平均）は四百七十五円二十銭だった。その後、株価は少しずつ上昇し、次の好景気到来の予兆を示していた。

「いってきました」

藤原経済研究所に戻った清水は、先方の総務部長からもらってきた現金入りの茶封筒を差し出した。

「うむ」

藤原はうなずいて受け取る。

目の前の机の上には、近々、出版する『株価観測と売買術』という本のゲラ刷りが置かれ、途中まで修正の朱が入れられていた。

「これ、とっときなさい」

藤原は、封筒のなかから五千円札を一枚抜き出して、差し出した。

「有難うございます。……あの会社は、なんの話だったんですか？」

面長に黒縁眼鏡の清水は、五千円をジャケットの内ポケットにしまいながら訊いた。

「への下だ」

藤原はにやりとした。

会社幹部の女性スキャンダルをもみ消したという意味だ。

藤原は、本を出版したり、雑誌に寄稿したりするほか、時事新報社景気研究所や東洋経済新報社時代に培った人脈を生かし、企業からさまざまな相談ごとを受けていた。それらは、スキャンダルのもみ消しや総会屋対策だった。

「あの会社は、三菱系だから、スキャンダルは特にご法度なんだな」

「はあ、なるほど」

清水は、自分の席から椅子をもってきて、藤原の前にすわる。

「三菱系っていうのは、『組織の三菱』といわれるくらいで、人より組織に重きをおいている。社員は優秀だが、画一的で面白みがない。逆にいえば、手堅いともいえる」

清水はうなずき、鉛筆でメモをとる。

生きてゆくため、必死で知識を吸収しなくてはならない。

清水の強みは、物怖じすることなく、誰の懐《ふところ》にも知識と人脈を求めて飛び込んでいけるバイタリティだった。相手によっては、元共産党員らしい鼻っ柱の強さや、薄汚れた服を着た雄牛のようなエネルギッシュな雰囲気を警戒する者もいたが、徐々に兜町で受け入れられていた。

「三井系は、『人の三井』といわれて、個人の個性を大切にする。少々のスキャンダルは問題にしない。活力があって、新分野開拓に積極的だが、派閥抗争や不祥事が起きやすい欠点があって……」

藤原は、酒臭さが残る息を吐きながら、よどみなく話す。それはあたかも、父親が息子に人生の知恵を託しているようであった。

共産党と労働運動の世界しか知らない清水にとって、藤原の話はまったくの別世界だった。ある会社が苦労しているのは、代々東大卒の人間が社長になっていて、権威主義に陥り、もてる人材の能力を生かせていないのが原因であるとか、ある大企業同士の合併が破談になったのは、きわめて次元の低い経営者同士のいがみ合いが理由であるとか、ある会社が政府の許認可を特権的に与えられているのは、満州人脈がものをいっているとかいった、清水がそれまで想像すらしたことがない話を、藤原はシャワーのようにふり注ぎ、清水は着実に元共産党員から経済ライターへと脱皮を遂げていった。

数日後——

神田の麻雀屋で、清水は、兜町で知り合った新聞記者や証券マンと雀卓を囲んだ。

（あがりまで、あと一歩だ……）

目の前の牌をみながら、清水は内心の興奮を懸命に抑える。

店内にはタバコの煙が立ち込め、あちらこちらで牌をかきまぜるじゃらじゃらという音や、牌が緑のフェルトの上をころころと転がったり、かちかちと積み上げられたりする音がしている。

「おっ、一幸ちゃん、嬉しそうな顔してるねえ」

ワイシャツを腕まくりし、ネクタイをゆるめた新聞記者の男がいった。

内心を顔に出していないつもりだった清水は、相手の観察眼にどきりとした。

「顔に出るようじゃ、まだ一人前じゃねえぞ」

くわえタバコの太った証券マンがいった。

(何いってやがる。初心者だと思って、舐めるなよ)

一人が、場に牌を捨てた。

二索《リャンソウ》だった。貨幣にとおした縄が二本緑色で描かれた索子《ソーズ》である。

清水の胸が高鳴る。

「ロン!」

こん身の思いを込め、宣言した。

(そら、みたか!)

得意な気分で、手牌をひっくり返して三人にみせる。

「ん?」

てっきり悔しそうな顔をすると思っていた三人は、あれっという表情になった。

「なんだ、フリテンじゃないの」

通信社の記者が馬鹿にしたようにいった。丸顔で温厚だが、麻雀は滅法厳しい。

(えっ、フリテン?)

清水は、一瞬、なんのことかわからない。

「あのなあ、一幸ちゃん、自分が前に捨てた牌でロンあがりできないんだよ」

「えっ……⁉」

清水の顔に汗がにじむ。

「チョンボだな、チョンボ。ペナルティ、八千点ね」

親をつとめている新聞記者が、清水の手元の箱から点棒を何本か取り上げる。

チョンボとは、あがれないのにあがり宣言をしたときなど、重大なルール違反のことで、満貫分のペナルティ（親のときは一万二千点、子のときは八千点）を科せられる。

（今月の生活費が……）

最初の子どもをみごもっている美恵の顔が脳裏に浮かび、清水は泣きたい気分で、がらがらと手牌を崩す。

今日はすでに一万円以上負けた。一家の十日分の生活費だ。

「さあ、一幸ちゃん、元気出していこう」

太った証券マンが、からかい半分でいった。

兜町にきて初めて習った麻雀は、その場の一発勝負に徹する荒々しい打ち方で、清水はさんざんカモにされていた。

3

昭和三十四年一月二十六日——
東京の空はどんよりと曇り、降ったり止んだりで、正午頃には煙のような霧が立ち込めた。

墨田区の小さな病院の一室で、清水美恵は、義兄の清水光夫と一緒に、生後三ヶ月弱の長女、幸《ゆき》をみまもっていた。夫の和幸は、用事があって自宅にいた。

前年十一月三日に生まれ、和幸の名から一字をとった長女は、日当たりも空気も悪い家で暮らすうちに重度の肺炎にかかった。清水夫婦が住んでいた旧赤線地帯は、雨が降れば路地に水があふれ、晴れの日も低く庇《ひさし》を接した陋屋《ろうおく》がひしめき、清水の家にもほとんど陽が差し込まなかった。

赤ん坊用のベッドに寝かされた幸の小さな痩せた身体には、無数のチューブが取りつけられ、これまで打たれた約九十本の注射の痕が青黒い痣になって尻に残っていた。

美恵も光夫も正視できないほど、痛々しい姿だった。

「ぐえっ……」

幸の口から、黄色がかった白い液体が飛び出した。唯一口に入れているミルクを戻したのだ。気管に入ったようで、呻くような泣き声をあげ、痩せた身体をよじってもがき苦しむ。

「大変だ！」

美恵は慌てて、幸の口のまわりの液体をふき取り、光夫は医者を呼びに、病室から駆け出していった。

白衣の医師と看護婦が駆けつけ、処置にあたろうとしたが、肺炎ですでに相当な体力を消耗していた幸に、生きる力は残っていなかった。

清水和幸が駆けつけたとき、幸は二ヶ月と二十三日の短い生を終えていた。

清水と美恵は、幸を小さな綿入れでくるみ、清水が抱いて玉の井へと家路についた。

病魔に蝕まれた幸の骸《むくろ》は猫のように小さく、枯れ枝のように軽かった。

「小さいのに、かわいそうに……。でも若いし、またできるから、いいわね」

雨がぱらつく灰色の寒空の下を傘をさして帰る道すがら、近所の女がつぶやいた言葉が耳に入り、清水は洟《はな》をすすりあげながら、歯をくいしばった。

（薬さえあったら……。もうちょっと早く入院していたら……）

幸が病気になったとき、薬がなく、胸に温湿布などをして看病した。共産党には復党していなかったが、昔の仲間がカンパを求めてやってくると、なけなしの金をはたいて助けてやっていたので、家計はいつも苦しかった。その後、幸は入院したが、病状が進んでいて、手遅れに近い状態だった。

家の玄関に「忌中」の張り紙がされ、簡単な通夜の準備がはじまった。

通夜の席でも、清水は声もなく泣き続けるだけだった。兄の光夫にとって、弟が泣くのをみるのは初めてだった。

幸は火葬にされた。清水から、こういう場合は、母親はくるもんじゃないといわれ、美恵は、火葬に立ち会わなかった。清水は、占いや家相、慣わしなどを重んじる昔気質のところがあり、名前や印鑑などにも凝《こ》っていた。


墓がなかったので、幸の小さな遺骨は、しばらく四畳半の部屋に置かれた。

この日から清水は、人が変わったように働きはじめた。

娘の死をきっかけに、今のままではいけないと強く思うようになり、金を稼ぐため、積極的に動いて、週刊誌のアンカーマンの仕事（記者たちがもってきた原稿やデータを記事に仕上げる役目）などを請け負った。企業社会や証券取引の勉強も、藤原信夫を師に、いっそう励んだ。

まもなく、美恵が二人目の子どもを宿していることが判明した。懐妊したのは、幸が亡くなる一ヶ月ほど前だった。


数ヶ月後――

「おい、あたったぞ！」

家に届いた葉書を手に、清水が満面の笑みで美恵にいった。

「えっ、なにがあたったの？」

そろそろ腹部がふくらみはじめた美恵が訊いた。

「松戸の都営霊園だ。これで幸の墓をつくってやれるぞ」

清水は、松戸にある都営の八柱霊園の抽選に応募していたのだった。


八柱霊園は、国鉄（現・ＪＲ）武蔵野線の新八柱駅から歩いて二十分ほどの場所にあり、昭和十年に開園された。総面積一〇四・六ヘクタールの広大な墓地で、舗装された園路が碁盤の目のように走り、ケヤキ、桜、アカマツ、クロマツなどが植えられている。

清水家の墓所は、園内の北東の端の、幅三・五メートル、奥行き五メートルほどの一角である。すぐに墓石を建てる金がなかったので、幸の墓が建てられたのは、しばらくたってからのことだ。

高さ七〇センチほどの白御影石の小さな墓の前面には、蓮の葉に乗ったお地蔵様が浮き彫りにされている。左側面に「妙幸水子　昭和卅四年一月廿六日　長女幸」と黒い文字で刻まれ、右側面には建立の日付と、建立者である清水和幸の名前がある。

その年の春――

清水和幸は、中央区日本橋室町一丁目の三越本店近くの裏通りにある、薄汚れた二階建てのビルを訪れた。一階は白く塗られたモルタル壁、二階外壁は煉瓦風の外観で、向かって右側が出版物などを陳列するショーウィンドーになっていた。

一階の左手にある扉を入ると、事務室になっている。正面奥に大きな水晶の球、右に太鼓腹を突き出した大黒天像、左に日蓮上人像が飾られている。二階は社長室である。

「……ふーん、『三百万円ためるまでは、妻の肌にも接しなかった男』ねえ。面白いねえ。こんな男がいるんだねえ」

眼鏡をかけた小柄な男が、ソファーで清水が書いた原稿を読んでいた。

宗田《そうだ》理《おさむ》という三十歳の男だった。

愛知県の出身で、日本大学藝術学部映画学科時代に、創作の実習でシナリオを書いていた。それが講師としてきていた松竹映画専属の脚本家、八木沢武孝の目にとまり、八木沢の助手としてシナリオの下書きをするようになった。その後、八木沢の仕事が減ってきたため、映画学科の講師で小説家だった浅原六朗に「日本一の金もちが出版社をつくるから、紹介してやる」といわれ、株式会社森脇文庫に入社した。現在は同社が出版する「週刊スリラー」という雑誌の編集長を務めている。

株式会社森脇文庫は、主に金融業と出版業をおこなっている。島根県簸川《ひかわ》郡平田町（現・出雲市）出身で、戦後の混乱期に高利貸しをはじめ、昭和二十三年に所得九千万円で日本一になった金融王、森脇将光の会社である。

森脇は、東京地検の検察事務官から捜査資料を入手し、「森脇メモ」と呼ばれる冊子や本を出版し、政財界の内幕を暴いてきた。『奇怪なる財宝一億円の行方』というメモや『風と共に去り風と共に来りぬ』（全五冊）という本で、政官界と海運造船業界の贈収賄を暴露し、それが契機となって東京地検が捜査に乗り出し、昭和二十九年に、七十一名の逮捕者を出す造船疑獄に発展した。また、『金権魔者』（全二冊）で、千葉銀行古荘四郎彦《ふるしょうしろひこ》による銀座のレストランの女性経営者に対する不正融資を暴き、昭和三十三年に、古荘らが逮捕された。

「週刊スリラー」は、政治・経済・社会などの裏側をえぐる情報誌で、芸能、風俗、スポーツ、事件など、読者の好奇心を刺激するネタを幅広く扱っていた。森脇文庫には裏情報をもっている怪しい人々が出入りし、それを面白がった松本清張が連載を引き受けたり、児玉誉士夫が寄稿したりしていた。宗田は森脇の秘書的な仕事もやっていて、毎週末、森脇や森脇の愛人と一緒に静岡の別荘ですごしている。

「この立花証券の石井久って社長には、あなたが直接会って話を聞いてきたわけね？」

童顔の宗田が訊いた。

「そうです。わたしは兜町にある藤原経済研究所におりまして、毎日、あちらこちらの証券会社を取材して歩いたり、新聞記者なんかと情報交換をしています」

煙がひとすじ立ち昇るタバコを右手の指にはさんだ清水がいった。

清水は、藤原信夫の人脈を梃子に、兜町での取材網を着実に拡大していた。物怖じすることなく、どんどん人に会って、さまざまな情報をものにしていた。

「なるほど、足で歩いて拾ってきた記事ってわけね」

宗田が満足そうにいった。

ソファーの向かい側にすわった清水の黒縁眼鏡をかけた細面からは、ハングリー精神が迸り出ていた。

（なんとか食えるようになりたい。秋には二人目が生まれる。今度こそ、貧乏で死なせるようなことはしたくない……）

「じゃあ、この記事、掲載する方向で考えさせてもらうわ」

「有難うございます」

清水は深々と頭を下げる。

「ただ、掲載する以上、読者にとって面白くないといけないからさあ……」

宗田は、いくつか直してほしい箇所や、追加取材が必要な点を指示し、清水は一心に手帳に書きとめた。


「週刊スリラー」の編集部を辞すと、清水は電車で飯田橋まで出て、神楽坂下の映画館にいった。洋画の二本立てが上映されていた。清水は窓口で入場券を買って入場すると、待合ホールのソファーでタバコを一服してから客席に入っていった。

この頃、清水はよく映画をみていた。それはもっぱら長女の幸を失くした哀しみを紛らわすためで、『鉄道員』、『自転車泥棒』（以上イタリア）、『落ちた偶像』（イギリス）といったヨーロッパ映画が好みだった。

四月十日——

午前十時から皇居内賢所で皇太子（明仁親王、のち第百二十五代天皇）と日清製粉社長令嬢、正田美智子との結婚の儀が執りおこなわれ、午後二時半から、二人は儀装馬車で皇居から渋谷の東宮仮御所に向かった。青空の下の沿道を五十三万人の群衆が埋め尽くし、前年十一月の婚約発表にはじまる「ミッチーブーム」は頂点に達した。

この日は祝日で、清水美恵は玉の井の日当たりの悪い家でラジオでパレードの様子を聞きながら家事をし、和幸は、美恵の兄の小沼桃吾の息子に麻雀を教わりに出かけていった。美恵と桃吾は年が離れており、桃吾の息子は清水より二歳くらい下だった。

日本経済は、神武景気のあとのなべ底不況を脱し、戦後高度成長時代を代表する好景気の一つ「岩戸景気」に入ったところだった。神武景気を上回る景気であることから、神武よりさらに遡り、天照大神が天の岩戸に隠れて以来ということで命名された。

神武景気の主役が造船、鉄鋼、海運といった重厚長大産業であったのに対し、岩戸景気の主役は、もう少し軽い、電気機械、精密機械、自動車、化学、石油精製などだった。若手サラリーマンや労働者の収入が増え、国民の間に中流意識が広まり、東京の日比谷と丸の内を皮切りにパーキングメーターの設置がはじまり、モータリゼーションが急速に進んだ。文部省の調査で、小学校高学年と中学生の五人に一人が一日に五時間以上テレビをみる「テレビっ子」であることが判明。日本各地でけたたましい爆音を上げてバイクで走り回る「カミナリ族」が出現し、社会問題になった。

清水が書いた立花証券社長、石井久の記事は、「週刊スリラー」五月一日号に掲載された。「兜町総スカンの風雲児　10億へ・最短距離を走る男の夢と意地」というタイトルの五ページの記事で、四百字詰め原稿用紙換算で二十枚の分量だった。

文章はややぎこちないが、のちの作家、清水一行の雰囲気を漂わせる筆致で、兜町の仕組みや人間模様についての理解が深まりつつあることを窺わせる内容である。

〈相場師の巣といわれる兜町。この町ほど、明けても暮れても血みどろな争いが繰りかえされている町もない。数億の金が、一瞬にして消し飛び、下駄履きの男が一夜にして、キャデラックにそりかえり平然としている。〉

〈革命児の出現！　石井久。ひと呼んで麒麟児ともいう。また、兜町の台風の目ともいわれる。いまや、業者にもっとも恐れられる存在である。〉

石井久は九州の貧農の家に生まれ、鉄工所で働いたあと、戦後、ドラ焼き屋をやって三万円を貯めて上京。警察に採用され、小岩署の巡査になった。管轄地域にある炭屋に気に入られ、一人娘の婿に請われ、何度か断ったが、自分に対する炭屋の惚れ込みように感激して結婚を承諾した。

〈「私も男です。そのかわり、これからは金儲けに徹します。上京のとき持参した三万円がそっくり残っています。これを資金に百倍にするまで、結婚をしても夫婦の営みはしませんが、それでもいいですか」〉

石井は、周囲の反対を押し切って巡査を辞めて闇屋になり、九州・東京間を汽車のなかで三十時間立ち続けて金を稼いだ。その間、便所にいかないで済むよう、一切飲食をしなかった。八ヶ月で十万円を貯め、兜町に乗り込んだ。

〈（昭和）二十三年六月、東京自由証券にサイトリとして入社したときは、二十五才だった。サイトリというのは、客から注文をとっては、それを証券会社にもってゆき、仲に入って手数料を稼ぐのである。歩合外交とも称せられる。〉

石井はこつこつと相場を勉強し、高橋亀吉に師事して経済学を学んだ。高橋は、戦前、東洋経済新報社の編集長や第一次近衛内閣の企画院参与を務め、戦後は、日本経済研究所の創設に携わり、通産省顧問などを務めた人物である（のち拓殖大学教授、文化功労者）。

やがて石井は、「株式新聞」の主筆になる。

〈（石井は）経験と実地の感覚で〝独眼流〟のペンネームを駆使して、株の予想を書きまくった。（昭和）二十八年、相場観測をする石井経済研究所設立、半年後、江戸橋証券設立。三十一年には手を商品相場にのばし、穀物専用の江戸橋物産をつくった。三十二年六月、立花証券の暖簾を買いとり、資本金三千万円で兜町の一角に地歩を築いた。この頃から急速に頭角をあらわしていた彼は、その手腕にものを云わせて、僅かの間に立花証券を百十数社のうちの第十五位にのし上げた。〉

同業者は「よくも悪くも、石井のとりえは、意地の強いこと」と指摘する。サイトリ時代の石井の上司（東京自由証券常務）だった染谷徳重が、得意先回りの途中でお茶に誘ったところ、石井は「わたしは三百万円貯まるまでは、一切おつきあいをお断りしています」と思いつめた表情でいった。その半年後、染谷は、顔見知りの連中と一緒に、石井に神楽坂の料亭に招待され、「あの客嗇家がおごるとは！」と驚いた。美妓のもてなしで座がにぎやかになった頃、石井があらわれて下座に手をつき、「やっと三百万円貯めることができましたので、今日はこれまでのお詫びに一献……」と挨拶したという。

〈石井式投資法によれば、普通取引と信用取引を組みあわせて、資金を最高率に動かす、いわゆる利殖のダブル・プレーである。信用取引でねらわせるのは、月に一割の値巾のとれる株。これを年十二回、確率八〇％として手数料をみても、五割の利益をとれる勘定になる。これと普通取引の五割をあわせて、年十割の儲けという計算に、喜んで投資する客は多い。ところが、お客以上に、立花証券は儲かる。普通取引なら年一回の売買手数料だが、信用取引で年十二回も売買してもらえれば、十倍以上の手数料を稼げるというわけだ。〉

石井のこうした積極的な営業手法には、大蔵省や東証理事会が、保証金もとらずに信用取引をさせるのは違法だとして、勧告や二日間の取引停止処分を科し、同業者もやっかみや反感を抱いている。一方、立花証券の社員たちは石井を「株の鬼」と恐れ、顧客は「教祖」とあがめる。石井自身は「僕は自由になる資金を十億ためる。これを年に一割ずつ増やし、三年に一度の総選挙があれば、三億円の資金を使ってデビューできるだろう」と、政界への野望も口にしているという。

〈この風雲児は孤独なればこそ強い。叩かれるだけ錬えられてゆく。それが、この人の宿命でもあるようだ。株式界に嵐を呼ぶ男――これがこの世界に生きる誰もが感じている偽らぬ本音であるようだ。〉

清水が石井久を取材した成果は、デビュー十五年後の昭和五十六年十月から「週刊宝石」で『大物』という小説として一年四ヶ月にわたって連載され、カッパ・ノベルス（光文社の新書判小説シリーズ）から昭和五十八年七月に刊行されることになる。

十一月――

清水夫婦に二人目の子どもである女の赤ん坊が生まれ、清水が易者などに相談して七重と名づけた。しかし、一ヶ月後に、長女・幸と同様、急性肺炎に罹患。二人で慌てて病院につれてゆき、七重は一命を取り留めた。

「もう空気の悪い玉の井の家には住めない」

清水は決意し、翌年春、豊島区千早町に日当たりのいい借家をみつけ、引っ越した。

家賃は月に六千円だった。生活は相変わらず苦しかった。美恵が最初の月の家賃を払ったところ、清水が「えっ、全部払っちゃったの⁉ じゃあ、明日からどうするんだ？ もうちょっと待ってくれっていえばよかったのに」と驚き、美恵をおろおろさせた。


清水は、雑誌のアンカーマンの仕事をしながら、「週刊スリラー」に原稿を書き続けた。

昭和三十五年三月には、「『ボロ株』に手を出せ 二十五億円の解散価値『星製薬株』に沸く兜町」という七ページの記事を、四月には「千三百万投資家の危険な胸算用 『暴落…は？』ダウ千円上のスリル」という八ページの記事を寄稿した。五月には「第三の買占屋 曽根敬介とそのグループ」という六ページの記事を、六月には「一年を二場所で暮らすいい男たち〝総会屋〟が〝スター〟になるとき」という六ページの記事を寄稿した。「一年を二場所で暮らすいい男たち」では、取材をつうじて有力総会屋の御喜家《みきや》康正と知り合った。清水は、御喜家や芳賀竜生といった企業の裏や恥部を摑み、飯のタネにする総会屋との付き合いや、藤原経済研究所での仕事をつうじ、上場企業といえども決してきれいなものではなく、さまざまなスキャンダルをかかえていることを身をもって知った。

昭和三十五年の五月から八月にかけては、「週刊スリラー」で一ページの三分の一から五分の一の「かぶと町」というコラムを担当し、証券会社のゴシップや相場動向、注目銘柄などについて書いた。また、立花証券社長石井久や大井証券（現・みずほ証券）東京支店株式部長小林武の相場に関するインタビュー記事も寄稿した。

岩戸景気で株価が上昇し、人々の株式への関心が急速に高まっていたことが、清水にとって追い風になった。昭和三十三年初めに四百七十五円にすぎなかった東証ダウは、昭和三十四年五月に八百円を突破し、九月には九百円を超えた。昭和三十五年に入ってからも勢いは衰えず、二月に千円の大台に乗せ、五月に千百円台、九月に千二百円台に乗せた。

証券会社の店頭には、「ダウという株を買いたい」という客があらわれ、日興証券静岡支店が考え出した「銀行よサヨウナラ、証券よコンニチハ」というキャッチコピーが、あっというまに全国に広まった。ある大手証券会社は、昭和三十五年度の新入社員が多すぎて自社の講堂に収容しきれないため、都内のホールを借り切って入社式をおこない、翌年は、そのホールでも収容しきれなかったため、都の体育館を借りて入社式をおこなった。

この頃、昭和三十二年に『輸出』でデビューした愛知学芸大学（現・愛知教育大学）の景気論と経済原論の講師、城山三郎が『総会屋錦城』（昭和三十四年）、『事故専務』（同）、『着陸復航せよ』、『黄金峡』、『乗取り』（以上昭和三十五年）といった、現実の経済活動を描く、これまでにないタイプの小説を次々と発表しはじめた。

昭和三十五年十二月——

池田勇人内閣が所得倍増計画を発表し、景気にますます拍車がかかった。高度経済成長時代のはじまりである。

清水は、藤原信夫の古巣である東洋経済新報社が発行する、タブロイド判・二ページの「日刊東洋経済」という株式新聞に「清水一彦」のペンネームで連載をもった。「兜町人物成長株」という、四百字詰め原稿用紙換算で三枚弱のコラムで、第一回から三回まで大和証券の千野宜時《よしとき》株式部長（のち会長）を取り上げた。

第四回から七回（十二月十三日〜十六日）では、のちのデビュー作『小説兜町』の主人公、山鹿悌司のモデルとなる斎藤博司日興証券第一営業部長を取り上げた。

〈ある相場や特定の銘柄に、個人の名前を冠することはまちがいだ。しかしそれらは、名前を冠せられた本人の意思とは無関係に、ジャーナリズムや、熱心なファンなどによって勝手に冠せられてしまう。〉

〈斎藤相場とか、斎藤銘柄といっているうちはまだいい。〝日興斎藤機関……？〟説がとび出すに及んでは笑ってもいられなくなる。

昨年いっぱいの上げ相場と、十二月の暴落相場、これは彼の独壇場だった。また今年の五月と六月の、例の安保、全学連問題での急落でも、なり行きの売り物から入って、またたくまに相場を立ち直らせた。〉

〈斎藤は昭和一四年の四月に、日興証券の前身、川島屋に入った。二四歳のときだ。場立ちからたたきあげられ、かたわら苦学して大倉高商を出た。しかし、昭和一八年七月には、一度川島屋をやめている。やめてから戦後は海産物関係の仕事をしていた。だが結局うまくいかず、昭和二七年の七月、日興証券にカムバックした。〉

〈六ヵ月間は見習い、その後は平社員である。三七歳で、見習社員から再出発した。〉
〈昭和三四年一一月、正式に第一営業部長となるまでに七年かかっている。負けず嫌いな、向こう気の強さとガンバリ、それが彼のささえだった。〉

4

翌昭和三十六年六月中旬――

三年後に東京五輪を控え、日本人の暮らしは急速に豊かになっていた。マイカーブームがはじまり、白黒テレビが一般家庭に普及し、「夢であいましょう」（NHK）「シャボン玉ホリデー」（日本テレビ）といったバラエティ番組がお茶の間の人気を集めていた。

梅雨の東京は、蒸し暑い日が続いていた。

三十歳になった清水和幸は、東京証券取引所のまん前にある小さな喫茶店「メイ」で、タバコをくゆらせながら、その日の朝刊を読んでいた。柄物の半袖シャツを着た姿は、サラリーマンでもなく、組織に属するジャーナリストでもない、雑草のようなしたたかさを漂わせていた。

先ほどまでモーニングセットを食べたり、タバコをふかしたりしていた証券会社の場立ちたちは、場がはじまったので、一斉に取引所へと引き揚げていった。

「本田技研がええんでないか？」

「いや、ソニーが……」

がらんとした店内に唯一残った中年の二人づれが、ひそひそと話し合っていた。

どこか野暮ったく、言葉に訛りがあるので、土地を売った金で株でも買おうとやってきた地方の成金かもしれない。

岩戸相場の主役は、大衆消費につながる新技術や新商品をもつ、本田技研、ソニー、ライオン油脂、花王石鹸、ミヨシ油脂（洗剤）、理研光学（カメラ、複写機）などだ。

「メイ」は、間口が二間ほどの細長く、小さな喫茶店である。入るとすぐ右手が短いカウンター席で、通路を挟んで四人がけのテーブルが左に四卓、右に三卓並んでいる。壁には、富士山やバラの絵、棟方志功の仏様の版画の複製などが飾られている。すぐうしろを高架の都心環状道路が走っているため、大型トラックがとおるたびに、窓や壁が小さく振動する。店主は、高橋という名の太った中年女性である。

「よお、一幸ちゃん、おはよう」

声をかけてきたのは全国紙の記者で、兜倶楽部（東証内の記者クラブ）でサブキャップを務めている三十代半ばの男だった。

新聞社や通信社のキャップやサブキャップたちは、場が開いてる間でも「なにかあったら呼びにこい」と部下に命じて「メイ」にきているので、自然と清水と知り合いになる。

「おはようございます」

清水は、読んでいた朝刊をテーブルの上に置いて、会釈をした。

「こないだ、山一の山瀬さんに会ったら、『清水の野郎にやられた』って、怒ってたぞ」

記者は、背広の上着を脱いで、隣りの椅子に置く。

「日立の件ですか？」

「ああ」

記者がにやりとし、清水も苦笑した。

山瀬正則は、山一証券の常務取締役株式本部長で、多くのファンをもつ相場づくりの名手だ。

その山瀬が、日立製作所株で相場をつくろうとしていたとき、清水は「日刊東洋経済」で連載している「話題を追って」というコラムで、「日立のような大型株相場は昨年（昭和三十五年）一二月末の相場のフシで完全に終わった。株式投資の最大の魅力は、なんといっても増資プレミアムの回転テンポの多いものほどいい。日立や八幡製鉄などは、大きくなりすぎた」として「大型株五十円論」を打ち出し、山瀬の動きに冷や水を浴びせた。

当時、増資は株主割当ての額面払込増資で、プレミアムは株主に帰属した。

「一幸ちゃんも、存在感が出てきたねえ」

記者が、運ばれてきたモーニングセットのコーヒーをすすっていった。

「ところで、一幸ちゃん、東洋電機の件、どう思う？」

記者が、真剣なまなざしで訊いた。

「いやぁ、あれはようわからんですわ」

清水は、実感を込めていった。

東証一部上場の電機メーカー、東洋電機製造株式会社の株価が、二月以来じりじりと上昇していた。同社は、今年に入って長尾磯吉という発明家を名乗る人物を嘱託として採用し、カラーテレビを安く製造できる電子管を開発させているといわれている。しかし、同社は国鉄や私鉄に駆動装置や整流子モーターなどを納める車両用電機メーカーで、テレビとは無縁の会社だ。

「長尾という男を研究開発部門で雇ったことは間違いないらしいですが、総務や経理と、技術部門のいうことがまったく違ってますからねえ」

そういって清水は、タバコをふかす。

「会社のスポークスマン役の吉田取締役経理部長は、『わたしのところでは、カラーテレビなどつくりません。そんなものは研究もしていないし、考えてもいない。噂のおかげで大変迷惑している。もしカラーテレビをつくったら、皆様を騙したことになるから、わたしは首を差し上げます』って、はっきりいってるでしょう」

「しかし、技術陣に訊くと、『今、特許を申請している新ネオン管は、従来のものに比べて十倍の輝度をもつ。この技術をブラウン管に応用すれば、カラーテレビは従来よりはるかに明るくなり、中間色も鮮明に出る。だから、ブラウン管の研究を進める一方で、カラーテレビのコストを安くするため、特殊な真空管について社外に研究を依頼している』っていうんだよな」

新聞記者は、当惑顔でトーストを齧る。

「どっちかが嘘をついているのかねえ？」

「嘘をついているとしたら、吉田取締役のほうが、可能性は高いでしょうなあ」

「理由は？」

「新技術を引っさげて、どこか大手の傘下に入る話が水面下で進んでいて、その大手が東洋電機の株を大量に確保できるよう、株価を冷やしているとか……まあ、あくまで可能性の話ですけどね」

「松下（電器）が、東洋電機株を買い漁ってるって噂があるようだなあ」

「最近の株価の動きをみても、最初に西のほう（大阪証券取引所）で値が上がって、東京がつられて高くなるっていうパターンが多いですからねえ」

松下電器の本社は大阪である。

それからまもなく、清水は「日刊東洋経済」で三月から執筆していた「話題を追って」というコラムで、東洋電機を取り上げげた。最初に、「東洋電機はボロ株か」というタイトルで、先の新聞記者との会話の内容を二回に分けて書いたあと、六月二十日に、「これが材料だ……東洋電機」という記事を書いた。

〈なにがあるかわからない。しかしなにかがあるといわれてきた株の代表選手が東洋電機だ。そしてその〝なにか〟の正体がいよいよ姿を現わしてきた。松下電産との提携がそれであり、カラーテレビ進出がその材料だ。〉

清水は、その「筋書き」とは、東洋電機が鮮度の素晴らしくいい新ネオン管と新真空管を開発し、それを使って松下電器が低価格のカラーテレビをつくるというもので、松下の幹事証券会社である大和証券調査部も両社の提携の可能性を認めていると紹介した。さらに、有力筋からの情報として、大量の対米輸出の話が進展しているとした。

この日、前場の寄り付きまぎわに、東洋電機が新型カラーテレビについて発表するというニュースが流れ、株価は値幅制限（二十円）いっぱいの急騰を演じ、三百八十九円のストップ高をつけた。
新型カラーテレビについての発表は、場が引けたあとにおこなわれた。新製品は、三原色方式でシャドウマスク（色を出す装置）を使用せず、陰極管の構造が簡単で、電子銃が強力、回路の配線も簡単で、映像は鮮明、画面の安定度は高く、調整が容易であるという。
同社の吉田義正取締役経理部長は、これまで噂を否定してきたのは、まだ技術的に発表できる段階になかったからであると釈明し、試作品は六月二十八日にお披露目すると述べた。

翌日、清水は再びコラムで東洋電機を取り上げた。

〈(K氏という相場関係者は)「まず控えめにみて（東洋電機は）当面八〇〇円の相場がある。原価七万円のカラーテレビなら、世界中どこでも売れるし、三原色方式であるうえに、中間色が非常にいい。加えて松下の系列にはいるし、資本金の一三億円も過小だ」と。しかしウソ八〇〇ともいうから、八〇〇円説には疑問がある。また松下が八〇〇万株買い集めたという説も、やはり首をかしげざるをえない。しかし当面三〇〇円台の株でないという評価ではだれもが一致している。〉

その日、東洋電機の株価は、清水の筆にあおられたかのように再びストップ高となった。
清水は、六月二十三日から三回にわたって「東洋電機三つの反省」という記事も書いた。この中で、①東証が五月に東洋電機を「報告銘柄」に指定したように、特定の銘柄の株価をコントロールしようとして各種の規制や値幅制限を課すことは、戦前の株価統制と同じ、②東洋電機も、吉田取締役が、もしカラーテレビをつくったりしたら自分の首を差し上げると噂を否定したり、技術者である長尾磯吉氏を戸塚のほうの工場に隠したりしたのは、不明朗なやり方である、③マスコミも会社発表に頼りすぎ、きちんと取材ができていない、と苦言を呈した。

六月二十八日、東洋電機は、千代田区丸の内の東京會舘の四階で、新型カラーテレビの発表会をおこなった。会場には、画面以外を黒い布でおおった三台のテレビが並べられ、主に兜町や経済関係の記者百人あまりが詰めかけた。人々が固唾を呑んでみまもるなか、スイッチが入れられると、非常に鮮明な画像があらわれた。一方、技術的見地からは不可解な点が多く、発明者である長尾磯吉は、質問に対して、今、特許出願中なので、詳細についてはしばらく待ってほしいと繰り返した。

しかし、居合わせた記者たちの多くが技術に疎かったため、翌日の記事は好意的なものが多かった。東洋電機の株価は、五日連続でストップ高となった。

この頃、清水和幸は、日本橋川に落ちた幼児を助けるという変わった体験をした。それはある日の午後、日証館の中二階にある藤原経済研究所のデスクで原稿を執筆中のときのことだった。

一坪半の狭いスペースには熱気が渦巻き、すぐ外を流れる日本橋川の川底の悪臭が兜橋から鎧橋に続くビルの窓に這い上がってきていた。煤煙ですすけた窓ガラスの向こうには、砂を運んできたポンポン船（焼玉船）が対岸にもやってあるのがみえた。

ランニングシャツ一枚で、首筋から汗を滴らせながらペンを走らせていた清水は、ふと視線を上げた。

その瞬間、ポンポン船の艫《とも》（船尾）から、二歳くらいの幼児がぽとんと川の中に落ちた。

清水は驚いて窓際に走り寄った。

「おーい、子どもが落ちたぞー！」

窓から大声で叫んだ。

しかし、舳先《へさき》のほうで船を洗っていた父親らしい男は、気がつかない。

「おーい、おーい！　子どもがーっ！」

清水はあらん限りの声で叫び続ける。

幼児は浮き沈みしながら青黒い川を流されてゆく。

父親らしい男は、ようやく清水の声に気づくと、身をひるがえして悪臭を放つ川に飛び込んだ。

流されていた幼児に一気に追いつくと、水中から拾い上げ、水面高く差し上げた。

（大丈夫なのか？）

幼児はしたたかに水を飲んだはずだ。

船の上で祈るように両手を握り合わせていた母親と思しい女が舳先に走り、バケツをもって身構えると、差し上げられた幼児めがけて、頭から水を浴びせた。

事のなりゆきを凝視していた清水は、手荒な扱いに一瞬息が詰まったが、女はバケツを投げ捨てると、男の手から幼児を抱き上げ、顔といわず首筋といわず頬ずりをして、唇を押し当てた。

幼児の泣き声が聞こえてきた。

（無事だったか……！）

清水は胸をなで下ろした。

もし清水がたまたま視線を上げなければ、幼児は流されて死んでいたかもしれない。

数日後（七月四日）の明け方――

豊島区千早町の借家の寝室で寝ていた清水は、奇妙な夢をみた。

東京の街を走っているチンチン電車が、自分のほうに向かって進んでくる夢だった。

夢の中で、恐怖のあまり両目をみひらくと、電車のフロント上部の目的地が「東洋電機」で、運転台のすぐ下の路線ナンバーが505番となっているのが、視界に飛び込んできた。

（なんだったんだ、今の夢は……？）

明け方の薄明りのなかで、布団から上半身を起こした清水は、じっとりと汗ばんだままの身体でぼんやり考えた。隣りでは美恵がすやすやと眠っていた。

（東洋電機に505……。そういえば、確か昨日の引け値は五百円だった）

清水はじっと考え込む。

清水は東洋電機のカラーテレビの噂が出た頃、マスコミ関係の友人たちと金を出し合い、一株二百三十円前後で数千株を買っていた。すでに十分利益が出ており、株は永遠に上がるわけでもないので、清水は売りのタイミングを見計らっていた。また、東洋電機の新型カラーテレビに関する怪しげな噂も聞こえはじめていた。黒い布をかぶせられていた試作品の形状が、東芝の17WK型カラーテレビによく似ており、シャドウマスクを使用していないという説明にもかかわらず、画面を拡大鏡でみると、シャドウマスク特有の三色ドットがみえたというのだ。

その日、兜町にいくと同時に、清水は東洋電機の売り注文を出した。するとなんと、夢と同じ五百五円で売れた。前日の買い注文の残りが九十六万株あったためだ。

これが東洋電機のカラーテレビ相場の大天井となった。その後、株価は一転して下落をはじめ、その日の終値は四百八十円のストップ安で、翌日以降も下げ続けた。

清水が株を処分した直後から、新聞各社があいついで新型カラーテレビに関する疑問を報じはじめた。

産経新聞が七月七日付の紙面で、発明者、長尾磯吉が、六月二十日に秋葉原で東芝の17WK型カラーテレビ三台を購入し、試作品発表会の前日からサービスマンに調整させたことを報じ、同日付の毎日新聞は、東証が真相調査に乗り出したと報じた。産経新聞はその翌日、長尾の経歴を洗って、「疑問の人長尾氏、製品化のない発明家、出資者を求めて転々」という記事を掲載。七月十八日には、東京タイムズが、「世界的発明はマユツバ、東芝と同じ型、受像機対決でわかる、注目される収拾策」という記事を掲載した。

東洋電機の株価は、ほぼ連日のストップ安となった。

こうした状況の中、東洋電機の定時株主総会が七月二十八日の午前十時から東京・丸の内三丁目の日本交通協会で開催された。総会は荒れ模様ながら総会屋たちの協力で二十五分ほどで終了したが、それに続くカラーテレビについての説明会は、怒号が飛び交い、騒然となった。

読売新聞はこの日の様子を「怪談、東洋電機のカラーテレビ」という五段の大きな記事で報じた。

〈ニセモノか、本物か、人さわがせな東洋電機のカラーテレビはいまだに黒白の決め手がなく関係者はみんなキツネにつままれた表情で、現代の怪談というにふさわしい。さる二十八日東京丸の内、日本交通協会で開かれた東洋電機の株主総会には簡単服のおかみさんや投資マダムなどの株主数百人がつめかけ「カラーテレビは本物か」と追及したのに対し国行一郎社長は「いま出願中の特許五件、近く出願する三件が受理されるまでカラーテレビの原理や技術は説明できない」と逃げたため株主は納得せず怒号で大荒れ。（中略）さわぎが大きくなってから長尾氏は報道陣をさけて行方をくらましているが、東洋電機首脳部は「長尾氏個人に問題があっても技術は信頼している」と苦しそうで大量生産をはじめるかどうか言を左右にしている。このさわぎで東洋電機の株は一月安値百三十円が一時五百円を突破、最近は連日ストップ安で二百円も下げた。もはやテレビがニセモノか本物か、発明者がペテン師か天才かは問題でない。バカを見たのは天井で買った一般投資家だが兜町の首脳部いわく「警告していたんですがね…」〉

九月――

清水和幸は、「日刊東洋経済」で連載していたコラム「話題を追って」の筆名を清水一彦から清水一行に変えた。

翌昭和三十七年夏――

清水一行は、駿河台下にある河出書房新社の編集部を訪れた。

河出書房新社は、明治十九年設立の成美堂書店東京支店に歴史を遡る老舗で、文芸書に関しては当代屈指の出版社といわれる。

丸椅子に腰を下ろした清水に背中を向け、痩身をワイシャツで包んだ男性編集者が机で仕事をしていた。

うずたかく積み上げた本や原稿に埋もれるようにしてゲラを読んでいたのは坂本一亀という男だった。三島由紀夫の『仮面の告白』、島尾敏雄の『贋学生』、野間宏の『真空地帯』、椎名麟三の『赤い孤独者』などを手がけ、純文学の名編集者として名前が轟いていた。ちなみに、龍一という当時十歳の息子は、のちに「イエロー・マジック・オーケストラ（YMO）」をへて世界的な音楽家になる。

清水は「週刊スリラー」編集長の宗田理に紹介してもらい、半年間かけて書いた約五百枚の原稿を坂本に預けた。作品は、中小証券の凄腕営業部長が、熱海の投機筋から依頼を受け、資産の含み益が大きく過小資本のゴム工業会社の買占めに乗り出す話で、のちに『買占め』として清水一行の二作目として世に出ることになる原稿だった。坂本から連絡があったのは半年ほどたってからで「とにかくきなさい」といわれ、この日、河出書房新社にやってきた。

黒縁眼鏡をかけた坂本は、ゲラから視線を上げると、清水のほうを一瞥した。

清水は緊張して、声をかけられるのを待つ。坂本からくるように連絡があったときは、これで作家になれると小躍りして駆けつけた。

しかし、坂本はなにもいわず、再びゲラに視線を落とす。

十分、二十分と時間が経過する。

清水はじっと辛抱した。坂本は、長年夢みた作家への扉を開いてくれるかもしれない、神にも等しい存在である。

細長いフロアーのほとんどを占める編集部のあちらこちらに部員がおり、赤鉛筆でゲラに手を入れたり、原稿や本を読んだりしていた。丸椅子を台に将棋を指している組もいる。

三十分ほどたった頃、ようやく坂本が赤鉛筆を置き、清水のほうを向いた。

「まだ荒っぽいな」

黒々とした前髪を広い額に垂らした、尖った印象の坂本が一言いった。日大国文科を繰り上げ卒業し、学徒出陣で満州にいったため、いまだに軍人のような雰囲気をとどめていた。

「は……?」

清水は慌てて訊き返したが、坂本はそれきりで、再び広げたゲラを読みはじめた。

(荒っぽい？　デビューは、させてくれないということか……？)

清水は落胆しながら、相手の真意を推し量る。

再び十分、二十分と時間がすぎていく。

坂本は相変わらずなにもいわず、背中を向けたままゲラを読み続けていた。

三十分ほどたったとき、清水が丸椅子から立ち上がった。

「もう一度書き直させてください」

清水がいうと、坂本はかすかにうなずいた。

河出書房新社のビルを出ると、清水はタバコに火をつけ、御茶ノ水駅に向かって歩きはじめた。期待に胸躍らせていったものの、デビューの壁の厚さを思い知らされただけだった。

しかし、長年の夢を諦める気はさらさらなかった。

古書店が軒を連ねる町を、背広姿の男たちや黒い学生帽に詰襟の学生たちが往きかっていた。

埃《ほこり》っぽい通りを走るのは、路面電車、平たい車体の乗用車、荷物を積んだオート三輪、プラスチック製の大きな風防を付けたスクーターなどである。

池田勇人内閣の所得倍増計画に端を発する高度経済成長と、二年後に開催が予定されている東京五輪の準備のために、東京は建築ラッシュに沸いていた。

清水は返してもらった五百枚ほどの原稿を苦心して一枚目から書き直し、坂本に届けた。

坂本は、既存の流行作家を追いかけることを嫌い、無名の新人を発掘しようと心がけている編集者であった。この年十一月には、無名の高橋和巳を『悲の器』でデビューさせる。

坂本から連絡があったのは、また半年ほどたった頃だった。

「まだまだ荒っぽい」

坂本はまた一言だけいった。

「わかりました。書き直させてください」

清水はへこたれずにいった。

「む……」

「実は、そちらの原稿を読んで頂いている間に、新しい別の作品も書きました。読んでいただけるでしょうか？」

「なに？」

「やはり証券界に題材をとった物ですが、八百枚ほどあります」

清水は風呂敷に包んだ原稿を差し出した。『兜町山鹿機関説』というタイトルが付けられていた。

第四章　小説兜町《しま》

1

昭和四十年初夏――

三十四歳になった清水一行は、銀座八丁目のコリドー街にある「まさ」というクラブの奥のほうのボックス席で、「週刊現代」の編集部員、田沢雄三と飲んでいた。

「まさ」はビルの地下にあり、カウンターとボックス席がいくつかある十八坪の小さな店である。ママは二十九歳の吉田昌子という女性で、ホステスたちも二十代前半という若さが売り物だ。

「……牧野さんはね、『講談社から出す雑誌は「週刊大衆」とはちょっと違うだろ。サラリーマンはスケベだけど、もうちょっと真面目だろ。表紙やトップ記事は、政治経済という真面目なものじゃないと駄目だろう』。こういう考え方なわけですよ」

水割りのグラスを手に田沢が話をしていた。

北海道大学を出た三十歳すぎの男で、学生時代にやっていたサッカーを今も続けている。藤原経済研究所に出入りしていて、清水と知り合った。

講談社の「週刊現代」は、ゴシップ報道や柴田錬三郎ら人気作家の連載小説をテコに百五十万部を突破した「週刊新潮」や、三年前に部数百万部を果たした「週刊文春」、エロとスキャンダルを売り物にする「週刊大衆」などに大きく水を開けられ、三十万部前後と低迷していた。最近、立て直しのために、切手の特集などで「少年マガジン」の部数を伸ばした牧野武朗が編集長に起用されたところだった。

「『エログロ・ナンセンスが入ってきてもいい。しかし、「週刊大衆」よりは真面目にやろうじゃないか。それともう一つ、サラリーマンにとって大切なのはカネだ。サラリーマンを読者にしたかったら、金儲けの方法を提供しないといけない』と、こういうわけですよ」

「なるほど……。それで株をやろうってわけか」

煙の立ち昇るピースを指にはさんだ清水がいった。

「しかし、株は簡単じゃないぜ。東洋電機みたいな怪事件もあるし、今は相場が最低だしなあ」

清水は思案顔でピースをふかす。チェックのジャケットにノーネクタイという堅気ばなれした服装であった。

四年前に、清水が大天井の五百五円で売り抜けた東洋電機は、その後まもなく試作品は東芝のカラーテレビを使ったインチキであることが発覚し、社長は辞任。証券取引法違反（株価操作）で同社取締役勤労部長と総会屋二人が逮捕され、長尾磯吉は詐欺の罪で懲役二年の刑が確定した。

それと前後して岩戸相場が終わり、証券界は長い不況に喘いでいる。二年前（昭和三十八年）の秋からは国際収支が悪化し、同年暮れから日銀が預金準備率や公定歩合を引き上げて金融引締めに入ったため、不況が深刻化した。山一証券が経営危機に陥り、つい先日、日銀特融で救済された。

「そこを清水さんのツテでなんとかお願いできないかと思ってるんですよ」

田沢がまなざしに期待をこめる。

清水は田沢の引きで、この年の新年号から五回にわたって「週刊現代」で「兜町レーダー」という、四百字ほどの小さなコラムを「S」という署名で書き、証券界に関してもっとも有力な外部ライターとして認められていた。

「そうだなあ……。山一に限らず、証券会社は今、おかゆをすすって生きている状態だから、投資家が戻ってくるような材料は喉から手が出るほどほしいだろうなあ」

清水が、ピースをくゆらせながら思案顔でいう。

「それに、証券会社が推奨銘柄を出すのは証取法で禁じられてるが、週刊誌がやるぶんには問題ないはずだ。『週現《しゅうげん》』が推奨銘柄を打ち出して、証券会社がそれに乗っかれば、連中にとっても渡りに船だろうなあ」

「なるほど、なるほど」

田沢が期待で胸をふくらませる顔つきでうなずく。

清水にとっても、「週刊スリラー」がすでに廃刊になり、「日刊東洋経済」でのコラムの連載も終了していたので、「週刊現代」で仕事にありつけるのは、悪い話ではなかった。

清水は早速、もち前のバイタリティを発揮して、企画への協力を求め、関係者たちを訪ね歩いた。

最初に雑誌「財界」の創刊者で経済評論家の三鬼陽之助にアイデアを説明したところ、「週刊誌が株式の推奨などをやっては、絶対にいけない」と怖い顔で忠告された。

次に立花証券社長の石井久を訪れると、「今『週刊現代』は何部ですか？　三十万部？　もしその一割が買ったら大変な仕手になる。そのためには、『四社』の協力が不可欠だ」といった。四社とは野村、大和、日興、山一のことである。

清水は、東京証券取引所の記者クラブ「兜倶楽部」にいる新聞社や通信社の記者たちにも接触し、マクロ経済、相場見通し、個別銘柄などに関する情報を飲み代程度の謝礼と引き換えに提供してもらえるようにした。このなかには、のちに時事通信社の社長になる前田耕一もいた。

歩合の証券外務員から叩き上げて大商証券（現・みずほ証券）取締役となり、前年から経済評論家に転じていた高島陽《のぼる》にも助言を依頼し、コンサルタントとして記事に名前を使わせてもらうことにした。

大和証券、山一証券の株式部長は、協力を約束してくれた。野村証券は「株式部はあくまで交通整理で、こっちの買い物を売り物にぶつけるのが仕事。だからうちは社としてはお話に乗れません。ただ、アナリストを一人紹介しましょう」と、野村総研のアナリスト、厚田昌範（のち経済評論家）を紹介した。

もっとも協力的だったのが、山一証券との合併が噂されるなかで、独自の生き残り策を模索していた日興証券だった。

清水が田沢雄三と一緒に、日興証券常務取締役株式本部長の中山好三を訪問したのは、八月のことだった。

応接室の窓の向こうは整然とした丸の内のビル街である。四大証券のうち、本社を兜町に置いているのは山一だけで、野村は日本橋に、大和は大手町にある。

「評論家の藤原信夫さんのところにおられるわけですか？」

ソファーにすわった四十五歳の中山が、「藤原経済研究所　清水一行」という清水の名刺をみていった。

「はあ。経済物のライターをしております」

雄牛を思わせる、浅黒い顔の清水がいった。

「具体的には？」

「『週刊現代』のような一般誌で、わかりやすい経済記事を書く仕事をしております。株というのも、もう専門誌だけの時代ではなかろうと思いますので」

「なるほど」

中山は細面に微笑をたたえていたが、窪んだ眼窩の両目に、やり手らしい油断のない気配を漂わせている。

「中山さんは、相場をどうみておられますか？」

「というと？」

「今後の見通しです。公債政策の登場でどうやら大底を脱したという点では、大方の意見が一致していると思うんです」

太い黒縁の眼鏡をかけた清水は、ピースに火をつける。

「しかし、これからの見通しとなると、まだまだ強弱《ごうじゃく》相半ばという感じがします。どうお考えになりますか?」

証券市場は苦しかった五、六、七月をなんとかしのいで、一息ついたところだ。千二十円まで下がった東証ダウは、大手証券の買い出動と公債政策の発表で、七月三十一日に四十日ぶりに千百円台を回復。八月に入ってからも、仕手株や増資発表の材料株を軸に堅調な場面が続いていた。

「そうですなあ……」

痩身に淡いグレーの夏物の背広を着た中山は、一瞬思案顔になる。株について清水がどの程度の知識をもっているのか見当がつかないので、どう説明したものかと迷っていた。

「まあ、相場は高いでしょう」

「ニューヨークのダウ平均が、もうすぐ九百ドルに乗せそうな勢いですね」

ピースを遠慮なくふかしながら、清水がいった。

「それもあります。この段階で不況脱出だなんていってるのは、日本だけですからね」

「商品市況の立ち直りはどうですか?」

「鋼材、セメント、綿糸などが急速な立ち直りをみせています。本来なら株がこういう動きを先取りしなければいけない。残念ながらそれが逆になっています」

「すると当然株は、本来の機能を回復してくるということですか?」

「金利にしたって、公定歩合が日歩一銭五厘でしょう? それにこの安値ですからね。日とともに株式投資の有利性が認識されてくるはずですよ」

答えながら中山は、この清水という男はかなり相場を知っているなと思う。

「今、一般投資家は株を買って儲かりますか？」

「チャンスでしょうね。やるなら今です」

「証券会社のいつものセリフとしてでなく聞いても、間違いありませんか？」

「十年に一度のチャンス。そういい直してもいいですよ」

中山が迷いのないまなざしでいった。

その様子に、清水は本気だなと思う。

「今なら投資家は株で儲かるという見通しを前提にして、わたしども『週刊現代』で連載の特集を企画しています。この企画にご協力いただけないでしょうか？」

田沢がいった。

「ほう……どういう企画なんです？」

「毎週四ページずつ使って、絶対に儲かる推奨銘柄を紹介していきたいんです」

「週刊誌が毎週、推奨銘柄を？」

「絶対に儲かる推奨銘柄です。それを『週刊現代』誌上でやりたいんです」

「ふーん……」

前代未聞の話に相槌を打ちながら、中山は興味をひかれた顔つき。

「それで、どういうふうに協力したらいいんです？」

「わたしが毎週取材に伺います」

清水がいった。

「それで？」

「取材の結果をわたしが原稿にまとめます。率直に申し上げますと、『週刊現代』は株の記事で部数を大幅に伸ばしたいと考えています。紹介した銘柄が毎週確実にあたれば、週刊誌一冊の値段で何万円も何十万円も儲かるわけですから、間違いなく読者はつくと思っています」

「なるほど」

「ここ数年の相場低迷で積もり積もった、株に対する大衆の失望と不信感は、簡単に拭い去ることはできないと思います。しかし、『週刊現代』が毎週確実にあたったら、そういうものは少しずつ変わるのではないでしょうか」

清水の言葉に中山はうなずく。

「企画の成功には四大証券会社の協力が不可欠です。ギブアンドテイクとは申しませんが、お互いにメリットがある話ではないかと思います」

清水は、推奨した銘柄を四大証券が買って、株価上昇に弾みを付けてほしいと言外に匂わせていた。

この頃は、企業同士の株の持ち合いが多く、市場に出回っている株式は発行総数の一、二割にすぎないため、株価操作がしやすかった。

「お話の趣旨はわかりました」

中山はいった。「ただ、他社さんも同じだと思いますが、正面切ってのお約束は難しいですね」

「大蔵省がうるさいということですか？」

「ま、いろいろと。そのへんのことは、おわかりと思いますがね」

「承知しています。しかし、わたしどもとしては、通り一遍のことで、この企画は成功しないと思っています。正面切ってお約束してほしいとは申しませんが、実際に相場で動いて頂かないことには、企画は中止するしかないと思っています」

「そこまで要求するわけですな？」

「いえ、期待です」

「同じことでしょう」

中山は苦笑した。

「ま、いっぺん検討してみましょう」


九月初旬――

東京は残暑の季節だった。

清水一行は、「週刊現代」編集部に打ち合わせにいくために、文京区音羽の路上を歩いていた。

目の前に、赤いベレー帽をかぶり、ハイヒールをはいた若い女が、デパートの買い物袋をさげて歩いているのに気がついた。講談社の文芸図書第二出版部（略称・文二）の女編集者だった。

講談社には、純文学の文芸書を扱う文芸図書第一出版部と、エンターテインメント系の文芸書を扱う文芸図書第二出版部がある。

清水は足を早め、女に追いついた。

「あら」

痩せて色白の女編集者は、不意につくったような驕慢な表情でふり返った。

「昨日、文二のほうに伺ったんですが、いらっしゃらなかったんで……ちょっとお話させていただけませんか？」

清水は八ヶ月前に、『兜町山鹿機関説』の原稿を彼女に預けてあった。

「そうね。でもわたし一度社へ戻ってからでないと」

「じゃあ、あとで文二のほうにいきますよ」

「いえ、わたしもコーヒーが飲みたいから、あそこの喫茶店で待っててくれない」

そういって道沿いの喫茶店を目で示した。

「わかりました」

清水は何歳か年下の相手に、軽く頭を下げて、踵を返した。

喫茶店はやや薄暗く、四人がけのテーブルがいくつかある店だった。午後の残暑は厳しく、音ばかりうるさい店内のクーラーはあまり効いていなかった。

清水はアイスコーヒーを注文し、相手がやってくるのを待った。

三年以上にわたって原稿をみてくれていた河出書房新社の坂本一亀に対し、恐る恐る「ほかの出版社にもあたってみたいんですが」と清水が切り出したのは今年の一月のことだった。それまで「まだまだ荒っぽい」「このまま出しちゃ、きみが恥をかくことになるよ」としかいわなかった坂本は、意外なことに「そろそろいいだろう」といった。てっきり河出書房で出してくれるのかと思ったら、「出してくれる出版社をみつけろ」といって、『兜町山鹿機関説』の原稿を返してくれた。清水が、「『買占め』のほうが読みやすくて、他社でも出してくれやすいので、そちらを返してくれませんか」というと、「あれはいかん」と首をふり、「どこかがそっちを出してくれたら、これはうちで出す」という。経済に疎い坂本は、清水の作品が売れるかどうか自信がもてないので、他社で売れたら、一番いい作品を自社で出そうと考えていた。

清水は返してもらった原稿を、田沢雄三の口ききで、その女編集者に託した。

講談社ビルの五階の東の端にある「週刊現代」の編集部から手洗いにいくには、灰色のキャビネットで仕切られた文芸図書第二出版部の前をとおり、西側の階段の外れまで歩く。清水は手洗いに行くたびに、廊下から女編集者の机の様子をみていたが、風呂敷に包まれた原稿は、机の下に置かれたままになっていた。彼女は仕事をするとき、ハイヒールを脱いで、清水の原稿の上に足を載せていた。

初めのうちは彼女も忙しいのだろうと思い、原稿は清水が勝手にもち込んだものでもあったので、催促はしなかった。しかし、廊下やエレベーターで顔を合わせることがよくあった。「原稿どうでしょうか？」と訊くと、いつも「ああ、そのうちにね」という答えが返ってきた。しかし、読んでくれそうな気配は一向になく、相変わらず原稿は風呂敷に包まれたまま、足置きに使われていた。一ヶ月ほど前に業を煮やして、「忙しくて無理なようでしたら、引き取らせてもらいます」というと、「暇ができたら読むわ」という返事で、もって帰ってくれとはいわない。しかし清水は、この女では、どうせ駄目だろうなと半ばあきらめていた。

ほかの出版社にもあたっていたが、本を一冊も出したことのない新人に対しては、どこも似たような扱いで、屈辱と失望の繰り返しだった。

清水は一時間近く喫茶店で待ったが、女編集者はついにあらわれなかった。

清水は勘定を払い、講談社のビルに入って、五階の文芸図書第二出版部にいった。

女編集者は、机の上に広げた雑誌を眺めながら、タバコを吸っていた。

「あら、そうそう、忘れちゃった」

声をかけると、相手は悪びれずにいった。

「いや、いいんです。お預けしてある原稿を引き取らせてください」

「え、もってくの?」

「どこかほかをあたってみます」

「ほかってどこ?」

「これから考えます」

「でもわたしまだ読んでないんだし、駄目だっていってるわけじゃないのよ」

「八ヶ月たちました。もう結構です」

硬い表情でいうと、相手は椅子を引いて、机の下から風呂敷に包んだ原稿を取り出した。風呂敷は床の埃をかぶっていた。

「じゃ、仕方ないわね」

「お世話さまでした」

「またなにか面白いものが書けたら、もってきなさいよ」

背中に声をかけられ、清水は怒りで灼け付きそうな目を強くつむり、「週刊現代」の編集部にいった。

「どうしたんですか?」

編集部にいた田沢雄三が、原稿の風呂敷包みを手に提げた清水の異様な気配に気づいた。

「いや」

「原稿、駄目だったんですか?」

「八ヶ月待ったけど、読んでくれなかった」

清水は苦笑で誤魔化そうとしたが、悔しさで顔が青ざめていた。

「しょうがねえ女だな」

「いいんだ」

「じゃ、打ち合わせしましょうか」

「うん」

中途半端な慰めの言葉をかけられるより、仕事の打ち合わせをしようといわれるほうが、気が楽だった。


それからまもなく——

清水一行は、丸の内にある日興証券の本社を訪れ、株式部長と面談した。連載の一回目で推奨する銘柄についての意見を聴くためだった。

「……中山(好三常務取締役株式本部長)からも、できるだけ協力するようといわれてます。来週うちで取り上げる片倉工業をやってみませんか?」

応接室のソファーにすわった四十代の株式部長が、一束の書類を差し出していった。

「本当に来週やるんですか?」

片倉工業のデータを受け取りながら、清水は期待に胸をふくらませる。日興証券が取り上げる銘柄なら渡りに船だ。

「やりますよ。六月から七月にかけての百円割れで、相当量のカラ売りが入りましたからね。今、百三十円でしょ？　九月末には信用取引の決済日が来るんです」

信用取引の決済は三ヶ月後で、それまでに投資家は株を買い戻さなくてはならない。

「『踏み上げ』を狙ってるわけですね？」

「踏み上げ」の「踏む」は、カラ売りした投資家が、株価が上昇した株を決済のために損を承知で買い戻すことで、「上げ」は、それによって株価がさらに上昇することをいう。

ちなみに、証券会社がカラ売り対象銘柄を市場から大量に買い、品薄にして値段を吊り上げ、カラ売り筋を締め上げることを「ショート・スクイーズ」という。

「カラ売りが三百万株もあるわけですか……」

清水がデータをみながらいった。発行済株式総数の実に一割五分に相当する量だ。

「生糸市況が一本調子の反騰に入っていて、七千円に乗せようという勢いですから、業績の裏づけもあります」

株式部長の言葉に清水はうなずいた。

2

「週刊現代」の株の特集記事は、九月二十三日号から六ページの誌面を割き、大々的に連載が開始された。タイトルは「確実に儲かる〝今週の株〟㊙情報」で、「買うべきか、買わざるべきか」、「ダウは二千六百円までゆける？」、「このあたりが注目株だが」といった見出しが躍り、株価ボードの前で手サインを繰り出す市場部員たちの大きな写真が掲載された。

記事は冒頭から清水独特の筆致ではじまる。

〈誰がなんといっても、今度の株価はほんもののようです。七月中旬以来、本誌は大幅な取材網を敷いて、とくに研究を重ねてまいりましたが、今週から毎号特集形式で、絶対確実な株式情報を提供いたします。〝昭和最後のチャンス〟といわれる大相場を目前に、少なくとも週刊現代愛読者の皆さまには百パーセント儲けていただきたいと願って――。〉

前半三ページは、マクロ経済と相場全体の見通しに関する専門的な内容だった。

米国の鉄鋼ストが解決して日本の鉄鋼輸出の前途に暗い影が差し、日本の資本収支の問題や英国のポンド不安、次の国会が日韓条約批准をめぐって紛糾しそうなことなど、悪材料も少なくないと認めた上で、「株がいつも実勢だけを基本に動くものなら、株で大損する人もないかわりに、株で大儲けをする人もいなくなる」、「昭和三十三年に岩戸相場がすべりだしたときも、一般には不景気の株高といわれ、高名な経済評論家が、まもなく株は安くなると予想したものである」と前置きし、だぶついた資金を抱える金融機関が株を買いはじめているという強気説の論拠も紹介した。

そして、「将来のカギとなる九月相場」という見出しを掲げ、「九月中に一気にダウの千三百三十円周辺に突っかけるようであれば、《三割高下に向かえ》という格言を実行してみたい」と提案した。三割上がったら利食い売りをし、三割下がったら買ってもよいという意味だ。

後半三ページは、個別銘柄の吟味で、「本命は日本郵船」、「信用で甜菜糖」という記事のあと、「目先は片倉工業」という半ページの推奨記事を掲載した。

〈はじめに断っておかなければならないが、この株は甜菜糖（日本甜菜製糖株式会社）以上に、玄人好みの投機株である。絶対に損をしたくないという人は、手を出さないこと。

この会社の株が玄人好みだということだけではなく、生糸の売り上げが八割強を占める業界トップの代表会社だけに、会社の成績そのものが、生糸市況の思惑によっても左右されるという、投機筋には持ってこいの条件が重なっている会社である。

日本でも屈指の歴史と伝統を持っている会社だけに、全国各地にかなりの数の工場を持っている。片倉工業の工場は全寮制なので、周辺には寮、病院、学校その他の付帯設備が多く、広い土地（約四十万坪）を持っていて、それらが大宮、熊谷などのいずれも町の真中にあるので、地価の値上がりに伴う含み資産価値が、投機筋に好まれる材料ともなっているわけだ。

しかも資本金はただの十億円。発行株数は二千万株だが、この株が人気づくと、一日に二千万株以上の商いが出来てしまう。全発行株数分が、一日でゴロゴロと動くのである。（中略）

もしこの一、二週間相場が強いようなら、一気に百六十円に乗せるといった場面がみられるかもしれない。時価（九月十日）百三十四円からみると、目先の勝負という狙いで、一番面白い株といえる。〉

記事は清水と取材スタッフが兜町を駆け廻って情報を集め、それを清水がまとめたものだった。

しかし、末尾の但し書きは、「この記事のうち、相場の考え方については高島陽氏にコンサルタントになっていただきました。なお、銘柄の選定は週刊現代株式班がしました」とだけあり、清水の名前は出ていなかった。

一ヶ月半後（十月下旬）――

「どうですか。今までのようにそこそこあたっている銘柄じゃなく、この辺で大ヒットを出さないと、清水さんも困るでしょう？」

日興証券の応接室で、株式部長が清水一行にいった。

「週刊現代」が取り上げた銘柄は、兜町での生き残りに必死な日興証券が積極的に買い上げたこともあり、どれも順調に値を上げていた。特に、百三十四円のときに紹介した片倉工業は百六十円台に乗せ、編集部に感謝の投書が舞い込むようになっていた。「週刊現代」は、他の記事も揃って好調だったこともあり、部数は四十万部台に乗せた。

「おっしゃるとおりです。ここらで是が非でも倍くらいに値上がりする銘柄を扱ってみたいと思っています」

大柄な身体に柄物のジャケットを着た清水がうなずく。

七月に千二十円まで値下がりしていた東証ダウ（現・日経平均）は、日興証券による三井物産買いが契機となって反騰に転じ、千三百円に迫っている。片倉工業が値上がりしたといっても、相場全体の値上がりとほぼ同じにすぎない。

「同和山《どうわやま》をやってみませんか？」

株式部長が、清水の目を覗き込むようにいった。

同和鉱業は明治二年に設立された大阪の藤田伝三郎商社に歴史を遡る非鉄金属の精錬会社だ。

「銅の市況は、どのようにみておられます？」

「非常にいいと思いますよ。五月の建値引上げで三十三万一千円になりましたけど、今、関西方面では四十三万円の高値を唱えています」

「半額増資の権利落ちのあと、十五円近く上げて、百円の大台に突っかけてきてるところですか……」

清水が株価のデータをみながらいった。

「同和山の本当の材料は黒鉱の大鉱床の開発なんですよ」

そういって株式部長は、同和鉱業がもつ黒鉱（日本海側の鉱山で採れるみた目が黒い鉱石の総称）の鉱床について説明した。

「日興証券で力を入れてくれますか？」

清水が訊いた。

「もちろん。うちは来週から同和山一本です」

「それじゃ、大きくやりましょうか」

「是非やってください」

（これは本気だ）

清水は、相手の顔をみながら思う。これまではたいてい、検討してみてくださいよ、という穏やかないい方だったが、今日は珍しく断定口調である。

翌週――
清水は早速、「今週の株㊙情報」で「新しいエース銘柄、初めて登場」という大きな見出しを掲げ、同和鉱業を取り上げた。

〈(これまでの)紹介銘柄については、長期投資銘柄を除いて、百《パーセント》にちかい打率をあげてきた。片倉工業を筆頭に、本田、ソニー、三菱石油、東京海上、甜菜糖、洋ベア、森永乳業と枚挙にいとまがない。この実績を背景に、本格展開第二ラウンドの出発点にあたって本誌株式班が紹介する秘蔵銘柄が、この同和鉱業である。〉

〈(同和鉱業の)材料はつぎの三つに要約できる。①電気銅市況の大幅な立ち直り、②黒鉱大鉱床の開発がいよいよ開始される、③新仕手株としての人気〉

〈同和鉱業は電気銅(四四《パーセント》)、硫化鉄鉱(二九《パーセント》)、硫酸(五《パーセント》)、亜鉛(八《パーセント》)という事業内容の会社だ。これでみてもわかるとおり、電気銅が事業の中心である。しかも日本一の白山鉱比率を誇っている。このことが、こんどの非鉄金属市況の立ち直りの恩恵をフルに吸収する結果になった。〉

〈黒鉱は鉱物としては明治時代から知られていたが、鉱脈としてではなく塊状で産出することが多く、また地下三百《メートル》前後の第三紀層に存在し、地表に露頭がないためずっと開発が遅れていた。最近になって東北地方で続々大鉱脈が発見され、ブームを呼んでいる。

黒鉱の平均品位は、銅一～三《パーセント》、鉛一～四《パーセント》、亜鉛五～一五《パーセント》、銀百～三百《グラム》(トン当たり)、金一～二《グラム》(同)でかなりの富鉱である。

東北地方における黒鉱ブームのトップバッターは秋田県の同和鉱業内《うち》の岱《たい》鉱床。これの埋蔵量が三千万トン、続いておなじく同和鉱業の松峯、花輪でも続々鉱床が発見され、いずれも一千万トンの埋蔵量が確認された。〉

〈（こんどの相場は）空売りの多いものほど、うんと値上がりした。そこで好むと好まざるとにかかわらず、仕手株相場になってしまった。その仕手株相場も、十月の末になると動きの止まったものや、仕手株としての妙味がなくなったものなどが続出し、とうとう平和不動産、東京海上、片倉、甜菜糖、本田、ソニーといった五つか六つの銘柄に絞られてしまった感じである。（中略）市場は新鮮な仕手株のニューフェースを待ち望んでいる。そこへ百円の大台を抜いて登場してきたのが同和鉱業だ。昔から仕手人気の強い株である。〉

約十日後――

清水一行は、「週刊現代」編集部員の田沢雄三と一緒に、東京証券取引所の立会場を見学室からみおろしていた。

立会場は、幅二二メートル、奥行き六〇メートルの巨大な体育館のような空間で、二階まで吹き抜けになっている。天井がガラス張りで、上空の青空がみえた。

フロアーに一定間隔で馬蹄形をしたポストが十三あり、才取会員がいて、証券会社間の売りと買いを仲介している。場内は真っ白なワイシャツ姿の場立ちや市場部員たちで埋め尽くされ、資本主義という地獄で亡者たちが蠢《うごめ》いているようだ。

「同和山、上がってますねえ！」

浅黒く日焼けしたスポーツマン・タイプの田沢が、大きなガラス窓の先にある株価の黒板をみて満足そうにいった。

立会場の左右の壁は人の背丈よりも高い大きな黒板になっていて、その前で取引所の所員が東奔西走し、どんどんついていく値段を書き込んでいた。その下で、証券各社の場立ちの見習社員たちが場電《ばでん》で、出来値を本社株式部に伝えている。

清水が「週刊現代」で紹介したとき百十円だった同和鉱業は、発売日から急激に値を上げ、百五十円台に迫っていた。

「そりゃあ、カラ売りが多い品薄株を日興が買いまくって、現株不足のショート・スクイーズ（カラ売り勢の締め上げ）で『踏み上げ』状態にして、そこでまた証券会社と『週現』の読者が上値を買い上がってんだから、株価が上がらないわけないぜ、はっはっ」

田沢の隣りに立った清水が愉快そうに笑った。

清水は銘柄選定にあたって、品薄で、かつカラ売りの多い株を選び、それを証券各社に買わせるよう仕向けていた。今であれば、立派な相場操縦だ。

「（百）四十七円カイ、五十円カイ！」

同和鉱業を扱うポストでは、買い物が殺到して、才取会員業者はお手上げの状態である。

才取業者が身動きが取れないので、証券会社の場立ち同士で手をふりはじめた。

「しかし、日興もしたたかな商売人だよな。半額増資のあとで値が上がらないもんだから、増資に応じた法人投資家筋の玉をかなり肩代わりさせられて、それを『週現』の読者にぶつけた（売った）んだから」

「まあ、日興もいい商売したかもしれませんけど、うちの読者だって株が上がっていい思いをしたわけですから」

「『週現』も部数がぐんぐん伸びてるしなあ」

二人は顔をみあわせてにんまりした。


翌週、清水は「今週の株㊙情報」で同和鉱業を再び取り上げた。見出しは「同和鉱業は四年に一度の相場」とした。同社の株を山口県岩国市の錦帯橋の近くで飼育され、四年に一度幸運をもたらすといわれる天然記念物の白蛇に見立てた記事だった。

文京区音羽二丁目の講談社五階にある「週刊現代」の編集部では、電話がひっきりなしに鳴り、部員たちが応対に忙殺されるようになった。

「……えっ、来週、紹介する銘柄を教えてほしい……いや、ちょっとそれは」

若い編集部員が受話器を耳にあて、困惑顔になる。

「はあ、はあ、地方だと月曜じゃなく、水曜に発売されますんでねえ……ええ、まあ、月曜にお電話いただければ、銘柄はお教えしますすよ」

別の部員が、発売が遅れる地方にいる読者に答える。

「おい、来週の銘柄はなんだ⁉」

別の部署の部長がやってきて、早く買おうと情報を求める。

「おい、この株、上がってるぞ！」

別の部員が、広げた新聞の株価欄をみて驚いた顔をした。

「週刊現代」を印刷する凸版印刷の活字工が買収されて銘柄を事前に漏らしているという噂があったので、ダミーの銘柄を原稿に入れ、校了寸前に赤字を入れて訂正しようとしていたところ、ダミー銘柄の株価がぐんぐん上昇していたのだ。

「兜町ってのは、恐ろしいところだなあ」

隣りの席にすわった部員がしみじみといった。

翌年（昭和四十一年）一月――

清水一行は、国鉄御茶ノ水駅近くの神田駿河台二丁目にある三一書房を訪れた。講談社の女編集者が八ヶ月間足置きにしていた『兜町山鹿機関説』の原稿を、「週刊スリラー」で知り合ったルポルタージュ作家、吉原公一郎の紹介で、三一書房の編集者・井家上隆幸に預けてあった。

清水が訪れたとき、井家上は、机の上に清水が預けた原稿を広げ、赤鉛筆でさかんに要らない部分を削っていた。

「面白くありませんか？」

挨拶のあと、清水は控えめに訊いた。

「いや……」

三十二歳になったばかりの井家上は、はっきりしない口調でいった。面白いと思ってはいたが、新人に過剰な期待をもたせるのは禁物である。

「感想を聞かせていただければ、自分で詰めて、書き直します」

「いや、そんな暇はないんだ」

「暇？」

「五、六百枚に減らしたいんでね」

元々の原稿は千二、三百枚あった。

「自分で書いた原稿は、いろいろな想いがあるから、自分じゃなかなか切れない（減らせない）もんだよ。だから任せなよ」

「それじゃ、いずれにしても、あとで書き直します」

清水がいうと、井家上は、あいまいにうなずいた。

清水は、井家上が原稿に赤を入れているのをみて、よほど出版してくれるのかどうかを尋ねてみたかった。しかし、どうせ書き直すのなら、出版の可能性を訊くのはそのあとでいいはずだと思い直した。また、坂本一亀からいつも「まだ荒っぽい」といわれ、講談社の女編集者をはじめとする出版社の編集者から、まともに相手にされなかったので、訊くのが怖かった。


井家上から、突然清水に電話がかかってきたのは、翌月（二月）中旬のことだった。「初校ができたから、取りにきてくれませんか」といわれて驚いた清水が、「あの原稿が本になるんですか？」と訊くと、井家上は、「そりゃそうですよ。本にしない原稿のゲラなんかつくりませんよ」といった。

『兜町山鹿機関説』は『小説兜町《しま》』と改題され、三月三十一日に発売された。本のカバーには、山一証券の元常務取締役株式本部長、山瀬正則が推薦文を寄せた。

〈昨日の勝利者が今日は敗残の身を陋屋に潜める。株の世界とはそういうものだ。カネが乱舞し、ある人間の人生が、ほんの短い時間に燃えつきる。だが、一度、この〈シマ〉の妖しい雰囲気にひたった者は、そこから抜けきることはない。〉

〈証券ジャーナリズムは概して妥協的である。そのなかで清水君は、まったくの異色。書きたいことを書き、言いたいことを言う恐ろしい一匹狼だ。(中略)根性で時流を的確に判断し、歯切れのいい江戸ッ子文章で、常に証券界に嵐を呼ぶ男だ。〉

『小説兜町』は、発売と同時に爆発的に売れ出した。

立ち直りのきっかけを求めていた山一証券は、一度に千冊買い、社員に配布した。三一書房は新聞に全五段の広告を次々と打ち、部数は発売一ヶ月で十八万部を突破した。

無名の文学青年、清水一行は、一躍文壇の寵児となった。

3

『小説兜町』が売れて大慌てしたのが、長年清水の原稿をみながら、出版しなかった河出書房新社の編集者、坂本一亀だった。清水は、『小説兜町』が発売されて一ヶ月あまりがたった頃、坂本に呼び出され、そのときの模様をのちに『兜町物語』(昭和六十年、集英社)という小説の中で描いている。同作品が刊行された当時、坂本は健康を害して出版界から四年前に引退し、手元にある作家の原稿や書簡を整理して日本近代文学館に寄贈したりしていたが、まだ六十三歳で存命だった。

〈駿台書房（注・河出書房新社）に着いたのは、約束の午後六時前だったが、編集長の川本（注・坂本一亀）が会議中だということで、安部（注・清水一行）は一時間近くも待たされた。会議を終わってからもなお待たされて、駿河台下のうなぎ屋の座敷へ連れていかれたのは、七時半頃であった。

「待たせちゃったけど、君の問題でもめたんだよ」

川本はおしぼりを使いながら言った。

まだ五十歳前だったが（注・当時、坂本は四十四歳）、髪にはかなり白いものが目立っている。しかし文芸ものの編集者としては、出版界でも高い評価を受けていた。

「ぼくの問題ですか……」

安部は訝しげに聞き返した。

「だって本を出してもらいたいんだろう」

「駿台書房で出してくれるんですか」

「いや、だからうちで出すべきかどうかについて、ちょっともめていたんだ」

「無理をして頂かなくてもいいんです」

「無理をしなくてもいいって、それはどういう意味だ」

川本は安部の言葉を咎めるように聞き返した。

痩身だが川本は顔の色艶だけはよかった。

「神保町書店（注・三一書房）で、二作目も三作目もつづけて出したいって言ってくれていま
す」

「なに」

川本は鋭く聞き返した。

「それじゃうちはどうなるんだ」

「は？」

「駿台書房は、じゃどうなるんだと言ってるんだよ」

苛立って、川本の語調はさらに険しくなった。

「どうなるかって言われますと」

「ぼくはきみに、なんのために五年間もつきあってきたのかね」

「それは感謝しています」

安部はテーブルに手を突いて頭を下げた。

「感謝だって」

「ご恩は忘れません」

「なにを言ってるんだ。恩を忘れないって言うんなら、二作目はうちで出すのがあたりまえじゃ
ないか」

「二作目を？」

川本はきめつけるように言った。

「そうさ。あたりまえだよ」

「しかし駿台書房でわたしの本を出してやるというお話は、いままでに一度もうけたまわっていません」

安部は川本を見上げて言った。

「なんだ。それじゃ神保町書店に、二作目も三作目も出版を許してしまったのか」

原稿を担いで駿台書房へ通った五年間も、川本は安部にたいしていつもこういう頭ごなしな口調だった。売れる見込みのない原稿を読んでもらうのだからと、それがあたりまえだと安部はいままで思っていた。

だが今日の川本は、相変わらず安部に頭ごなしではあったが、話が進むにつれて落ち着きがなくなってきた。

「なんといっても神保町書店には処女作を出して頂きましたし、四月の末には二作目と三作目出版の話が正式にありました」

「だから承知したのかどうかと聞いているんだよ」

「承知するもしないもないと思うんです。わたしは流行作家でもなんでもありません。いまは手もちの長篇を、なんとかして続けて出してもらいたいと思っているだけです」

「わかった。二作目はうちで出す」

川本は勝手に決めつけた。

三人分の酒とうなぎのほかに、二、三の料理が揃った。お銚子を取った川本が安部に盃をうながした。しかし安部はゆっくりと首を振った。

「一方的におっしゃられても困ります」

「続けて出してもらいたいんだろう。君はいまそう言ったじゃないか」

「しかし初めに川本さんは、駿台書房でわたしの本を出してくださることに、反対の意見があってもめたとおっしゃったと思いますが」

「もめたと言っただけだ」

「反対の意見があるから、もめたんじゃないでしょうか」

「なまいきな言い方をするな！」

「は？……」

「一作ぐらい売れたからってなんだ」

苛立って川本は安部を怒鳴りつけた。

そのとき座敷の襖が開いて、四十年輩の体の締った男が女中に案内されて座敷に入ってくると、無言で空いていた上座に坐った。

「遅れて申し訳ありません、小出（注・河出朋久）です」

「うちの社長だ」

不機嫌な川本が安部から顔をそむけて言った。

安部は坐り直して名刺を出す。眼鏡をかけた小出も名刺入れから抜いた駿台書房社長の名刺を、安部の前に押し出した。

「しかし惜しいことをしましたね」

小出は穏やかな口調で言った。

「なんでしょうか」

「兜町機関説（注・小説兜町）です。あれは面白かった。うちの川本君のところに原稿があったんだそうですね。うちで出させてもらうこともできたはずでしょう」

「そういうお話は初めてうかがいました」

安部は盃を伏せたまま、川本に一瞥を投げる感じで言った。

「経緯《いきさつ》は社長にご報告したとおりです」

川本が話題を遮る調子で言う。

「うん。しかしうちで出させてもらっていたら、もっと売れたかもしれないね」

「それは三流の神保町書店とは違います」

「で、いまどれくらいになっていますか」

小出が安部の方へ向き直って聞いたが、安部は笑って答えなかった。いま何部売れているにしても、もともと駿台書房とは縁のなかった作品である。

それに同じようなことは、川本から返してもらった原稿を、最初にもち込んだ東西書店（注・講談社）でも言われていた。兜町機関説を東西書店で出していれば、もっと本が売れただろうし、担当者の手抜かりで惜しいことをしたというものである。担当者の手抜かりもなにも、預けた原稿を半年も読んでくれなかったのである。

つまり縁がなかったということだった。

果たして神保町書店より余計に売れたかどうか、駿台書房も東西書店も共にそのことで議論をする余地はなかった。

「二、三日前の広告では、十八万部とか書いてありましたが、水増しになっているんじゃないですか」

川本はお追従のように小出に言った。

「そんなこともないだろう」

「いやそうですよ」

「それで？……」

「はあ。いま二作目はうちでやるからと話したところです」

「安部さん。うちも神保町書店に負けないよう、売らせてもらいますよ」

小出は紳士的な態度で安部に向き直って言った。安部はいぜんとして盃を取ろうとしなかったが、川本は手酌で勝手に飲みはじめている。燗をつけた酒のアルコール臭で、安部は昼間の重淵（注・藤原信夫）を思い出していた。

もちろん安部も酒が嫌いなわけではなかった。

「川本さんともいまそのことを話していたのですが、神保町書店から二作目も三作目も、つづけてやると言われています。わたしとしては五年間も川本さんの所へ通わせてもらいましたので、駿台書房から出して頂ければ一番有難いのですが、そうもいかなくなっています」

「え、じゃもう決まってしまっているんですか」

小出が驚いて聞いた。

「やるというふうに言われています。ただ原稿は川本さんの所にお預けしてありますので、お返し頂かないことには、神保町書店で出版してもらうわけにもいきません」

「契約書を交わしたわけじゃないだろう」

安部の説明に川本が怒ったように言った。

初めは社内でもめたと言って、安部の二作目を出してやる恩の押し売りをしようとし、つぎは頭ごなしにきめつけ、そして今度は契約書の有無を問題にする。川本のそういう態度に、いままで原稿を読んでもらってきた恩は恩として、安部は釈然としなかった。

「処女作のときも、契約書なしで出版してもらいました」

「正式にものを言うのは契約書だよ」

「ぼくは形式にこだわっていません」

「それじゃうちで二作目はやらないって言うのか」

「神保町書店から四月末に話があったということを、事実通りにお話ししているんです。川本さんがどうしてもとおっしゃるのでしたら、ぼくではもうどうしようもありませんから、神保町書店と直接話し合って頂けませんか」

「ばかなことを言うな。神保町書店となんか話し合う必要はない」

「それでは困ります」

「君の方から神保町書店に、二作目は駿台書房で出すことにしたって言えばいいじゃないか。さっきも言ったように、二作目はうちで出す。今日の会議で決まったんだ」

「川本君、そんな言い方をしたら安部さんも困るだろう。川本君も長いこと安部さんとはつきあってきたんだから、二作目はなんとかうちで出させてもらえるよう、お願いすべきだと思うけどね」

「いやいいんです。新人にそんな言い方をしちゃいけませんよ社長」

安部にたいしてだけではなく、若い二代目社長の小出にも、襟首を摑んで押しかぶせる口調で川本は強く言った。新人には頭ごなしに接するのが一番いいんだという、そういう姿勢であった。どうしようもないなと安部は思った。

恩義の押し売りをされたら、安部としても逆らう余地はなかった。事実五年間、安部の原稿を読み続けてくれたのは川本であった。その間川本の安部にたいする言葉は、「まだだめだ」か、「文章が荒っぽい」というそれだけであった。しかしそれでも川本が読んでくれるという目標があったから、書きつづけてこれたことも確かだったのである。（中略）

「ところで印税だが」

もう二作目の出版は、決まりだといった口調で川本がつづけた。

「わたしが神保町書店に説明して、諒解を得るまで待ってください」

「著者は君なんだよ。だから君がこうするって言ったらそれで決まりなんだ」

「そうはいかないと思うんです」

「それでいいんだ。どうでしょう社長。八パーセントということで」

「え？」

「実売分について八パーセント。刷り部数にたいしてはとりあえず六パーセントを支払ってやる。これでいいだろう」

川本は小出から安部に視線を移しかえて言った。

「いいじゃないか普通で」

小出がちょっと声を落としていった。

「いや。新人なんだから実売八パーセントで十分です。最終的には在庫と突き合わせて、二パーセントの差額を支払う。異存はないだろう安部君」

「神保町書店の印税率は一〇パーセントですが……」

「よそはよそだよ。君は五年近くもぼくのところへ通ったんだからな」

安部は顔を伏せた。

本の印税は、通常定価の一〇パーセントということになっていた。特に契約書を交して印税率を明記しなくても、出版界のそれは常識である。

そうかと安部は思った。

駿台書房は小出家の一族経営、つまり家業であり、川本編集長は先代社長子飼いの、忠実な番頭だと言われていた。(中略)

煙草好きな川本は、物資の不足した戦時中も戦後の一時期も、大好きな煙草に不自由をしたことがないというのが、自慢であった。

川本はなぜ煙草に不自由しなかったのか。川本自身の自慢話によると、先代社長の小出が、川本の煙草好きをよく知っていて自分の喫い殻を集めておき、川本が訪ねてきたときまとめて与えてくれたからだという。川本は小出の喫い殻を短い煙管にはさみ、いつもそれを喫っていた。しかし喫い殻はもらえても新しい煙草は絶対にもらえなかった。

小出一族にたいする川本のロイヤリティは、喫い殻がもらえて有難かったという、感謝の次元で止めるか、喫い殻しかもらえなかったという屈折感まで含みこむかで、大きく変ってしまうはずのものだった。

川本は喫い殻がもらえたことに、心から感謝していた――

小出家の駿台書房の利益のために、川本は初めから、安部の印税率を値切るつもりだったに違いない。だからおまえの本を出すのは、社内でもめて苦労したんだと、それをあえて出してやるのだから、刷り部数の六パーセントの実売分八パーセントでいいだろうと、手順よく話をすすめるつもりだったに違いなかった。

しかしすでに神保町書店が、一作目の予想外の成功で、二作目、三作目も出版する意向を安部に伝えていることを、まったく知らなかった。

兜町機関説の成功を見て駿台書房にしても、二匹目の泥鰌を狙って急遽安部の本を出すことにしたはずなのである。生き馬の目を抜く出版界で、一作目を当てた神保町書店が、つぎの出版計画を立てないはずがないのだった。

だからあるいは、はじめから横車を承知で押し通したともとれるのだった。

しかも印税を値切って……である。

安部としては川本が、そういう形で五年間の借りを一挙に回収しようということなら、それはそれでいいと思った。これから先、もう二度と駿台書房で本を出さなければいいわけである。〉

かくして清水一行の二作目『買占め』は、河出書房新社から出ることになった。

東証に上場している業績不振のゴム会社、東部ゴムが、おりから計画中の北千住―目黒間の地下鉄工事によって足立区北千住の工場が買収される見込みで、資本金一億一千万円（時価総額一億三千二百万円）に対して三十三億円の解散価値をもつことに着目した熱海の旅館業者三人が買占めを画策するというストーリーだ。熱海の投機筋として兜町で知られる彼らの手先となって買占めを実行するのが、一橋大学を出て従業員百二十人の中小証券、山脇証券で営業部長を務める三十五歳の美川道三《よしかわみちぞう》である。モデルはやはり一橋大学卒で、東光証券などに勤務し、昭和三十五年の月島機械の買占めなどでその名を轟かせた「インテリ買占め屋」曽根啓介。それぞれの利害と野心を背負った山脇証券社長、国松大造、危ない商売でとかくの噂のある上野相互銀行、同行と昵懇の代議士、役員賞与と自分の地位にばかり関心がある東部ゴム社長、東部ゴムに飼われている右翼総会屋、東部ゴムが属する山之池コンツェルンへ食い込みを狙う大手関西系の近畿銀行、東部ゴムの主幹事証券で四大証券の一角である藤本証券などがからみ、丁々発止の買収戦が展開される。ストーリーが時系列で進むのでわかりやすく、清水が坂本一亀にいったとおり『買占め』のほうが読みやすくて、他社でも出してくれやすい作品である。『小説兜町』同様、専門用語を駆使して相場の緊迫感が生き生きと描かれるだけでなく、金にからむ人間の欲望と醜さが、これでもかとばかりに描かれている。玉の井、共産党、兜町などで這い回るように生きてきた清水の人間観察力と、長年の下積みで培われた筆力が遺憾なく発揮されていた。

〈「この国松大造は小学校もろくろく出ていない。ところが大学を出た人間を使うようになった。いったいどっちのほうが偉いと思う」

美川を採用した当時、国松はそう言って、大学出の社員を抱えたことを自慢した。それだけに国松は、美川をいろいろと引き立てたが、反面、自分の存在を誇示するため、美川に厳しく接することもあった。〉

美川は自分の席をあけた。

〈「さ、すわってくれ」

待ちかねたというように、大林（注・熱海の旅館主）が中央に美川の席をあけた。

小さな卓袱台をかこんだ三人の男が、美川には汚物にたかるハエのように見えた。美川は自分もその一匹になるのだと思った。（中略）

四人は、それぞれお互いに敵同士のようなものだった。おなじ一つの目的のために集まっているように見えながら、実は各人が正反対の利害を計算しあっている競争者である。誰かが誰かを突き落せば、その分だけ自分の利益が増える仕組みになっている。〉

〈「もし失敗したら、庭田さんが尻を拭いてくださるんですか」（注・美川道三の発言）

「失敗？　失敗ってなんだ」（注・上野相互銀行社長、庭田啓二郎の発言）

「最低、発行株数の四分の一、あるいは三分の一を買えずに、会社側の防戦買いに出会って買占めが不可能になることです」（中略）

「よしわかった。君の考えている解決策とやらを聞こうか」

「二百二十万株は、いずれにしても買いきれません。最終的には四分の一なり三分の一なり集めて、山之池系列会社にでも引き取ってもらうことになります。ですから、ぼくとしては、これからは株もほしいが値段もほしいのです。二百円で解決するより、三百円で解決したほうが、ぼくにとってはずっと有利ですから」

「すると、君は自分で会社側へのりこんで、買い取り請求をするつもりなのか」

「いよいよの場合は……」

「下手をすると恐喝になるぞ」

「ならないようにやります」
「三谷（注・著名買占め屋）がそれでいま苦労しているんだ。ちょっと解決を焦ったばかりに、くだらんことで訴えられた。毎日警察に呼ばれている。君もそうなりたいのか」〉

『買占め』は、『小説兜町』の五ヶ月後の昭和四十一年八月二十日に発売された。初版は三万部で、広告が一度しか打たれなかったにもかかわらず、『小説兜町』の余勢を駆って売上げ（刷り部数）は十五万部に達した。

ところが翌年、河出書房新社は会社更生法を申請し、二度目の倒産をする事態となった。未精算印税の確認のため、清水を呼び出した管財人は、『買占め』の在庫が二千部弱しかなく、ほぼ完売であったと告げた。結局、未精算印税の大半は支払われなかった。会社更生法にもとづく債務削減によって河出書房新社は生き残り、現在も存続しているが、清水が同社から作品を出すことは二度となかった。

のちに井家上隆幸は、自身のオーラルヒストリーである『三一新書の時代』（平成二十六年、論創社）のなかで、インタビュアーから「おそらく（坂本一亀氏の頭のなかでは）作家のランク付けがなされていて、水上勉の『霧と影』に対しては意欲的だったけれど、清水一行の場合はテーマが株だし、週刊誌記者だからゲテモノ扱いしたんじゃないでしょうか」と問われ、「でも同じ株式市場を舞台とした野間宏の『さいころの空』よりもずっとリアリティがあり、株をめぐる欲望のドラマとしてはゲテモノ的かもしれないが、そこに清水さんの新しさがあった」、「そういった経緯と事情があったので、坂本一亀さんというのはすごい編集者だといわれていたけれど、実際にはどうなんだろうと思ったりもしましたね」と話している。

また元々千二、三百枚あった原稿を六百五十枚に削ったことについては「何を削ったかというとフィクションの部分をほとんどカットした。特に女性絡みの部分に関して。そうしたら本人にしてみれば、俺はあれが書きたかったのにというわけですよ。でもそうしなければ出せないというわけで、全部削り、間違って混ざってしまうのはまずいこともあり、それらの原稿を捨ててしまった。僕は清水さんが原稿を取ってあるとばかり思っていたんです。そうしたら取っていないという。後になってあんたが捨ててしまったんで、完全な初稿がなくなってしまったと清水さんにぼやかれた」と述べている。

第五章　流行作家

1

昭和四十二年一月――

〽工事現場の　ひるやすみ
たばこふかして　目を閉じりゃ
聞こえてくるよ　あの唄が
働く土方の　あの唄が
貧しい土方の　あの唄が

この頃の日本の風景を描いたシャンソン歌手、丸山明宏（のち三輪明宏）の歌声が、街に流れていた。重化学工業に牽引された日本経済は、高度成長の真っただなかにあり、この年、ＧＮＰで英国、フランスを追い抜き、世界第三位に躍り出る。

清水一行は、銀座七丁目の有名クラブ「数寄屋橋」の裏手にある麻雀店で卓を囲んでいた。

「ふむ……」

浅黒い面長の顔に黒縁眼鏡の清水は、じっと卓上の牌をみつめる。

西家の川鍋孝文が、出来合いのイーペイコウでテンパイしたところだった。

講談社に入って七年目の川鍋は「週刊現代」編集部で事件や芸能を担当しており、のちに「日刊ゲンダイ」の創業に参画し、同社の社長、会長を務めることになる男だ。

「おとうちゃん、もう有名作家なんだから、そんなに真剣に考えないで、たまには負けてよ」

北家の御喜家《みきや》康正が茶化す。

黒々とした頭髪をオールバックにし、太いべっ甲縁の眼鏡のために表情がわかりづらい御喜家は、一見、企業の役員ふうだが、怒ると形相が一変し、泣く子も黙る超大物の総会屋だ。パーティーを開けば、日本航空、山一証券、安田火災、十条製紙の社長連中や、三井銀行、八幡製鉄、トヨタ自動車、日本鋼管などの副社長・常務クラスがずらりと顔を揃える。満州から舞鶴に引き揚げてきたという噂があり（のちに妻・伸子は否定）、子どもの頃、スリの大物に「この子は指が細くてスリに向いている」と目をつけられたという。それを佐賀潜が『恐喝《かつあげ》』（昭和三十九年）という小説に書き、あるとき佐賀と掴み合いの喧嘩になったといわれる。清水とは藤原経済研究所時代からの付き合いだ。

「本当に清水先生はあっという間に有名になりましたもんねえ」

起家《チーチャ》の大手都市銀行広報部の次長が感心した口調でいった。

不祥事などが起きたときに記事のもみ消しをする危機管理広報（裏広報）の担当で、総会屋の御喜家と付き合いがあり、出版社に顔がきく清水との付き合いも大事にしていた。

「三作目の『東証第二部』も売れて、今度は『アサヒ芸能』の連載もはじまったんですよね」

清水は二作目の『買占め』を河出書房新社から出した三ヶ月後の前年十一月に三一書房から『東証第二部』を出版し、同月から「週刊アサヒ芸能」で『悪の公式』という小説の連載も開始した。

書籍取次大手の日本出版販売による昭和四十一年度の売上げベストテンでは、『小説兜町』が六位、『買占め』が七位に入った。

「あの『悪の公式』ってやつ、お色気シーンが結構多いけど、媒体の要望かい？」

御喜家が牌をつまんで訊いた。

『悪の公式』は、悪の限りを尽くす中堅商社の経営者一族を描くもので、通産省の貿易保険をはじめとする日本政府の輸出振興制度の悪用や、資金繰りに窮した中小企業を思うさま収奪する様子などが出てくるピカレスク小説だが、性愛行為の描写も多い。

「まあ、『アサ芸』ですからね」

オヤの清水が答える。

徳間書店の「アサヒ芸能」は、スキャンダル、エロ、ヤクザが売り物の男性週刊誌だ。

「今度、『兜町《しま》狼』って本も出されるんですよね？」

川鍋がいった。

清水の四作目で、一月二十五日に東都書房から刊行予定である。

「講談社が出してくれねえからなあ」

清水は、ぼやくようにいって六萬を切る。

「こいつぁ、ヤミテンか？　おとうちゃん、勝負師だからなあ」

御喜家が清水の顔を窺う。

ヤミテンは、テンパイしても、リーチをあえてかけずに黙っていることだ。

「講談社が出してくれないっていうのは、なんなんです？　清水先生だったら、どこの出版社だって手を挙げるでしょう？」

都銀の次長が不思議そうな顔をした。

「まあ、いろいろあるんだよ」

清水は質問をやりすごすようにいって、タバコをくゆらせる。

講談社には女編集者に原稿を八ヶ月間放置された恨みがあり、講談社側も三木章という文芸部門の幹部で「小説現代」の編集長が、週刊誌のトップ屋が書いたものは文学として認めないという気位の高い姿勢だった。海千山千の総会屋連中とも付き合いながら企業社会の暗部をすくいとってゆく清水のスタイルは、坂本一亀や三木のような文学畑の編集者には理解できなかった。

清水のように講談社が本を出すほどではないとされた作家は、同社の子会社の東都書房から出すのが慣例で、そうした作品の中には、原田康子の七十二万部のベストセラー『挽歌』（昭和三十一年）もある。

「そのうち、是非うちからも本を出してくださいよ」

若い川鍋が場をとりなすようにいって、牌を切る。

清水は次順のツモで打・六萬とトイツを落とし切った。

「うーん、清水先生、なにか考えてますねえ。なんだろうなあ?」

そういいながら都銀の次長がくわえタバコで牌を切る。

清水は次巡でカンチャンを手元に引き入れた。

「リーチ」

清水がいうと、三人がうなる。

三色含みの一萬と四萬の両面待ちだ。一萬は子方三人が一枚ずつ捨てていたが、ここでリーチに踏み切るあたりが兜町で鍛えた勝負師らしい。あがりには結び付かないが、テンパイの川鍋と御喜家をオリに回らせ、オヤの重みを十分に使う一手だ。

「今日も、また負けちゃうのかなあ。ああ、やだやだ」

御喜家が歌うようにいった。

企業から莫大な賛助金をせしめている御喜家にとって、都銀はお得意さんで、著名作家の清水との付き合いは企業への威嚇材料にもなる。もちつもたれつの関係を維持するため、麻雀ではたいてい負け、一晩で数十万円から百万円ほどの金を気前よくばら撒いていた。

講談社はこの翌年から、他社から一度出たものを中心に、新作も含めて清水の作品を合計十七冊刊行した。しかし、詳細は不明だが清水にとって不愉快なことがあり、関係は三年弱でほぼ終わった。それ以降は、昭和五十年に『時効成立 小説三億円事件 強奪編』を出しただけだった。

春——

練馬では桜が開花し、キャベツや大根の畑に麗《うら》らかな日差しが降り注いでいた。

清水は、沼袋駅から徒歩十五分ほどの自宅一階のリビングのソファーで新聞を読んでいた。

「週刊現代」の仕事は昨年六月で辞め、今は作家業一本である。四作目の『兜町狼』を一月二十五日に出版し、「アサヒ芸能」の連載小説『悪の公式』を執筆しながら、東都書房から出す予定の五作目の書き下ろし小説『乗取戦争』のゲラに手を入れる充実した日々を送っていた。

手にした新聞は日本共産党の機関紙「赤旗」であった。

昭和二十六年に除名されて以来、共産党とは関係を断ったが、「赤旗」は頼まれて購読し、選挙の際にカンパを求められれば応じていた。復党する気はなかったが、かつて抱いた共産主義へのロマンは、完全には捨てきれていなかった。

部屋の隅の黒い電話が鳴った。

「……わたくし、朝日新聞の記者の者ですが、先生が現在『アサヒ芸能』で連載されている『悪の公式』に関して、お考えを伺いたいと思いまして」

「ほう、そうなの？　どういったことで？」

お堅い朝日新聞が、「アサヒ芸能」のピカレスク小説に興味をもつとは、珍しいなと思う。

「あの作品のなかで、部落解放運動の前進にとって、きわめて不利な描写があると指摘されていることはご存知ですか？」

「えっ、部落解放運動の前進に、きわめて不利な描写!?」

予想外の質問に清水は驚いた。

「まあ、確かにあの作品には、被差別部落の話が出てくるけどねえ……。しかし、いったいあれのなにが問題だっていうわけ？」

「関係者が問題にしているのは、連載の十四回目から十七回目の記述ですね」

それは悪徳中堅商社K・K赤石の社長、赤石竜夫の弟の亮六が、賄賂、公文書偽造、印鑑偽造などの悪事を駆使して、雑貨類輸出組合から二千五百万足というゴム履物の大口対米輸出枠を獲得し、商品であるビーチサンダルを仕入れに神戸にやってきた場面だった。


〈周辺には多くの零細なゴム工場があり、いずれは仕入れ対象に手を拡げてゆかなければならない。ただゴム加工従業員の大多数は、韓国人か、さもなければ部落民だった。竜夫社長が、左翼運動をしていた亮六に、開拓を命じたのも部落民相手の商売で、亮六の左翼の経験がうまく生かせたら面白いと考えたからである。〉

〈市電の通りまで出て、タクシーを呼んだ。「ここへ行ってくれ」「部落民のとこでっか」「そう」「お客さん、かんにんして下さいよ」運転手は当惑したように亮六を振り返った。〉

〈「いい娘がいまっせ」いきなり声を掛けられた。路地から顔を出したのは、黒いセーターを着た四十前後のポン引きである。「遊びで一枚、今なら選り取りでっせ」（中略）「部落の女なら遊んでもいい。みつけてくれないか」「お客はん東京でっか。変わってまんな」（中略）「いましたで」男が、赤いワンピースの厚化粧をした、三十前後の女を連れてきた。「本当か」「太鼓判、ほんまものですわ」亮六は女に向き直った。むしろ女の方が亮六を疑い深そうに見ている。「山本啓五って人、知ってるか？」一瞬、女の顔に動揺が浮んだ。「明日、その人を訪ねてゆくんだ」しばらくして女が「解放連盟の人や」と答えた。〉

〈夜目では三十前後に見えたが、粗末なアパートに着き、灯りの下で見直すと、感じよりもずっと若く、二十五、六だった。四畳半の部屋の真中に、ばかに綿の厚い布団が敷いてある。値段を決めて、亮六は裸になった。（中略）女はスリップ一枚で、亮六の脇にもぐりこんできた。抱き寄せると骨っぽく、肉の薄い体がひんやりと冷たい。（中略）どんなに攻めたてても、声一つ漏らさず、また絶対に汗もかかなかった。亮六は焦った。だが、一向に火の燃え立たぬくすぶりかすのような女の体は、荒いセックスにじっと耐えているだけだった。〉

〈共同作業場では、鼻緒や台抜きしたゴム板の耳を削り、鼻緒をすげて仕上げる。それだけだった。部落民の仕上げ工賃は、一足一円五十銭。安いものである。それでも普通、一人一日三百足から四百足はこなした。共同作業場ができてからの亮六は、ほとんどすることがなかった。彼は部落の女のアパートに入りこみ、夫婦気どりでのうのうと暮していた。〉

「……関係者が問題にしてるっていうのは、いったいどの箇所で、なにが問題だってわけ？」

黒い受話器を耳にあて、清水が訊いた。

「基本的には、被差別部落や部落民に関する記述のすべてが問題であると」

「すべてが問題？　それぁ、ちょっと理解できんなあ」

清水は心外だという口ぶり。

「要は、部落民が貿易会社Ｋ・Ｋ赤石に搾取され、その会社の経営者一族の亮六という男が被差別部落の女性を思うさま弄ぶという描写が、赦し難い二重の差別だといってるんですが」

「それはだから、ピカレスク小説の技法なんですよ」

「といいますと？」

「『悪の公式』は、悪漢を主人公に、加害者の側から脱法行為、違法行為、収奪の実態を描いてるわけですよ」

「はあ、確かにそうですね」

「そういう小説の場合、被害者の側に対する同情は文章としては書かないわけです。書くと悪の強烈さが薄れますからね」

「なるほど」

「ですから、ああいう表現になってるのは、小説の技巧上の必要性からなんですよ。僕個人は、被差別部落に対して特に偏見をもっているわけじゃないし、あの文章を虚心坦懐に読んでもらえれば、部落の人たちを批判するとか貶《おとし》めるといった意図がないのは明らかだと思うんですけどねえ」

「ただ、部落解放同盟の関係者が、あれを読んで非常に立腹してるようなんですけど……。この点はどう思われますか？」

部落解放同盟は機関紙「解放新聞」の三月十五日号で、問題となる箇所や表現を詳細に示し、〈部落解放運動のながい歴史のなかで糾弾されてきた数多い差別小説のなかでも、まれにみる悪質な内容である〉と指摘していた。

「まあ、仮にそういうことがあるとすれば、わたしとしては申し訳ないというしかないですね。もし今いった小説上の技巧という説明でもご納得いただけない場合は、今後は被差別部落や部落民は登場させないようにしたいと思います」

それからまもなく、朝日新聞の神戸地方版に、〈小説の手法として加害者の立場から書いており、部落は小説のなかで被害者として書かれている。私自身、部落に対して特別の差別意識はもっていない〉という清水のコメントが掲載された。

五月下旬――

晴れわたった空から初夏の陽光が、浅草寺本堂と右隣の浅草神社（通称、三社権現）に燦々と降り注いでいた。浅草寺境内は見物客で埋め尽くされ、鉦や太鼓の音がにぎやかに鳴り響くなか、「わっしょい、わっしょい」という掛け声とともに、三体の鳳輦《ほうれん》や大きな御幣が、それらを担ぐ法被に鉢巻姿の人々の肩の上で揺れていた。

東京の五月は祭りの季節だ。最初に十一日から十三日まで下谷神社（台東区）の祭り、続いて十五日からは神田祭、二十五日から二十七日には湯島天神（文京区）の大祭がおこなわれる。

この年の浅草神社の例大祭、三社祭は五月十七日から二十一日までの五日間である。この日は祭のハイライト「町内神輿連合渡御《とぎょ》」がおこなわれ、浅草神社の氏子四十四町内の八十二基の神輿が一帯を練り歩いていた。浅草神社正面の特別席には、在京八十五ヶ国の大公使とその夫人たちが招かれ、煌《きら》びやかな光景に目を輝かせたり、カメラのシャッターを切ったりしていた。

清水一行は、妻の美恵、七歳の次女、七重、五歳の長男、泰雄、三歳の三女、三奈江《さなえ》とともに、浅草寺のすぐ西側にある遊園地、花やしきの裏手の小さな木造家屋の前にやってきた。

大きな鉢植えの木々で入り口を目立たなくした和風の家は、父、忠助と母、みつが経営する旅館だった。昭和三十三年四月に売春防止法が完全施行されると、忠助夫婦は玉の井のカフェーをたたみ、浅草に引っ越して、連れ込み旅館の経営をはじめた。

清水は子どもたちを連れ、年に何度か両親宅を訪れるのが慣《なら》わしだった。

「ねえ、おかあさん、あれ、なにをおことわりって書いてあるの？」

忠助夫婦の旅館の入り口の壁の張り紙を指さして、泰雄が訊いた。

そこには「売春のかた、おことわり」と書かれていた。

「あれはね、悪いことおことわりって書いてあるのよ」

一瞬戸惑った美恵が、怒ったような口調でいった。

「こんちはー、和幸ですー」

客も利用する玄関で、清水が呼びかけた。

旅館は一階が夫婦の住居、二階が客室になっている。

「おお、きたか。待ってたぞ」

好々爺然とした忠助が嬉しそうな顔で、妻のみつと一緒にあらわれた。

「どうだ、元気でやってるか？」

一階の茶の間の座卓で、清水からグラスにビールを注いでもらいながら、忠助が訊いた。

座卓の上には、外の店からとった寿司が並べられていた。清水の子どもたちの好物だ。

「うん。こないだ、こんな本を出したよ」

清水は持参した一冊の本を差し出した。表紙は、緊迫感を醸《かも》し出す機械の歯車の大写しの写真で、上のほうに鮮やかなオレンジ色を背景に、黒い文字で『乗取戦争』、すぐ下に白抜きで「長編ドキュメンタリー経済小説　清水一行」と書かれていた。

「おお、すごいなあ。次々と出すもんだなあ」

忠助が本を手にとり、我がことのように嬉しそうに眺める。

本に巻かれた幅広の帯は目立つオレンジ色。白抜きで「米国巨人企業の日本進攻作戦は開始された」とキャッチコピーがあり、「ドルの弾丸と巧妙な謀略に圧服された大手電機メーカー東都品川（注・東芝がモデル）は、G・E《グランド・エレクトリック》社に乗取られ、自動車工業会の花形ドラゴン社（注・トヨタ自動車）も、$の罠にかかってG・M《グレート・モーターズ》の軍門に降った。君臨する赤い皮膚の支配者に脅える旧経営者・サラリーマンたちの不安な動向——凄烈な乗取り戦争の様相を抉った清水一行の書下し問題小説！」という編集者が懸命に考えたと思しい、力のこもった宣伝文句が付けられていた。

「今はのし上がっていかなきゃならないから、毎日、必死で書いてるよ」

「うむ、そうだろうなあ。しかし、こういう暴露的な本を書いてると、文句をいわれたりしねえのか？」

「いやあ、まあ小説だから。たまにいちゃもん付けてくる奴はいるけど、つくり話ですよっていやあ、それ以上なにもいえなくて、引っ込むよ」

「ふーん、そんなもんか。なるほどなあ」

忠助はうなずいて、ビールのグラスを傾け、清水らは寿司に醤油をつけて口に運ぶ。

部落解放同盟からは、その後音沙汰がなく、清水は問題は片付いたものと考えていた。

七月上旬——

東京では去る四月の知事選で当選した初の革新知事（社共推薦）、美濃部亮吉の都政がはじまっていた。

自宅で執筆していた清水に、「アサヒ芸能」の小金井道宏編集長から電話が入った。

「清水先生、『悪の公式』の件で、かなりまずい状況になっておりまして……」

「えっ、かなりまずい状況⁉」

（今頃になって、いったい何事だ？　あの話は解決済みじゃなかったのか？）

「部落解放同盟の大阪府連が、この問題をどう処置するのか、話し合いたいといってきています」

「ええーっ⁉　しかし、あの問題は、一件落着だったんじゃないの？」

「いや、全然そういうことはなくてですね、あちらは同盟の全国大会でもこの件を名指しして取り上げたそうなんですよ」

「ええっ、本当⁉」

「はい。全国大会で、マスコミによる差別助長を徹底的に糾弾する特別決議を採択したんだそうです」

『悪の公式』以外でも、去る一月と二月に、「毎日新聞」紙上の人生相談欄で、結婚差別を受けたという被差別部落出身女性の投書に対し、小説家で精神科医のなだいなだが、「部落民という考えは、内部の劣等感によって支えられている」「小さな悩みだ」などと述べ、部落解放同盟から徹底的な糾弾を受けていた。

「マスコミの差別に対する徹底糾弾は、彼らの全国的な運動方針なんです。本件についても、

『アサヒ芸能「悪の公式」差別小説糾弾闘争準備委員会』っていう組織を立ち上げて、行政なんかにも働きかけはじめてるんです」

「行政に？」

「兵庫県の教育委員会にですね、『こういう差別小説が生まれるのは行政の怠慢と差別行政が原因だから、即刻『アサヒ芸能』と著者に抗議して、県の責任でこの小説がこれ以上広まらないための措置をとれ』と申し入れたんだそうです」

「……」

「うちのほうにも、なぜあのような差別小説を掲載したのか、今後、どう処置するつもりなのか、社長に説明させるよう求めてきてます」

「社長にまで、説明を……？」


清水は直ちに港区新橋四丁目にある「アサヒ芸能」の編集部に出向き、対処方法について打ち合わせをし、「よろしく解決して頂きたい」と依頼した。自分に被差別部落に対する偏見はなく、『悪の公式』の描写も誰かを貶めるようなものではないので、本件はなんらかの行き違いからくる普通のトラブルであり、誠意をもって説明すれば片が付くものと考えていた。

七月二十七日――

清水一行は、アサヒ芸能出版社長の徳間康快《やすよし》、同社常務取締役編集局長とともに、大阪に向かう新幹線に乗った。三人とも夏物の背広にネクタイ姿だった。

そのうち解決するだろうという清水の予想に反し、「状況はきわめて悪い」という連絡が小金井編集長から入り、部落解放同盟と話し合いをする必要に迫られた。

隣の座席の徳間書店の二人は、いつになく不安げな表情で言葉少なである。部落解放同盟は、該当する号のすべてを回収しろと要求してきたという。

（まったく、途方もない要求を突き付けてくるもんだな……）

清水は、ネクタイをゆるめたワイシャツ姿でピースをくゆらせる。

こじれれば、不買運動をはじめとする騒動に発展しないとも限らず、いい知れぬ不安に駆られる。

しかし、話せばわかってもらえるはずだという思いは依然として強かった。なにかあるなら教えてもらえるだろうし、そのことで作家として勉強にもなるだろうと前向きに考えていた。

（しかし、いったい、あれのどこが問題なんだ？　部落の女の身体がひんやりと冷たいと書いたことか？　それとも「部落の女って、どうだい味は」って書いたことか……？　しかし、そのあとで「日本人だからな、変わらねえよ」と書いたから、むしろ差別を否定しているんじゃないか？）

タバコを吸いながら、時速二〇〇キロメートルの速度で流れ去る風景を眺め、清水は自問した。

（なにをもって差別的表現だっていうんだ？　……まったくわからん！）

大阪到着後、清水は部落問題に関する予備知識を仕入れるため、何人かの友人、知人に会った。

彼らは口を揃えて「それは大変だ。なんでもいいから平謝りに謝れ。それが身のためだ」という。

しかし、部落問題の実態について、確たることを知っている者は誰もいなかった。

（実態を知らないのに、なぜ謝れというんだ……？）

友人、知人がそういう態度なら、物書きの自分が相手に会い、徹底的に話し合って問題の所在を明らかにすべきだと、むしろ意気込んだ。

大阪市天王寺区にある国鉄桃谷駅近くの部落解放同盟大阪府連を訪れると、「ここへ行ってくれ」と告げられた。神戸市内にある一地域だった。


神戸では、頭上から太陽が容赦なく照り付け、気温は三十度を超え、うだるような熱気のなかで蝉がやかましく鳴いていた。

三人は、指定された厚生会館に出向いた。集会所のような部屋に入るとテーブルに険しい表情の男たち十数人がすわっていた。部落解放同盟の中央執行委員、事業部長、支部役員らであった。室内には怒りのオーラのようなものが渦巻き、異様な空気が漂っていた。

清水らはテーブルの反対側にすわるよう命じられた。

「この馬鹿者！」

いきなり激しい罵声を浴びせられ、三人はびくりとなった。

「清水、お前の書いた小説はまれにみる悪質な代物や！」

「お前らは、こんな差別小説で金儲けするゆうんか⁉」

「このくだらん小説が、我々の生活にどんだけ悪影響を及ぼすか、考えたんか⁉」

四方八方から激しい罵声が飛んでくる。

「いや……、ちょっと待ってください。わたしのこの作品のどの箇所が問題なのか……」

戸惑った表情で清水がいいかける。

「お前の発言は許されていない！」

鋭い声が清水を遮った。

「議長の承諾を得ずに発言するな！」

再び激烈な罵声が清水ら三人に浴びせられはじめた。

（これは、いったい……⁉）

清水は愕然とした。

もし作品に問題があるのなら、その箇所を指摘してもらい、部落解放運動に及ぼす影響を双方が納得いくまで話し合えるものと期待していた。もし相手のいう問題が事実であるならば、反省や謝罪をし、場合によっては賠償もしようと考えていた。

しかし、そうした期待は一瞬にして吹き飛んだ。

この「話し合い」は、それまで清水が経験したものとはまったく異次元の代物だった。

「徳間社長、あんたにはこのきわめて悪質な小説の問題にどう対処するのか、正式な回答をお願いしてあったはずや」

相手方の一人がいった。

「はい、回答を用意してきております」

四十五歳の徳間康快が神妙な表情でいった。昭和二十九年に「アサヒ芸能新聞」（「週刊アサヒ芸能」の前身）の経営を引き受け、あえて「二流雑誌」を自認し、読者の興味にストレートに訴える編集方針で経営を立て直した実力者だ。普段はワンマンで豪快だが、むろん今は鳴りを潜めている。

「回答文を読み上げさせて頂きます」

徳間は文書を手に、読みはじめる。

「このたびは弊社『週刊アサヒ芸能』に連載中の清水一行著『悪の公式』の一部に不適切な表現があり、ご迷惑をおかけ致しましたことを心からお詫び申し上げます。本作品の意図するところは、国の様々な制度・法律を悪用する貿易会社の犯罪的営利行為を暴露しようというもので、この点に社会的意義があると判断して掲載に踏み切ったものでありますが……」

社長業務多忙のため、被差別部落に関する記述を見逃したまま掲載し、関係者に与えた被害に深く責任を感じていると謝罪した。すでに雑誌は発売済みで、該当全誌を回収することは事実上不可能なので、作品の単行本化の際には該当箇所を削除するか、単行本化自体を見合わせたいと述べた。

「ずいぶんそつのない回答文やが、誠意がこもっていない！」

部落解放同盟中央執行委員の男がいった。三十代後半で、この場では中心的存在である。

「あんたの回答文は、部落問題に関する認識不足も甚だしい。表現の自由が法的に保障されているからといって、部落民の人権を侵害することは許されない！」

激しい口調に、徳間ら三人はただうなだれるだけだった。

「おい、清水一行、お前は作者として、どう考えてるんや？」

清水は、ようやく弁明の機会が与えられたと思うと同時に、この調子だと、なにをいっても徹底的に否定されるのではないかと危惧した。

「このたびは皆様にご迷惑をおかけし、申し訳ございませんでした」

清水は頭を下げた。

「わたしは東京で生まれ、東京で育った人間です。これまで三十六年間の人生で、部落問題に接する機会はありませんでした。したがって、偏見や差別意識ももちようがありません」

十数人の険しい視線に取り囲まれて、淡々といった。

「『悪の公式』においても、差別意識なく、書いたつもりです」

「部落のことを知らんゆうのんか？」

「はい、詳しくは存じません」

「嘘をつくな！」

怒声で室内の空気が震えた。

「描写のリアリティからいって、部落問題を知らんかったとはいわせへん！　むしろ、お前の部落問題への認識は相当深い！」

「いや、ですからそれは、いろいろな資料を参照して……」

「差別意識はないいうお前の言葉は、この作品の差別性と明らかに矛盾してるやないか！」

「……」

清水は、だからどの箇所が差別的なのか教えてくれ、という叫びが喉元まで出かかっていたが、相手の剣幕をみてじっとこらえた。

「お前は、産別でオルグをやってたそうやな？」

「ええ、もうずいぶん前の若い頃ですが」

「産別運動の前歴がある人間が、部落差別をした罪は一段と重い！」

清水ら三人は、面罵の嵐のなかで、じっと耐えるしかなかった。

弁明を求められるたびに、清水や徳間は「差別意識はない」と繰り返した。

その言葉に相手側はますます激高し、清水らは身を固くするだけだった。

「差別事実の確認や部落問題の理解は一度きりの話し合いでは到底無理や。日をあらためて、再度話し合いをもちたい」

長時間の吊し上げの末に、部落解放同盟の中央執行委員がいった。

「東京に帰る前に、部落の実態を自分らの眼でみていってくれ」


三人は疲労困憊で、気乗りがしなかったが、部落の若い人たちに案内され、厳しい炎暑のなか周囲をみて歩いた。過去の豪雨で水をかぶり、放置された廃屋と崩れかけた家が庇《ひさし》をもたせかけ合うように並んでいた。汚れた下水が流れ、倒れそうな家々のなかで人々が暮らしていた。やっと歩ける路地をいくつか抜けると、屋根の上に建て載せられた家が現れた。案内の若い人たちは、ここでは結核などの疾病も多く、こういう状態で人々が暮らしていかなくてはならないのは行政の欠陥のせいであると話した。

八月十一日――

清水らは二度目の話し合いのために、神戸に赴いた。

今度は、清水、徳間のほか、専務の山下辰巳、「週刊アサヒ芸能」編集長の小金井道宏、清水の取材スタッフである三十歳の元証券マンの男の総勢五名であった。

二十畳くらいの畳敷きの部屋に机が置いてあり、そこにすわって話し合いがはじまった。

部落解放同盟側は、前回同様、『悪の公式』が、部落解放運動の長い歴史のなかでも、まれにみる悪質な内容であると糾弾し、「解決策は一つある。当該週刊誌を一冊残らず回収して、ここに積めば許してやる。そうすれば誰もみていないことになる」という実行不可能な要求を突き付けてきた。

一人の年輩の男は、清水らの眼前に、自分の腕をぐいっと突き出した。

「俺は刃物でこの腕を切る。お前も切れ。俺の血が、お前と違う黒い色やったら、俺たちは謝る」

突き出された腕を強張った表情で凝視する清水や徳間にいい放った。

清水らは、自分たちの非を認め、今後、部落解放運動を正しく理解するよう努力し、それぞれの仕事を通じて部落解放運動の前進に努めることなどを表明した。同盟側は、当該誌の回収要求を撤回せず、それを含めた今後の対策につき、一ヶ月以内に回答するよう清水らに求めた。

2

秋――

「……今年の夏は、暑くて長かったな」

清水は、行きつけの銀座八丁目のクラブ「まさ」で、水割りのグラスを傾け、ため息をついた。

「そうですね。お疲れさまでした」

部落解放同盟との二度目の話し合いに同行した元証券マンの男が相槌を打つ。

がっちりした体格で、押し出しがよく、清水が若い頃に編集長を務めた「近代産業」で父親が主幹（主筆）だった縁で、十九歳のときに清水と知り合った。清水の紹介で「週刊現代」の記者になり、そのかたわら、清水のために主に証券・金融関係の取材スタッフを務めている。

「でもまあ、本も出るし、これで一件落着だ」

この日、清水は十二月に出版する予定の『悪の公式』を脱稿した（原稿を書き上げた）。

部落解放同盟に対しては自己批判文を提出し、社会党の代議士に仲介してもらい、問題を鎮静化した。自己批判文は原稿用紙約十三枚の分量で、九月十五日付の「解放新聞」に「私の反省小説〈悪の公式〉は差別作品であった」という見出しとともに、紙面の四分の三を使って掲載された。問題の経緯や部落解放同盟との話し合いの様子、若い人の案内で目の当たりにした貧困と差別の現実に驚いたことに言及し、〈兵庫へ着き、そこで私は異常な体験をしました。異常な体験というよりも、生命の危機を実感として感ずるような、恐ろしい体験です。といいますのも、私が大阪へおもむくまでの姿勢が、前述のようなもの（注・被差別部落問題についての理解の欠如）であったからかも知れません。〉、〈批判のなかから、私はようやく私の小説の持つ問題の大きさと、私の部落問題にたいする接しかたが、無意識のうちに、社会的な偏見に組する軽率な理解で処理したものかも知れないと悟りはじめました。〉、〈私は、私自身の意識にひそむ心理的な差別を、確実に知ることができました。〉、〈私はやっと、前記の集まりにおいて糾弾された私の社会悪にも、思い至りました。〉、〈許されるならば、今後、部落解放の前進のために、お役に立ちたいと考えています。〉と述べた。

「ところで清水さん、一つ面白いネタがありますよ」

取材スタッフの男が、多少声をひそめていった。

「ほう、どんな話だ?」

「池袋の東口の三越の裏に『産業経済研究所』ってのがあるんですけど、そこが『大黒屋』っていう証券担保金融の会社をやってて、これがまあ実に荒っぽい商売なんですわ」

証券担保金融は、証券(株や債券)を預かって金を貸す仕事だ。

「荒っぽいっていうのは?」

「七十円貸すのに百円の証券を預かるんですけど、預かったら、すぐに売っちゃうわけですよ。で、値段が下がったら追証《おいしょう》(追加証拠金の請求)をかける、上がったら返さない」

「なるほど」

「それだけじゃなくて、手形のパクリ、先日付小切手の悪用、代物弁済や特約登記を悪用した不動産の乗っ取り、賃貸借契約にもとづく不動産の占有とか、ありとあらゆる合法・非合法の手段を駆使して、会社を喰いつぶすんです」

「ほーう、そいつぁ、確かに荒っぽいな」

「典型的なケースでいうと、まず金がほしい会社を探してきて、融資をする代わりに手形を書かせる。その手形を街金《まちきん》に流して、信用を落とす。それから技術者を引き抜いたり、反乱分子や組合を焚き付けて社内を混乱させ、最後に別動隊が会社に大量の注文を出して、やっとつくり上げた製品をキャンセルして止《とど》めを刺す」

「はっ、ははっ」

清水は呆れて思わず笑ってしまう。

「ただ一つ一つの行為をみると法律的には一応合法なんです。彼ら自身は自分たちのことを『硬派金融』、警察は『知能ギャング』と呼んでます。……しかもやってるのが誰だと思います?」

「誰なんだ?」

「芳賀竜生《はがりゆうせい》っていうヤクザの総会屋と、三木仙也ですよ」

「三木仙也? 『光クラブ事件』の三木仙也か⁉」

清水は驚き、データマンの男はうなずく。

「光クラブ」は、東大法学部の学生、山崎晃嗣《あきつぐ》が日本医科大生の三木仙也とともに昭和二十三年に東京・中野の鍋屋横丁ではじめた貸金業者だ。東大生を中心とした学生が運営し、派手な広告で業績を伸ばし、資本金四百万円、従業員三十名を擁するまでに発展した。しかし、翌昭和二十四年七月、山崎が物価統制令違反で逮捕(のちに不起訴)されたのをきっかけに資金繰りが悪化して破綻。山崎は同年十一月に青酸カリを飲んで自殺した。

「『光クラブ』の残党のなかには、高利貸しをやってるのが何人かいますが、三木もその一人ってわけです」

三木は、「光クラブ」解体とともに大学を中退し、高利貸しをはじめたという。

「芳賀っていうのは、どんな感じの男なんだ?」

「年の頃は四十手前くらいですかねえ。年齢も出身地も不明で、わかってるのは、戦後、払い下げ物資の不正摘発で名を上げた『世耕機関』の元事務局員だったってことぐらいです」

「みた目は?」

「色白で小柄で、唇が薄くて、両端がちょっと吊り上がった眼鏡をかけてて、話しぶりは静かなんですが、ぞくっとするような不気味さがありますね」

「ふーむ、面白い。小説向きだな。……取材できるか?」

「大丈夫だと思います」


それからまもなく、二人が池袋の「産業経済研究所」を訪ねてみると、芳賀と三木は「いいよ。なんでも喋ってやる」とあけっぴろげだった。


翌昭和四十三年春——

練馬区は、畑や空き地が多く、民家はせいぜい二階建てだが、高度経済成長にともなう都市部への人口流入の影響で徐々に住宅が増えていた。まだクーラーは普及しておらず、夏の夜はどこの家でも蚊帳を吊り、扇風機を回していた。トイレは汲み取り式で、リヤカーを曳く焼き芋売り、金魚売り、豆腐売りにまじって、バキュームカーが鼻をつく臭気とともにやってくる。

沼袋駅で一人の男が西武線の電車を降り、清水の家を訪ねてきた。

(おっ、すごい車! これ、ポルシェ?)

頭髪も眉も黒々とし、顔も身体も四角い風貌の三十歳すぎの男は、玄関の右脇の駐車スペースに停められた真っ赤なスポーツカーをみて、目を丸くした。つい先日までそこにあったのは、フォルクスワーゲン・カルマンギアだった。

清水は『小説兜町』でデビューする前年、トヨタ・コロナを自家用車に買い、その後、フォルクスワーゲン・ビートルに買い換え、カルマンギアは三台目だった。

「こんちはー。失礼しまーす」

玄関に入ると、三和土《たたき》に来客のものと思しい茶色い革靴があった。

「……じゃあ、また寄らせてもらいますわ」

家のなかから野太い声が聞こえてきた。

イノシシを思わせる強面の男が、内ポケットに茶封筒をしまいながら居間のほうからあらわれた。

（ん？　ヤクザか？）

屈強そうなずんぐりむっくりの男は、三和土で靴をはき、入れ違いに出ていく。

清水の家には、情報を提供するトップ屋や取材スタッフのほか、総会屋やヤクザなども訪ねてくる。板坂が感心するのは、清水は彼らに付け込まれることなく、一定の距離を保ちながら情報源として利用していることだ。

「あらあ、板坂さん、いらっしゃい。どうぞお上がりになって」

清水の妻の美恵があらわれ、いつもの明るい笑顔で迎えた。

「いつもお世話になってます」

ショルダーバッグを肩にかけた板坂康弘は、にこやかに挨拶をする。

千葉県出身の三十二歳で、県立千葉高校から東北大学に進んだが中退し、今は、「週刊現代」で記者兼ライターとして働いている。清水の家で朝まで麻雀を打ったとき、清水が「板坂は朝まで打っても姿勢が崩れない。見どころがある」と目をつけ、仕事を手伝うようになった。

清水は連載や書き下ろしの注文が殺到し、それを捌《さば》くため、複数の取材スタッフを使って情報を集めていた。これは都市センターホテル（千代田区平河町）を拠点にし、やってくるトップ屋からどんどんネタを買い取っていた梶山季之に似たスタイルだ。

梶山は清水より一歳上で、日本占領時代に朝鮮の京城（現・ソウル）で生まれた。広島高等師範学校（現・広島大学）を卒業後、昭和二十八年に上京し、横浜の高校で国語教師を務めたあと、喫茶店や酒場を経営しながら「新早稲田文学」や「新思潮」といった同人誌で小説を書き、昭和三十三年に集英社の「週刊明星」の創刊に外部記者として参画した。「梶山軍団」と呼ばれる取材チームを率い、皇太子妃決定などのスクープを放って、トップ屋として名を馳せた。昭和三十七年、新車開発をめぐる自動車メーカー同士の攻防を描いた『黒の試走車』が大ヒットし、一躍文壇の寵児となった。大勢の取材スタッフを使って、一日三十枚から八十枚の原稿を執筆し、猛烈な勢いで作品を生み出しており、手がける分野は、純文学、経済・企業小説、社会派小説、官能小説と幅広い。この翌年（昭和四十四年）には、所得額七千七百八十六万円で、長者番付の作家部門で一位になる。

清水は梶山を尊敬し、同志とも感じていたが、ライバルでもあった。前年十月に徳間書店が中間小説誌（純文学と大衆小説の中間的作品を載せる雑誌）「問題小説」を創刊したときは、梶山が巻頭に『コーポラスの恐怖』という短編を書き、清水が『敗者の価値』という短編でそれに続いた。手がける分野も、純文学を除いて梶山とほぼ同じだった。人柄もよく似ていて、二人とも几帳面で他人の面倒見がよく、律儀だった。一方で清水は、「梶さんは、一晩でダルマ（サントリー・オールド）を一本空ける。あれじゃあ早死にするか、どこかで仕事をやめることになるだろう。俺はそういうことはしない」といい、健康に気を付けていた。

「失礼します」

板坂が居間に入ると、清水は、ソファーで足を組んで電話をしていた。

流行作家らしい強いオーラが漂っていて、板坂は圧倒されそうになる。

「……そうそう、ハミガキは、成り行きで、買えるだけ買ってくれ。山日鉱は指値七十五円で。……うん、それでいい……」

（電話のお相手は証券会社か……）

ハミガキは兜町の符牒でライオン歯磨きのこと、山日鉱は日本鉱業のことだ。

清水家に出入りしている証券マンは、東京神栄証券（のち神栄石野証券）の通称「ハゲ」こと萩原という外務員と、板坂はどこの証券会社か知らないが、いつもにこにこした藤原という外務員だった。ハゲの萩原は麻雀ではいつも負け役を務めている。

板坂は一度、清水の株の売買明細書をみたことがあるが、知人などの名義を借りて数千万円の売買をしているので驚いた。清水は、出入りの証券マンや金融専門の取材スタッフに銘柄を勧められると、「罫線はどうなっている？」と訊き、それをみて売買を即決した。

「よう、待たせて悪かったな」

話を終えた清水が受話器を置き、板坂のほうに向いた。

「取材してきました」

板坂がショルダーバッグの中から取材原稿を取り出して、清水に差し出す。

清水の依頼で、社内に内紛があり、かつ大手のライバル社と販売ルートを巡ってつばぜり合いを繰り広げているという同族会社を取材した原稿だった。板坂はなるべく清水が作品にしやすいよう、関係者の会話のやり取りなども入れた取材原稿を提供していた。

「有難う。何枚？」

原稿に一通り目を通すと、清水が訊いた。

「七十三枚です」

板坂は四百字詰め換算の原稿枚数で答える。

「オーケー、わかった」

清水は小切手帳を取り出し、さらさらと万年筆を走らせる。

取材原稿に対する謝礼は、週刊誌のそれと同じ一枚八百円程度と気前がよく、しかもその場で払うので、取材スタッフから有難がられていた。

「それからちょっと別の話なんだけど、また調べてほしいことがあるんだ」

そういってシュッと音を立ててマッチをすり、ピースに火をつける。

「土浦にある銀行の支店長が死んだんだが、どうも複雑な事情が絡んでるらしくてなあ……」

タバコの煙を吐き出しながら話し、板坂は丁寧にメモをとる。

ソファーのそばのサイドボードの上には、最近出した本が何冊か置かれていた。

清水は昨年五月に東都書房から『乗取戦争』を出したほか、一月に同じく東都書房から、戦後の財閥解体後の復活を目指す旧財閥系銀行頭取と同不動産会社社長の争いに兜町の買占め筋がからんでいく『兜町狼《しま》』、八月に徳間書店から、経済の裏街道を歩くペテン師たちなどを描いた短編集『仕事師』、十一月に徳間書店から『松下イズム ナショナル商法の秘密』というビジネス書を出し、十二月に同じく徳間書店から『悪の公式』を刊行した。

『悪の公式』は、部落の部分を全面的に削除し、それに代えて、悪徳貿易会社の経営者一族の男が広島にビーチサンダルを買い付けにいき、飲み屋で知り合った原爆症の年増女の家に入り込むことにした。ただし広島の街やその女の描写は一切せず、被爆者団体から抗議がくることもなかった。文章はプロらしくこなれていて、読みやすい娯楽小説に仕上がっていた。

「……なるほど、興味深い話ですね。早速、来週にでも取材にいってみます」

土浦の銀行の支店長の話を清水から聞き終え、板坂がいった。

「ところで、表の赤い車は、ポルシェですか?」

メモ帳をショルダーバッグにしまいながら、板坂が訊いた。

「おお、ポルシェ911っていうんだ。時速二二五キロ出るぜ」

清水はにやりと笑った。

友人と六本木の飯倉交差点のそばを歩いていたら、ショールームに陳列してあったので、即決で買ったという。

「二二五キロ! すごいですねえ……。ちなみに、いくらぐらいするもんなんですか?」

「うーん、五百万円くらいだったかなあ……。ちょうど株で当てた金があったからさ」

五百万円は、平均的なサラリーマンの九~十年分の年収だ。

清水の『小説兜町』がきっかけになったかのように、日本経済は前年半ばから再び高度経済成長過程に入り、日銀が山一証券に事実上無担保・無制限の特別融資をおこなった頃、一〇五五円の安値を付けた日経平均株価は一五〇〇円近くまで回復していた。

「ところで、書いてるかい？」

清水が訊いた。

板坂は元々物書き志望だ。二十四歳のとき、石原慎太郎がデビューしたおかげで文学青年たちが恐慌をきたした様子を七枚の原稿にまとめ、新潮社から一枚七百円の原稿料をもらったことがある。同社の編集者は「次は小説をもっておいで」といってくれたが、書くことができず、しばらく賭け麻雀で暮らし、その後、「週刊現代」の記者兼ライターになった。

「いやあ、なかなか書けません」

「そうか。なにか書けたら、いつでももってきなよ。ものになりそうだったら、編集者につなぐから」

デビューに苦労した清水は、作家志望者に対しては面倒見がよい。経済物を書く人間には特に目をかけ、見知らぬ作家志望者がいきなり習作を送り付けてきても、忙しいなか原稿に目をとおし、批評の手紙を添えて返送していた。

この頃、清水は、仕事にも遊びにも忙しかったが、夕方には必ず子どもたちを連れて散歩に出かけていた。まだ沼袋近辺には、琺瑯《ほうろう》やアルミの傘を付けた街路灯があり、子どもの手が届かない高さに真っ白な陶器製のスイッチが取り付けられていた。舗装もされていない道を散歩しながら街路灯のスイッチを一つ一つ入れていた清水の姿を長男の泰雄はよくおぼえている。清水は美恵に対しては亭主関白だったが、子どもたちには甘く、叱ったりするようなことはほとんどなかった。いつも陽気で、若い頃などの豪快な自慢話をして、子どもたちから「お父さんはすごい！」と尊敬されていた。

五月――

池袋の「産業経済研究所」の芳賀竜生と三木仙也を取材して書いた清水の十作目の小説『虚業集団』が読売新聞社から刊行された。四年前に起きた東海重工の倒産事件をモデルに、会社を喰って生きる知能ギャングの生態を描いた作品で、『小説兜町』をしのぐ大ヒットとなり、文庫を含めた部数は軽く五十万部を超えた。

主人公は、戦時中、中国大陸で日本軍の軍票発行にともなう見返り物資の調達を任務とする特務機関に勤務していた上条健策。常にサングラスをかけ、向こう気の強そうな頑丈な顎をもち、五尺七寸近い長身の胸をいつもいっそう突き出して歩いている五十二歳の男である。昭和二十一年五月に上海で逮捕され、国民政府の軍事法廷で戦争犯罪人として銃殺刑を宣告されるが、軍事法廷の裁判官たちと裏取引をし、特務機関の金の隠匿場所と引き換えに罪を免れ、自分の代わりに銃殺された日本人の男の名前を名乗っている。戸籍上は上海で銃殺されて死んだことになっており、「俺は死んでいる人間だから、人を殺しても殺したことにならない、どんな法律にも制約されない」とうそぶく。上条のモデルは芳賀竜生である。芳賀は絵を買う趣味があり、故人の画家の作品は偽物が多いとして、生きている画家の絵しか買わない。一方、作品のなかの上条はその逆で、故人の画家の絵しか買わない。作品数が限られていて、値上がりする可能性が高いという理屈からだ。

上条は、戦後、隠退蔵物資摘発の仕事をしていた大学出の伊田祥三という四十八歳の男と八重洲で「不二商事」という高利貸しを経営している。こちらのモデルは三木仙也である。二人の商売は自称「硬派金融」で、「金利はいくら高くとっても知れたもの。十日で一割の高利でも、貸金を倍にするには百日かかる。資本金一億円の会社と関係ができたら、とにかく資本金の一億円分をそっくり頂戴する」商法である。

上条と伊田は、東証第二部上場の機械メーカー、里見重工業に目をつける。きっかけは、同社の社長の息子で常務取締役経理部長の里見勇次が、贔屓にしている銀座のホステスに店をもたせるため、同社の発行済株式総数の十二分の一にあたる二十五万株を担保に、上条配下の貸金業者に金を借りにきたことだった。

上条は、貸金業者に千二百四十万円を里見勇次に融資させ、里見重工の資金繰りが逼迫しているというデマを流しながら、担保として預けられた株券を市場でじわじわ売らせ、株価を暴落させる。同社の経営を不安視した銀行が期末の融資をストップすると、上条は配下の高利貸しに命じて千三百万円の融資を里見重工に提供させ、証書として手形六枚のほか、五百万円の先日付小切手をふり出させる。手形は、債権者を増やすため、ただちに配下の男たちに裏書譲渡され、一ヶ月半の先日付小切手のほうは高利貸しに銀行口座に入金させてしまう。小切手は先日付でも提示されたら払わなくてはならないという法律の悪用だ。里見重工は里見勇次の不手際で資金繰りがつかず、小切手を不渡りにしてしまう。

上条は配下の男たち十六人とともに債権者として会社に乗り込み、債権者代表におさまる。メーンバンクの北洋開拓銀行との衝突を避けつつ、反里見一族派の重役を焚き付け、自分の思うとおりに会社を操りはじめる。里見重工に対する一億七百万円の銀行融資を肩代わるとして、五反田の社長宅、隠し資産である目黒の三百坪の土地、会社保有の有価証券三千五百万円相当を担保にとる。一億七百万円の融資は「無期限融資」だからと相手を安心させ、すぐに一括返済を迫り（無期限融資はいつでも返済を求めることができる）、代物弁済の特約にもとづいて五反田の社長宅と目黒の土地をそっくり手に入れ、有価証券は売却処分する。債権者側が四千万円の追加融資をする見返りとして、債権者委員会が草加の二万二千坪の工場用地（時価二億円）の賃貸借契約を結び、建設会社に又貸しし、重機・資材置き場として使わせ、処分できなくしてしまう。それ以外にも違法すれすれや、違法・脱法的な手段を駆使して里見重工の資産を喰い荒らし、約五億円の金をむしり取り、会社を破滅させる。

目的を達した上条だったが、妊娠させた自分の女のもとを訪れているときに、里見重工社長の里見北海と勇次に踏み込まれ、短刀でめった刺しにされ、腸が流れ出た姿で死ぬ。小説の最後は「すでに死んでいる人間を殺しても罪にならない」という皮肉で締め括られている。

作品を読んだ芳賀竜生が、自分をモデルとした上条健策がわりと格好よく書かれているのに気をよくし、清水に出入りを許し、その後もいくつかネタを提供した。

この年、清水は『虚業集団』に加え、大阪・北浜の相場師をモデルに書いた『賭け』（文藝春秋）、中堅プラントメーカーの株の暴落の背後にある陰謀を描いた作品など五編からなる短編集

『暴落《がら》』（徳間書店）、四編の短編集『泥の札束』（同）、同じく四編の短編集『雲に踊る札束』（同）、証券界で伝説となった亡父をもつ歩合セールスマンを主人公に色と欲にまみれた株の世界を描いた作品など五編からなる短編集『地場者《じばもん》』（講談社）を刊行し、新作発表は合計六冊で、デビュー以来のハイペース（昭和四十一年四作品、四十二年五作品）を維持した。

3

二年後（昭和四十五年夏）――

去る三月十四日から大阪府吹田市の千里丘陵でアジア初の万国博覧会が開催され、日本の戦後復興の象徴となった。世相は昭和元禄（昭和三十九年の福田赳夫の造語）の太平ムードからモーレツ（丸善ガソリンのＣＭ）になり、人々は必死に働いていた。ＧＮＰは二年前に西ドイツを抜いて米国に次ぐ資本主義圏第二位となり、日経平均株価は、前年秋に二〇〇〇円を突破した。

一方で、水俣病、四日市ぜんそく、光化学スモッグといった公害が全国で深刻な問題になっていた。

「おい、誰だ、富士銀行のことを取材してる奴ぁ⁉」

文京区音羽二丁目にある講談社本館五階の「週刊現代」編集部で、ドスのきいた大声が響き渡った。

声の主は「週刊現代」の記者で、清水の取材スタッフでもある元証券マンだ

「週刊現代」の記者（社員ではない嘱託）のうち五、六人は、記者のかたわら清水の取材スタッ

フもやっている。彼らにとって、清水のために取材をするときも「週刊現代」の名刺を使えるのは便利だった。

「あのう、俺ですけど」

書類、資料、雑誌などが雑然と積み上げられたデスクの一つで中澤義彦が声を上げた。

大学を出て三年前に講談社に入社し、「週刊現代」編集部に配属された男だった。背が高く、すっきりと垢抜けした風貌である。

「えーっ、あんたか⁉」

元証券マンは、中澤のほうをみて顔をしかめた。

相手は十歳近く年下だが、講談社の社員なので、怒鳴りつけるわけにもいかない。

「ちょっと困るんだよなあ、黙って取材されちゃうと」

見るからに押しの強そうな男は、悩ましげにいいながら中澤のほうへ歩み寄る。

男は証券・金融関係が専門で、銀行や証券会社と日頃から密接な付き合いをしている。最近は、米国の貿易赤字が拡大し、このままではドルがもたないのではないかといわれているため、富士銀行の調査部に意見を聞いたりしていた。

「今、富士銀行の総務部から電話があってさ、『「週刊現代」が動いてるみたいだけど、今記事を出されると困るんで、止《と》めてほしい』っていわれたんだよな」

二人が話しているのは、富士銀行雷門支店の巨額不正融資事件だった。

同支店外国為替係の副長（係長）、菅沼正男が、清涼飲料水販売会社「トムソン」（港区赤坂）の社長である韓国人、金東善（日本名・有馬哲）と共謀し、L／C（輸出信用状）や船荷証券がない架空の輸出手形を割り引いて十九億四百万円を詐取し、二人とも香港に高飛びした事件だ。富士銀行は四月初旬に事件を知り、大蔵省にも六月末に報告したが、まだ報道はされていない。

「んで、どこまで取材したわけ？」

元証券マンは、近くにあった椅子を引っ張ってきて、中澤のそばにすわった。大柄で肉付きがよいので、サーカスの熊が椅子にすわっているようだ。

「一応、ひととおり取材しました。事件の詳細、菅沼や金東善の人となり、二人の行方、富士銀行の対応ぶりなんかですね。二人の写真も手に入れました」

実際に取材をしたのは西尾次郎という記者だという。

「そうか、もうずいぶん取材しちゃったんだな……」

元証券マンは舌打ちし、悩ましげな顔で頭を掻く。

「あのなあ、富士銀行は今、債権の回収に必死になってんだよな。『トムソン』の資産とか、菅沼や金東善の個人資産を差し押さえてるとこなんだ」

菅沼は世田谷区粕谷町の高級住宅街に自宅を所有し、金は大阪商業銀行に一億円の預金や横浜市中区に時価一億円程度のマンションを所有しているという。

「そんなかでも一番大きいのが、『トムソン』の営業権なんだ」

金東善は、かつて日本コカ・コーラ社で広告部長やマーケッティング・マネジャーなどを務めたことがあり、五年前にコカ・コーラを紙コップで販売する自動販売機の会社「トムソン」をつくり、京浜地区に約二百台の自販機を設置し、一億五千万円強の年商を上げていた。

「営業権を時価にするとさ、五億円くらいの価値があるから、今、富士銀行グループの会社五社くらいで別会社をつくって、それを引き継ごうとしてんだよ」

「ああ、そうなんですか」

「だから今、この事件が表沙汰んなると、コカ・コーラとの交渉なんかが上手くいかなくなる可能性があんだよな」

「しかし、文春、新潮、週刊実話なんかも取材に動いてるみたいですよ」

「知ってる。今、富士銀行の佐々木（邦彦）って副頭取が、マスコミ各社に書かないでくれって頼み歩いてるんだ」

「でも、いずれどっかが書くんじゃないですか？」

富士銀行の岩佐凱実《よしざね》頭取は全銀協の会長であり、会長行でこれだけの大事件が起きたというのは、世間を揺るがす大ニュースだ。

「まあ、そんときはそんときだよな。要は、うちが口火を切るようなことはしたくないんだよ」

「うーん、そうなんですか……」

中澤は中澤で、報道の口火を切るスクープをしたいので、悩ましげな顔になった。


数日後――

沼袋の自宅二階の書斎で執筆していた清水に元証券マンの取材スタッフから電話がかかってきた。

清水は、前年五月に産経新聞社からカネボウをモデルにした『鐘の鬼』、九月に文藝春秋から短編集『虚名浮沈』など、年間六作品、この年に入ってからも一月に文藝春秋から短編集『銀の聖域』、二月と四月に講談社から『でめ金挑戦』（上・下）と、ハイペースで新作を発表し続けていた。『虚名浮沈』は、藤原経済研究所時代の藤原信夫と清水をモデルにした短編である。

「……え？　『週刊大衆』が富士銀行の件を記事にするって？」

受話器を耳にあて、清水は特注の原稿用紙の上で万年筆の手を止めた。

富士銀行雷門支店の事件については、元証券マンから話を聞いていた。

「そうなんですよ。『週現《しゅうげん》』（週刊現代）のほうは、富士の副頭取が講談社の役員に頼んで、ゲラの段階で止まったんですが、『週刊大衆』が結構な勢いで記事にしようとしてまして」

「週刊大衆」は双葉社が出している男性週刊誌で、色・欲・スキャンダルに重点を置き、労働者と水商売関係者をメーン・ターゲットにしている。

「まあ、これだけの事件ですから、いずれは公になるとは思うんですが、富士銀行が『債権の保全をある程度固めるまでなんとか報道を阻止したい』っていってまして」

元証券マンは、富士銀行との関係上なんとか記事を止めたいが、双葉社にツテがないという。

「うーん、俺も、双葉社とはまだ仕事がはじまったばっかりだから、あんまり強いこともいえんし……」

清水は「週刊大衆」で、性豪といわれ、先ごろ亡くなった元国策パルプ会長、南喜一をモデルにした官能・企業小説『とことん』（のち『ふてえ奴』に改題）の連載をはじめたところだった。

「『週刊大衆』って、あと誰が連載、もってたっけ？」

「ええと……川上宗薫さんが『色道候補生』って連載を書いてます」

元証券マンは手元にある「週刊大衆」のページを繰っている気配。

「ああ、宗薫さんが書いてたか。そうか、そうだったな。じゃあ、頼んでみるか」

清水と川上は、徳間書店の「問題小説」の同じ号に作品を書いたり、銀座のクラブ「数寄屋橋」などで会えば話をしたりする仲だ。

川上宗薫は清水より七歳上の四十六歳。元々は高校の英語教師をやりながら純文学を志し、昭和二十九年から三十五年にかけて芥川賞の候補に五回なった。しかし、友人で、その後、流行作家になった水上勉と互いをモデルにした作品を発表し合ってマスコミを巻き込む騒動になった。それがもとで文芸誌から注文がこなくなったので、二年ほど前に官能小説に転じ、今や売れっ子の官能小説家となった。

元証券マンとの話を終えると、清水はタバコをくわえ、マッチをする。

（まあ、記事を止めれば、奴も富士銀行の裏広報から、なんらかの見返りがあるんだろうな）

複数の取材スタッフを抱えると、彼らがどう食べていくかも考えなくてはならない。

タバコを一服して考えをまとめると、川上の成城の自宅に電話をした。

「ああ、どうもご無沙汰してます。清水一行です。……実はちょっと、ご相談したいことがありまして……ええ、そうなんです。今晩あたりお時間いただけないでしょうか？」


その晩――

清水は銀座のあるナイトクラブで川上宗薫に会った。

超高級店で、店内に一歩入ると、焚かれた香の香りが外とは別世界であることを告げる。

「宗薫先生、今日は、お忙しいところ有難うございます」

夏用のジャケット姿の清水が丁重にいった。

「いやあ、銀座では毎日飲んでっから、気にしないでよ」

クワイのような丸顔に、大きなフレームの眼鏡をかけた川上が屈託なく笑った。

一ヶ月に原稿用紙八百枚から千枚という大量の小説原稿を書く川上の毎日は判で押したように同じである。午前十一時くらいから一時間ほど手書きで小説雑誌の原稿を書き、午後は一時に速記者の女性がやってきて、寝椅子に身を沈めて口述筆記をし、午後四時くらいにはその日の仕事を終える。その後は、自分で考案した「ピンポン野球」（ピンポン球をボール代わりにして室内でやる野球）に興じたり、取材を兼ねた女性とのデートなどをし、夜は銀座のクラブで飲む。いきつけの店は「眉」「数寄屋橋」「エスポワール」「ラモール」「順子」「姫」などだ。

「……そういう次第で、富士銀行のほうの債権保全が整うまで、ことが公になるのを引き延ばしたいと望んでおりまして」

清水の説明に、水割りのグラスを手にした川上がうなずく。小柄で華奢な身体つきで、性格はいたって温厚である。

「なんとか宗薫先生のお力で、『週刊大衆』の編集部に働きかけていただけないかと」

「うーん、まあ、僕に力があるかどうかわからないけれど、事情のある話だし、頼んでみましょうかねえ」

川上は謙遜するが、押しも押されもせぬ官能小説の第一人者で、出版社に対して睨みがきいた。

この頃、小説は黄金時代を迎えていた。「オール讀物」（文藝春秋）、「小説新潮」（新潮社）、「小説現代」（講談社）、「小説宝石」（光文社）、「小説クラブ」（桃園《とうえん》書房）、「小説推理」（双葉社）など十誌以上の中間小説誌があり、だいたい各誌二十万部、多いものは三十万部を超える発行部数だった。出版各社はページを埋めるため、流行作家の原稿確保に躍起で、川上や清水らはその追い風に押されるように原稿を書きまくっていた。

「しかし清水さんも大変だねえ。そこまで取材スタッフの面倒をみないといけないんだねえ」

「まあ、彼らもいろんなところで稼がないといけませんから。宗薫先生にはお手間をおかけして、誠に恐縮なんですが」

元証券マンは、個人で広告代理店も営んでおり、富士銀行や東京ガスから新聞や雑誌への広告の発注を受けることもある。

「じゃあ、明日にでも編集長に話してみましょう」

そういって邪気のない笑顔でママを呼び、ホステスを二、三人呼ぶように告げた。

川上の酒は明るく陽気で、ホステスを口説いたりせず、象やアシカや犬の物まねをして、いつも爆笑の渦を引き起こしていた。金はあり余るほどもっていたが、勘定の段になると、必ず「学割で！」と、店のママに値引きを要求した。

シャンデリアの煌びやかな光に溢れた店内のいくつかのテーブルでは、小説黄金時代にふさわしく、作家や編集者たちが着飾ったホステスに囲まれ、生け花と香水の香りと、うっすら漂うタバコの煙のなかでグラスを傾けていた。プロ野球の選手、テレビタレント、大企業の役員などの姿もあった。

しばらくあとの八月十九日——

午後、富士銀行は千代田区大手町の本店で記者会見を開き、雷門支店の巨額不正融資（背任）事件について公表した。清水や川上、同行広報部などの働きかけでメディアの報道は自粛されていたが、独立色の強い日本ジャーナル出版（港区東新橋）が発行する「週刊実話」が記事にする意向を変えず、抑えられないのが明らかになったため、頭取と副頭取による会見を開いたのだった。「週刊実話」は、暴力団など裏社会の特集が多い男性ゴシップ誌である。

新聞やテレビは一斉に事件を取り上げ、日経新聞は翌日の朝刊で「きょう菅沼ら告訴　富士銀行独断融資」という見出しで、次のように報じた。〈富士銀行雷門支店の副長による背任事件について同銀行は十九日午後、トムソンへの不良貸し付け総額は十九億四百万円にのぼり、このうち約六億円が焦げつく可能性が強いことを明らかにした。（中略）岩佐頭取は「二十日中にも問題の副長とトムソンの社長を背任容疑で警視庁に告訴する」と語った。（中略）岩佐富士銀行頭取の話トムソンへの融資は本店段階で「ノー」という結論を出していた。それを菅沼が本店に無断で貸し付けたものだ。現在トムソンの経営権をうちで引き受けることなどで債権保全に全力をあげており、六億円ほどのコゲつきを残してほぼ回収のメドはついた。（中略）菅沼は行内でも優秀な人物だったので実に残念だ。また銀行の信用を失墜し大変申しわけない。〉

清水と元証券マンの男は、記事を止めたことで富士銀行に貸しをつくることができ、引き続き同行と親密な関係を維持した。またこの翌年、清水は「週刊大衆」の版元の双葉社から初めて『ウラ街道ばんざい』『とことん　無我夢中の章』という二つの小説を出し、四半世紀以上にわたる付き合いがはじまった。

その一方、清水が事件に関与したのではないかとか、記事のもみ消しの見返りに富士銀行から金をとったのではないかといった根拠のない噂が立ち、流行作家ゆえの流言飛語に悩まされた。

4

富士銀行雷門支店事件をめぐって清水らが動いていた頃、それまで付き合いがなかった新潮社の編集者が突然沼袋の家を訪ねてきた。

「……まあ、清水さんもデビューされて五年たちましたし、そろそろうちの雑誌に書く力をお付けになったんじゃないかと思いましてね」

三十九歳の清水とあまり年も違わなそうな「小説新潮」の編集者の男は、書かせてやってもいいといわんばかりの口ぶりでいった。

「小説新潮」は文藝春秋の「オール讀物」、講談社の「小説現代」と並ぶ中間小説誌の御三家で、編集者は鼻先にプライドをぶら下げたような連中が多く、新人に対しては尊大だ。

「まあ、注文をもらえば書きますけど」

一階の応接用のソファーにすわった清水は、相手の態度に多少白けていった。

この時代、作家は注文に対して基本的には断らないのが普通だった。

「いや、それじゃ間に合わないんだ」

相手は苛立った顔つきでいった。

（『それじゃ間に合わないんだ』？　……いきなりやってきて、なんていい草だ、この男は！）

作家と編集者というものは、普段から付き合い、お互いに作品のアイデアを出し、作家の他の作品の執筆スケジュールや出版社の雑誌の掲載スケジュールなどを考慮した上で、早くても一年先、通常は二年以上先の日程で、取材、執筆、掲載・出版時期などの日程を決めるのが普通だ。

「申し訳ないんですけど、書き溜めた作品はありませんのでね」

「今、なにを書いてるの？」

相手は、性急な口調で訊いた。

「今ですか？　……今は、来年出す予定の光文社のカッパ・ノベルスの書き下ろしの長編ですけどね」

「カッパ・ノベルス」は、昭和三十四年に光文社が創刊した新書サイズの小説のシリーズで、読者から絶大な人気を集めていた。第一回配本分の一冊として松本清張の『ゼロの焦点』を刊行し、昭和三十六年に同じく松本清張の『砂の器』を刊行。高木彬光、水上勉、城山三郎、大岡昇平、柴田錬三郎、石原慎太郎ら、錚々《そうそう》たる作家たちが執筆していた。十万部以上売れない作品は収録しないといわれ、このシリーズから本を出せるのは書き手にとって名誉なことだった。

清水は同シリーズからの初作品として、松下電器をモデルとする企業を中心に、小売価格を強制して市場を牛耳ろうとする電器メーカーと、反発する小売店の熾烈なつばぜり合いを描いた『怒りの回路』を、この年十二月に出版する予定にしていた。

「何枚くらいできてるの？」

相手は小説の内容も訊かずにいった。

「百五十枚ですけど」

「じゃ、それ載せよう」

「えっ⁉」

内容も訊かずに掲載を決めるなどというのは前代未聞だ。

（こりゃあ、誰かの原稿が落ちて、穴が開いたんだろうなあ……）

「落ちる」というのは、予定した原稿が入ってこなくなることだ。

「いや、これは来年出す予定の光文社の書き下ろしの原稿ですから」

「一部分だけ雑誌に載せるっていうのはさ、予告編みたいな感じになって、いい宣伝になると思うよ」

「いや、そういわれても……」

押し問答になったが、最後は清水が出来上がった原稿を渡した。

連載を前提にせず、今回だけ載せるのなら、光文社にも迷惑をかけないし、原稿料も入るし、「小説新潮」の穴も埋まるので、三方丸く収まると思ったからだ。

渡した原稿は『重役室』という題名で「別冊小説新潮」の夏季特別号に掲載された。

目次では「特別長編小説　大手自動車メーカーの社長の椅子を巡る男達の醜い相克！」という副題が付けられ、執筆者のなかでは清水だけが顔写真を掲載されるという特別扱いだった。

掲載されてまもなく、例の新潮社の編集者から電話がかかってきた。

「清水さん、『重役室』の続きはどうなってますか？」

「続き？　続きはもちろん書いてますけど」

（なんでこの男が訊いてくるんだ……？）

来年「カッパ・ノベルス」から出さなくてはならないので当然続きは書いていたが、新潮社とはもう関係がないはずだ。

「じゃあ、もらいにいきますよ」

相手は臆面もなくいった。

「ええっ⁉　いや、それは困ります。御社とは連載の約束じゃなかったですし、これは光文社に入れなけりゃならない原稿ですから」

「ふーん、うちに載せなくてもいいってことか？」

お前程度の新人に毛の生えたような奴が、天下の新潮社に盾突く気かといわんばかりだ。

（こりゃあ、おそらく前の原稿を載せるとき、社内で『連載だ』と説明したんだろうなあ……。それにしても、急に出てきて、他社の原稿を横取りしようっていうのは、呆れるしかない）

「以前も申し上げたように、あれは光文社に入れる約束で書きはじめたものですから」

清水は不快感をこらえていった。

「そうか、わかった。じゃあ、もういいよ」

相手は捨てゼリフを吐いて電話を切った。


その後、清水が新潮社の雑誌に作品を掲載したり、同社から作品を出すことは終生なかった。たまに経済事件などに関して「週刊新潮」から電話でコメントを求められ、それに応じるだけの付き合いだった。

『重役室』は、翌昭和四十六年十一月二十五日に光文社の「カッパ・ノベルス」から刊行された。自動車メーカーを舞台に、役員間の権謀術数をテーマにした作品で、人間の浅ましさと、予期せぬ出来事や関係者の思惑で二転、三転する人事の妙を徹底して描いた。

モデルの会社は、かつてトヨタ、日産と並ぶ自動車業界の〝御三家〟といわれながら、乗用車部門で出遅れ、業績が低迷していたいすゞ自動車である。

物語は、日本の自動車生産台数が、米・西独・英・仏・伊五ヶ国の仲間入りを果たす年間百万台を超え、モータリゼーションが本格化した昭和三十八年の少し前からはじまる。

主人公は共立自動車の末席常務、浅井八郎。五人の常務の中では唯一の非大卒（横浜高等工業出）で、自分の女に経営させる四谷荒木町の小料理屋「あさ井」を会社の接待に使わせるような公私混同ぶりから、一般社員からも軽んじられている。浅井は組織内で生き残るために、同社の中興の祖である相談役の道家弘之にせっせと注進をしながら、主流派の正田社長、中山専務のラインにも食い込もうとする。そんななか、社長の正田が、三人いる愛人の一人と年末をすごすために川奈に向かう途中、心筋梗塞で急死する。浅井は新宿区大久保にある自分の愛人の家にいたため、社長急死の現場へも、会社へも駆けつけるのが大幅に遅れ、立場が危うくなる。

ところが、新体制で会長となった道家の推しで、浅井は専務に昇格する。道家が浅井を推したのは、自分に忠勤を励んだからではなく、人をかきわけ、押し倒してでも、強引に生きていこうとする浅井の野心が、今後の共立自動車の経営に必要だと考えたからだった。正田の死後、共立自動車はディーゼル乗用車「シルバー・エース」を発売するが、燃費がよい反面、車体の振動が大きくて乗り心地が悪く、老朽化も早いという問題があった。そこへ技術担当常務の早田時雄がシルバー・エースを米国のハイウェイでテスト試走し、燃料噴射ポンプからの燃料漏れで炎上させ、大々的に報道される事件が追い打ちとなる。そうしたなか、浅井は、ライバル専務の策謀を暴きながら、人が変わったように中堅社員をはじめとする社内の掌握に努めて役員会での重みを増し、副社長の座を射止め、次期社長を目指すまでになる。ラストは、この年(昭和四十六年)七月に調印されたいすゞ自動車とゼネラルモーターズの提携を下敷きに、浅井が道家に対して、共立自動車の外資への身売りを示唆する場面で締め括られている。

第六章　動脈列島

1

昭和四十六年十二月――

清水は沼袋の家を処分し、中野区鷺宮に家を新築した。西武新宿線の下井草駅から歩いて七分ほどの瀟洒な住宅が建ち並ぶ閑静な一角である。設計士とは途中で意見が合わなくなり、清水がほとんどを設計した。

表通りから三メートルほど入ったところに高さ二メートルくらいの黒い鉄のゲートがあり、清水の文字で「清水一行」と彫られた黒御影石の表札が存在感を放つ。その先に緑のベンジャミン並木の私道が二〇メートルほど続いている。

母屋は白壁の落ち着いた佇まいの二階建てである。一階は応接間、リビング、キッチン、和室など、二階には清水の仕事部屋、寝室、子どもたちの部屋などがある。地下に貯蔵庫があり、清水の好きなスコッチ「バランタイン」のボトルがたくさんしまってある。

清水の友人が麻雀にやってくると、美恵は料理をつくったり、飲み物を出したり、タバコの吸い殻を片付けたりして、かいがいしく働いた。

清水の仕事部屋は陽当たりのよい、広々とした空間である。窓際に執筆用のどっしりとしたデスク、そのまわりに大きな椅子がいくつか置かれ、編集者や取材スタッフと打ち合わせができるようになっている。デスクの左手に本や資料がぎっしりと収められた書棚、洒落た白い電話機や愛飲するピースの箱が置かれたサイドボードなどがある。壁には、落ち着いた色使いで源氏物語などの絵を描き、本の装丁画や清水の連載の挿絵《さしえ》も手がける秋野卓美の絵が飾られている。寝室とは続き部屋で、執筆に疲れたときはすぐ横になることができる。

新居の建築資金は印税や原稿料ではなく、株取引の儲けで払った。去る八月十五日、米国のニクソン大統領が金とドルの交換を停止すると発表し、全世界を「ニクソン・ショック」が直撃し、日経平均株価も八月一ヶ月間で三百四十四円（一三パーセント）下落した。しかし、その後もち直し、十二月二十八日には、二七一三円（年初比三六パーセント高）を付けた。戦後長らく続いた一ドル＝三百六十円時代は終わり、十二月にワシントンで開かれた十ヶ国蔵相会議で各国通貨をドルに対して切り上げることになり、一ドル＝三百八円になった。

自民党の田中角栄が総理大臣になり、「日本列島改造ブーム」で、地価、株価、物価が急激な上昇をはじめるのは翌昭和四十七年のことだ。


ある日、清水の家を一人の易者が訪ねてきた。

兜町には、企業のデータや経済指標だけでは満足しない人々のニーズに応えるため、かなりの数の易者がいる。その易者も清水と兜町で知り合った男だった。

「……この家は、これから先、仕事上の変化が避けられない家だなあ」

著名画家の絵画が飾られた応接間のソファーセットにすわり、室内を見回して易者がいった。

「南北に長い地相の土地に家を建てると、仕事が変化するんだ」

「ほう、そうなんですか」

ピースの煙をくゆらせながら清水は相槌をうつ。

「変化を運命として受け入れるか、どうせ変わるのなら、自らの意思で積極的に新しい方向を切り拓いていくか、まあ、あんた次第だな」

「仕事上の変化っていうと？」

「新しいジャンルの作品を手がけるということかもしれない」

相手の言葉に清水はうなずく。

経済小説の書き手としてデビューして五年がたっていた。ちょうど、自分のレパートリーを広げたいと思って、官能小説を書きはじめたところだった。

「じゃあ、官能小説への転換というのはどうでしょうかね？」

玉の井で生まれ育った生い立ちから、官能小説の材料は豊富にもっている。

「それはしかし、あまり感心しないね」

易者は軽く顔をしかめた。

「そうですか……。官能小説でないとしたら、推理小説ですかねえ？」

清水は、経済小説であっても、マネーの動きで企業や人が翻弄される姿は推理小説的であると考えており、インタビューでもそうした発言をしていた。

「それはわたしにはちょっとわからない。自分で判断したらいいと思う」

易者の言葉は話半分の座興のつもりで聞いたが、清水は翌昭和四十七年八月から実業之日本社の「週刊小説」に推理小説の第一作『噂の安全車』（のち『合併人事』に改題）の連載を開始した。また『色即是空』（昭和四十六年、徳間書店）、『赤線物語』（昭和四十七年、同）といった官能小説も意欲的に書きはじめた。従来の企業小説路線も堅持し、『重役室』や『燃え盡きる 小説牧田與一郎』（昭和四十七年、徳間書店）といった作品を発表していった。

当時、官能小説の分野では、梶山季之、川上宗薫、宇能鴻一郎が押しも押されもせぬ「御三家」で、経済小説家の余技としてみられた清水の作品は、高い評価を得られなかった。しかし清水は、大衆小説家は娯楽性豊かな官能小説をどんどん書くべきで、それが流行作家になる条件だと考え、ひるむことなく書き続けた。勁文社《けいぶんしゃ》は一連の官能小説を「ぽるのどいっこう」という文庫のシリーズにして発売した。一方、推理小説のほうはよく売れたので、官能小説以上に力を入れていった。


昭和四十八年——

清水の家を、もじゃもじゃ頭で黒縁眼鏡をかけた男が訪れた。

「ほーう、新幹線を転覆させるのか……。これはインパクトがある話だなあ」

取材原稿を手に、ピースをくゆらせながら清水が感心した表情でいった。

清水の仕事部屋はタバコの臭いが染みつき、書棚の本や資料の背表紙は茶色く変色していた。

「『ジャッカルの日』を読んで、あんなサスペンスを書いたら面白いと思ったんだよ」

清水の向かいの椅子にすわった、もじゃもじゃ頭の中年男がタバコをふかしながらいった。

『ジャッカルの日』は、ノンフィクションを手がけていた無名の英国人ジャーナリスト、フレデリック・フォーサイスの小説第一作で、前年に角川書店から刊行され、三十五刷・二十九万六千五百部を売り上げる大ヒットとなった。一九六〇年代のフランスを舞台に、シャルル・ド・ゴール大統領を暗殺しようとする謎の狙撃者「ジャッカル」と、警察の息詰まる追跡劇を描いたサスペンスだ。

「新幹線の路線を東京から名古屋までずーっと調べると、ブルドーザーをもってって、線路上に落とすのに一番適した場所が、坂野坂トンネルの出口なんだよ」

もじゃもじゃ頭の小柄な中年男は、宗田理だった。

かつて「週刊スリラー」の編集長として、一介のライターだった清水と付き合いがあった宗田は、森脇将光が一年半ほどで「週刊誌には飽きた」といって雑誌を廃刊にしたため、PR会社を立ち上げて自動車会社のPR誌などをつくり、残った数人の社員を養っていた。しかし、経営が苦しく、清水から「そんなのやめて、田舎にいきなよ。そうしたら借金取りもこないし」といわれ、小学校時代から住んで土地勘のあった愛知県の豊橋市に引っ越した。清水から「月給を払うから、小説の仕事を手伝ってくれませんか」といわれ、豊橋在住のままアイデアを提供したり、材料を集めたりするようになった。宗田は、作家の高木彬光に材料を提供し、『白昼の死角』を「週刊スリラー」に連載させたこともあり、取材スタッフをやる能力は十分あった。清水は会社をつくって宗田を雇い、社会保険にも加入できるようにした。

「それ以外の場所は、だいたい高さが二〇メートルもある高架か、鉄橋か、上に土地がない七メートルくらいの盛土で、ブルドーザーを運べない。あるいは切通しの場所であっても、周辺に民家が多くて、民間人を巻き込みたくない犯人としては使えない」

切通しとは、山や丘などを部分的に開削し、列車が通れるようにした場所のことだ。

「そいつぁ、面白《おもしれ》ぇなあ。……しかし、宗田さん、よくこんなの考えついたね」

「僕の住んでるすぐそばを新幹線が走ってるからね。新幹線の功罪はいつも肌で感じてるし、犯行現場に想定した土地は毎日とおってるようなもんだから」

坂野坂トンネルは、宗田の住む豊橋から名古屋に向かう途中にある全長二一九九メートルのトンネルだ。

「なるほど……。新幹線公害は全国で訴訟が起こされてるし、テーマとしてもホットだよなあ」

満足げにタバコをくゆらせる清水の両目が、強い光を帯びはじめていた。


この頃、清水はもっとも勢いのある作家の一人となり、昭和四十六年には『横領計画』(青樹社)、『天から声あり』(徳間書店)など新作八作品、この前年の昭和四十七年には、『赤線物語』(徳間書店)、『餌食』(青樹社)など新作六作品を刊行した。

一方で、まだ共産党への想いも捨てられずにいた。「頼まれて、しょうがないんだ」といいながら、相変わらず「赤旗」を購読し、選挙の直前に共産党の東京都委員会の幹部がカンパを求めて訪ねてくれれば、それに応じ、共産党の文化人シンパサイザーグループの一員として名前を貸したりもしていた。

小学校高学年になり、政治や社会の話も少しはわかるようになった長男の泰雄に「みんなが平等なのと、金もちと貧乏人がいるのと、どっちがいいと思うんだ？　みんなが平等のほうがいいに決まってるだろ」といったこともあった。泰雄は、清水はまだ共産主義に対する幻想があるのかなあと思った。一方で、「共産党は一党独裁に陥りやすい危険な体質だ」と話したこともある。

清水はのちに、「理由の分からないまま除名されても、自分のなかには共産党への復帰願望がずっとくすぶり続けていた。十八歳で入党した自分のロマンを貫くには、やはり共産党員であるべきだというこだわりが原因だったのかもしれない。しかし、昭和三十年の『六全協』後に共産党の東京都東部地区委員会から受け取った自己批判書を盾にとって、復帰の希望を伝えることまではしたくなかった」と語っている（「宝石」平成六年十月号のインタビュー「マルクスボーイ63年」）。また究極的な作品の目標として「戦後の労働運動を背景に、食うや食わずの青年の生きざまを描きたい。ショーロホフの『静かなドン』の日本版、三千枚の大長編」と語っている。

翌昭和四十九年十二月十五日――

清水は、『動脈列島』を光文社の「カッパ・ノベルス」シリーズの一作として刊行した。

宗田のアイデアを出発点に、新幹線に関する技術や運行の詳細を徹底的に調べ、浜松、名古屋、大阪周辺といった現場に自ら足を運んだり、警察や新幹線の運転士に取材をしたり、新幹線公害の個々の被害者に話を聴いたりして書き上げた力作だった。

新幹線公害に憤る青年医師が、時速二〇〇キロメートルで走る新幹線を転覆させると予告し、政府と警察に挑戦状を叩きつけ、それを追う警察との息詰まる追跡劇を描いた社会派推理小説である。

　主人公の犯人、秋山宏は、名古屋市内の病院に勤務する二十八歳の臨床研修医。医学生時代に新幹線公害の調査をおこない、新幹線の騒音と振動が原因で命を失った高齢の婦人を看取り、強い怒りを抱いている。秋山は、新大阪発東京行きのひかり号のトイレの汚物タンクのなかに時限装置付きの爆弾と、新幹線公害を根本的に解決しなければ開業十周年にあたるこの年十月一日に、新幹線を転覆させるという警告書を沈める。

　その九日後の九月二日、豊橋駅ホーム付近の線路一七〇メートルにわたって食用油を塗り、列車自動制御装置が作動しないようにして、駅構内で下りのこだま号を脱線させる。翌週、こだま号のグリーン車の乗客五人をエーテル（麻酔薬）で眠らせ、九月十八日には、走る車のなかから音波発信機でスピード零信号を送り、三島駅を通過したこだま号を停止させる。

　秋山に立ち向かうのが、東京の国立大学在学中に司法試験に合格した警察庁のエリートで、犯罪科学研究所副所長兼主任研究員の滝川保。捜査本部長になった滝川は、秋山が犯人であることを突き止め、秋山が音波発信機でこだま号を停止させた日に、全国指名手配する。その六日後、秋山は大胆にも文京区小石川にある長田国鉄総裁の自宅に姿をあらわし、総裁と新幹線公害について話し合い、その録音テープをメディアに公開する。秋山は都内のバーで知り合った芙美子という女の助けを借りて潜伏し、新幹線転覆の準備を進める。一方、警察は捜査網を狭め、秋山を追い詰めていく。

　決行を予告した十月一日、秋山は奪った血液輸送車の運転手になりすまして警察の厳戒網を突破し、坂野坂トンネルの出口付近でブルドーザーを線路に落とす。犯行は成功するかにみえたが、直前に計画をみぬいた滝川が、新幹線を豊橋と名古屋で停車させたために列車はあらわれず、秋山は逮捕される。

新幹線のトイレの構造や保守管理方法、ブレーキや自動制御システム、運行システムといった技術的な部分が正確に描かれ、強力なリアリティをもたらしていた。そして、次から次へと新たな事態が発生し、物語はスリリングに進んでいく。脂ののった作家の勢いを感じさせる、最後の最後まで手に汗握らせる作品になっていた。

当初の構想では、実際に新幹線が転覆し、秋山も死ぬという結末を考えていたが、光文社の編集者が「人が死ぬのはまずい」というので、事故は起きず、秋山も逮捕されることにした。

発売二週間後には、映画制作プロダクションの東京映画と映画化の契約が成立した。


『動脈列島』が華々しく世に出た直後――

かつて清水と産別会議で同じ釜の飯を食べた美濃部修は、勤務する集英社の自分の席で、手にした一冊の本を凝視していた。

(これは、あの清水和幸君に似てるけど……本当にあの清水なのかなあ?)

縦長のノベルス版の『動脈列島』の裏面カバーに、著者の大きなモノクロ写真が掲載されていた。

フレームの上の部分が黒い眼鏡をかけ、ベージュかなにかと思しい明るい色合いのジャケットを着て、外国製らしいシガレットを手にしていた。細くてひょろりとした四半世紀前の産別時代に比べると、肉づきがよくなったのはある意味で当然だが、どこか神経質でひ弱そうな面影は跡形もなく、企業社会の裏面を描く流行作家にふさわしい、精力的で骨太な雰囲気を漂わせていた。しかし、面長な骨格、長めの鼻、やや突き出た下唇などは、清水和幸を彷彿させた。

（それにしても、あの「坊や」に、こんな文才があったんだろうか？　確かに、文学のことはよく話していたが……）

美濃部は、信じられないものを目の当たりにしたような気分で、カバーの写真をみつめた。

清水より二歳年長の美濃部は四十五歳になった。昭和二十五年に広尾の日赤中央病院で胃潰瘍のため胃を四分の三切除し、その後、産別会議を辞め、映画のプロダクションに入った。しかし、昭和二十八年にプロダクションと喧嘩別れし、職を転々としたあと、集英社が社員を募集していると聞きつけ、入社試験を受けた。面接で本郷保雄という専務から「組合活動をしない、遅刻・早退をしない、三ヶ月間は試用期間。これを守れるか？」と訊かれ、「守ります」といって、昭和三十三年に入社した。最初に芸能週刊誌「週刊明星」に配属され、プロレスラーの力道山を取材した縁で、力道山に結婚の仲人を務めてもらったりした。その後、出版部に異動になり、梶山季之、柴田錬三郎、黒岩重吾などを担当していた。

（清水一行があの清水和幸なら、是非会いたいものだ。徳間書店の誰かに紹介してもらおうか……）

新たな作家を開拓する上でも、清水一行は是非とも作品をもらいたい作家だった。

それからまもなく――

美濃部は、銀座八丁目の銀座日航ホテル（現・ホテル　ザ　セレスティン銀座）の裏手にあるバー「魔里《まり》」で飲んだ。作家の梶山季之が、「ノンフィクションの若手作家や記者、編集者が気楽に飲める店をつくりたい」と金を出し、銀座の文壇バー「葡萄屋」のお気に入りのホステスだった大久保マリ子に開かせた店だった。

並木通りに面したビルの二階に上がり、細長い廊下の突きあたりにある木の扉を開けて入ると、右側にボックス席が一つ、店内中央から左手にU字型のカウンターがあり、ママの大久保と女性が一人か二人、カウンターの内側で働いている。大久保は三十八歳で、元々和服の似合う美人だが、梶山がぽっちゃりした女性が好みなので、一生懸命ご飯を食べて、ふっくらした顔つきをしていた。

店内のインテリアは落ち着いたヨーロッパ調で、壁には梶山が大久保のために書いたものや、店を訪れる作家たちの色紙が飾られている。作家の藤本義一、開高健、菊村到、勝目梓、梶山の取材スタッフ（のち作家）の大下英治、漫画家のさいとう・たかを、安孫子素雄（のち藤子不二雄Ⓐ）、作曲家の小林亜星らが常連だった。

梶山もよく顔を出し、カウンターの反対側にいるスタッフライターに「有難う。お礼だ」と、一万円札をたくさん詰めたピースの缶をぽんと投げて渡したり、飲んでいるとき「あっ、あと十枚書かなきゃ！」と締め切りを思い出し、タクシーで仕事場の都市センターホテル（千代田区平河町）にとって返し、一時間ほどで原稿を書き上げて戻ってきたりしていた。

「……じゃあ、ママ、請求書は会社に送っといて」

作家、記者、編集者などでにぎわう店内で、美濃部はカウンターから立ち上がり、大久保にいった。

「お気をつけてー」

女性たちの声を背に、美濃部は木の扉を押し開け、同僚の編集者と一緒に廊下に出た。

細長い廊下の向こうから、仕立てのよいジャケットをりゅうと着た背の高い男が誰かと一緒に歩いてきた。

（あれは……⁉）

作家の清水一行だった。

背の高さや歩き方からいって、間違いなく清水和幸だと美濃部は確信した。

「和幸さん！」

かつては「坊や」とか「清水君」と呼んでいたが、さすがに流行作家をそう呼ぶのははばかられた。

「修ちゃん！」

清水がはじけるような笑顔で答え、近寄って抱きつかんばかりにした。

（うーん、ずいぶん変わったなあ！）

清水は、かつての痩せた「マルクス・ボーイ」から一転し、重厚感さえ漂わせていた。

「修ちゃん、俺は修ちゃんがどこにいるか知ってたよ。集英社に入ったんでしょ？」

美濃部は清水がどういう経緯で作家になったのかまったく知らなかったが、清水のほうは美濃部のその後を知っている様子である。

「うん。そうなんだ」

「本当に久しぶりだねえ！　今日はもうあれだから、今度、ゆっくり会おうよ」

ここから作家清水一行と編集者、美濃部修の長い付き合いがはじまった。

この一年あまりあと、清水は集英社からの第一作『神は裁かない』を出版した。病院長の不審死から物語がはじまり、医療の問題点を鋭くえぐる社会派推理小説だった。その五ヶ月後、戦後の混乱期に建設業者として縦横無尽の活躍をした男の痛快人生を描く『赤たん褌』を二作目に(既刊作品のノベルス版への判型変更)、翌年、商社マンを主人公にした企業サスペンス小説『敵意の環』を三作目として出版した。

さらに昭和五十二年に、集英社文庫の創設に合わせ、人気の高かった『虚業集団』を文庫化した。これは清水にとって初めての文庫本となった。それ以降も、『首都圏銀行』『重役室』など、半年に一冊のペースで集英社文庫に作品を入れていった。


翌昭和五十年三月十二日——

東京は朝方の気温が六・九度、日中の最高気温が十二・九度で、多少風がある春らしい一日だった。二日前、山陽新幹線の岡山—博多間が開通し、東京から博多まで一〇六九キロメートルが新幹線で結ばれた。一方、日本の鉄道発祥から百三年間走り続けてきたSL(蒸気機関車)は年内に廃止される予定で、時代の区切りを迎える。

夜、清水一行は、広尾にある作家の阿佐田哲也(色川武大)の家で、麻雀を打った。

二人の付き合いは阿佐田の『麻雀放浪記』を読んで感銘を受けた清水が手紙を書いたのがきっかけで、お互いの家をいききして麻雀を打つ間柄になった。夜、清水宅でトイレに起きた長男の泰雄が、トイレのドアを開けてぬっと出てきた阿佐田の怪異な容貌にどきっとしたこともあった。

「……清水さん、こないだ麻雀で負けたって？　珍しいね。誰に？」

緑のフェルト張りの卓の上に牌をことんと捨て、阿佐田がいった。

禿げ上がった丸い額の左右にもつれ合った髪の毛を垂らした顔は落ち武者を思わせ、確かにこれが暗闇のなかからぬっとあらわれれば、泰雄ならずともぎょっとなる。

「漫画家の小池一雄さんですよ」

清水はピースをくゆらせながら牌をとり、手元に二段重ねにした牌を一瞥し、要らない牌を捨てる。

小池一雄（この翌年、小池一夫に改名）は、『子連れ狼』『御用牙』『高校生無頼控』といった作品がある漫画原作者だ。

「あれはびっくりしたねえ。場のたんびに効率の悪い混一色《ホンイツ》を上がるんだよねえ。『こりゃあ初心者麻雀だ。どう考えたってこんなのにやられるはずがない』と思ってたら、朝んなってみると、もう負けが大きくなってるんだよ」

「ああいうタレント（才能のある人）っていうのは、なにか独特の型をもってる場合は、（牌の）引き運で、ものすごく強くなるときがあるよね」

引いた牌を一瞥し、阿佐田がいった。

「引き運の強さっていうのは、要するにタレントとしての生命力の強さなんだろうね」

そのとき、部屋に阿佐田の家人がやってきた。

「清水さんにお電話が入ってるんですけど」

「えっ、俺に？　なんだろう、今時分」

清水は訝りながら立ち上がる。腕時計を一瞥すると、まだ宵の口だった。

「佐野洋《さのよう》さんからです」

それを聞いて、清水はますます首をかしげる。まったく付き合いのない推理作家業界の重鎮だ。しばらくして部屋に戻ってきた清水は、やれやれといった顔つきをしていた。

「佐野さんが、なんの用事だったの？」

阿佐田がタバコをふかしながら訊いた。

「なんだかよくわからないんですが、推理作家協会賞をくれるっていうんです」

清水は、日本推理作家協会理事長の佐野から、『動脈列島』が今年度の日本推理作家協会賞に決まったと告げられた。候補作になったことは以前知らされていたが、協会員でもなく、どういう賞なのかも知らなかったので、まさか受賞するとは思わず、この日に選考会が開かれるのも知らなかった。

「ふーん、もらえるもんなら、なんでももらっておいたらいいさ」

「まあ、そうですね」

清水は文学賞とは無縁で、賞といえば、麻雀の賞くらいしかこれまで獲ったことがなかったので、他人ごとのような気分だった。

四人は何事もなかったかのように、ウイスキーの水割りや茶を飲みながら麻雀を続けた。しばらくすると、今度は妻の美恵から電話がかかってきた。

「お父さん、推理作家協会賞受賞の件で、新聞社とかテレビとか、家にたくさん電話がかかってきて大変なのよ。すぐに帰ってきて！」

この年の推理作家協会賞の候補作は、清水の作品のほか、海渡英祐『おかしな死体ども』、草野唯雄『女相続人』、都筑道夫『情事公開同盟』、仁木悦子『灯らない窓』の四作品だった。五人の選考委員の誰もが、『動脈列島』が一頭地を抜いていると認め、受賞作に決まった。

委員の一人である横溝正史は選評で「『動脈列島』には圧倒された。メカニズムにヨワい私は、はじめのうちは多少、抵抗を感じたものだが、筆が犯人側に転じるに及んで俄然興を催した。よく調べて書かれているが、調べたことが全部小説のなかで生かされている。犯人側からの叙述と捜査陣からの描写が交互に出てくるが、その比率がうまくいっているので、読者を最後までひっぱっていく力をもっている。犯人も捜査陣の最高責任者もひじょうに誠実な人物に書かれているのも爽やかである。結末もよく、後味も悪くなく、私みたいな古い読者にも共感のもてる力作である。やはりこれが一番だろう」と述べた。

五月十四日――

東京は曇り空で、やや強い南寄りの風が吹き、日中の最高気温が二十一・八度で、初夏らしい一日だった。

日没後間もない羽田空港に、鶴のマークを尾翼に付けた日本航空六十二便が到着した。

「七時二十五分か……。予定より十分早かったな」

機内で腕時計をみて清水がいい、隣の席にすわった宗田理がうなずく。

二人は取材と遊びを兼ね、香港にいってきたところだった。

窓の外には、ターミナルビルが煌《きら》びやかな光を放ち、空港の敷地周囲に等間隔で並ぶ照明灯がオレンジ色の灯をともしていた。

機は滑走路から国際線用のターミナルビルまでゆっくりと移動し、やがてボーディングブリッジを使って、乗客たちの降機がはじまった。

「あれっ、なんだろう？」

ボーディングブリッジの先をみて、宗田が怪訝そうにいった。

「新聞記者か……。誰か有名人でも乗っていたのかなあ？」

清水も珍しげな顔つき。

ボーディングブリッジの先に、新聞社や雑誌社のカメラマンや記者が詰めかけていた。

「誰か有名な人でも乗ってたんですか？」

清水は記者たちの一人に訊いた。カメラマンたちは、シャッターチャンスを逃すまいと全神経を集中しているので、とても話しかけられない。

「ええ、作家の梶山季之さんなんですが……」

若い男性記者が若干口ごもりながらいった。

「ああ、梶さんが乗ってたのか。気がつかなかったなあ」

「はい、三日前に香港で急死されたそうです」

「ええっ⁉」

清水と宗田はぎょっとなった。

「香港で急死⁉　事故かなにかですか？」

「いえ、ご病気だそうです。血を吐かれて、倒れられたそうです」

「げえっ、本当に⁉」

二人は驚きのあまり、その場に立ち尽くした。

まもなく無数のカメラのフラッシュを浴びながら、沈痛な表情で梶山の妻である美那江と十三歳の娘、美季が飛行機を降りてきた。美那江夫人は、小さな花柄が入ったワンピース姿、美季はブラウスにジーパン姿だった。

あとでわかったことだが、梶山は小説『積乱雲』の取材のため、去る五月五日にマカオ経由で香港入りしていた。『積乱雲』は、梶山がライフワークとして構想していた作品で、広島の原爆、南米移民、朝鮮半島などをテーマに、七千枚以上の大河小説になる予定だった。梶山は常々「俺がポルノ小説を書いているのは、資金をたくわえ、いつか『積乱雲』を書くため」と語り、すでに七千冊以上の関係書籍を集めていた。自分でも数がわからなくなるほど引き受けていた連載は、すべてこの六月で終わらせ、それ以降は『積乱雲』に集中する予定だった。

しかし、五月七日に宿泊先のマンダリン・ホテルの部屋で突然吐血し、近くのカノッサ病院に運ばれたが、重症だったため香港政庁立のクイーンズ・メアリー病院に移送された。九日に夫人と娘が現地に駆けつけたが、十一日の午前五時半に亡くなった。死因は食道静脈瘤破裂と肝硬変で、まだ四十五歳という若さだった。

九月六日――

残暑厳しいなか、東京映画制作による『動脈列島』が東宝の配給で公開された。監督は梶山季之のベストセラー『黒の試走車』の監督を務めた増村保造。主人公の青年医師、秋山宏に近藤正臣、捜査本部長、滝川保に田宮二郎、秋山の恋人の看護師に関根恵子、秋山を助けるバーの女、芙美子に梶芽衣子という豪華キャストだった。当初、配給元の東宝では、「こういう映画をつくって真似をする者が出ては困る」という意見が出て、社内が真っ二つに割れた。馬淵会長は映画化に賛成、清水社長は反対、三人の副社長は、賛成一人、反対一人、保留一人で、企画はいったん延期となった。その後、「転覆」や「千人以上が死ぬ」といった刺激的な表現を台本から削除し、制作に踏みきった。しかし、国鉄や警察は模倣犯を恐れ、撮影に協力しなかった。

この頃、清水の『小説兜町』より七年先に『総会屋錦城』を出し、経済小説のパイオニアといわれる城山三郎が全盛期を迎えていた。

大勢の取材スタッフを使う清水と違い、城山は一人で取材をしていたが、デビュー以来、年に二〜四作というハイペースで新作を発表していた。昭和四十六年に『役員室午後三時』、四十七年に『雄気堂々』、四十九年に『落日燃ゆ』、五十年に『官僚たちの夏』、五十一年に『毎日が日曜日』と、十三万部から三十万部の大ヒットを次々と飛ばし、「朝日新聞」(中部本社版、昭和五十年九月二十七日付)は〈このところ恐ろしいほど作家城山三郎氏の本が売れている〉、〈女、子ども、つまり主婦や学生までが、ほれた、はれたとは無縁の経済小説を(中略)読み始めた〉と書いた。

一橋大学を出て、愛知学芸大学(現・愛知教育大学)で景気論と経済原論の講師を務めた城山と、自らを女郎屋の倅《せがれ》と称する清水は、作風でも対照的だった。城山はどちらかというと、人物や企業の明るい面を描くのに対し、清水は企業社会の暗部を剔抉《てっけつ》する作品を書いた。城山は女を書くのが苦手だったが、清水は得意だった。

　清水の執筆ペースは怒涛の勢いになり、この年は、週刊誌記者からみた五つの企業事件の短編連作集『狼の地図』（青樹社）、山陽特殊鋼倒産事件をモデルにした殺人推理小説『雛の葬列』（祥伝社ノン・ノベル）、東芝府中工場の三億円強奪事件を独自の分析と推理で描いた『時効成立小説三億円事件 強奪編』（講談社）、など、新作刊行数は九作品に上った。

　翌昭和五十一年も新作の発表ペースは衰えず、新日本製鉄副社長から参議院議員になった藤井丙午の起伏に富んだ生涯を描いた『奔馬の人 小説藤井丙午』（光文社）、田中角栄のブレーンを主人公に、各国諜報機関の暗闘を推理小説仕立てで描いた『砂防会館3F』（祥伝社ノン・ノベル）、千葉県の大手地銀を舞台に銀行内部の権力闘争を描いた『首都圏銀行』（双葉社）など、実に十二作品を刊行した。

2

　二年後（昭和五十二年）初夏——

　清水の鷺宮の家を集英社の美濃部修が訪れた。

「……鍼《はり》なんかを試してるんだけど、どうもはかばかしくないんだよなあ」

　執筆用の椅子にすわった清水が、右手首から肘のあたりを左手でもみながら、悩ましげにぼやいた。

「まあ、それだけ書いてりゃ、疲れもたまるだろうさ」

清水の目の前の椅子にすわった美濃部が、銀縁眼鏡の顔に同情の気配をにじませる。

「うん、まあねえ」

そういって清水はピースに火をつけ、ため息をつくように大きく煙を吐いた。

四十六歳の清水は働きざかりで、デビュー四年目あたりから、四百字詰め原稿用紙で月産八百枚から千三百枚という猛烈な勢いで執筆を続け、毎年八冊から十冊前後の新作を発表していた。忙しいので、原稿の段階で完全な形にし、ゲラは原則としてみないで、出版社に任せていた。

続々と作品を生み出し続ける姿は、書かなければようやく摑んだ作家の地位から転落する恐怖に駆り立てられているようだった。息子の泰雄に「松本清張さんは、寝ないように天井につないだ綱で頭を縛って書いているんだぞ」と話したこともあった。

「まあジャイアンツの調子がいいから、気分はいいんだけどね」

タバコをふかしながら、にやりと笑った。

清水が応援するプロ野球の読売巨人軍は、開幕戦で王貞治の満塁ホームランで中日に快勝した。四月十三日からは八連勝し、二位の阪神に早くも四ゲーム前後の差をつけ、首位を独走していた。

「ところで、例の推理小説の書き下ろしの件なんだけど、こういう話があるんだ」

そういって、足元の段ボール箱を、美濃部のほうへ押しやった。

雑誌や新聞のコピーをはじめとする資料がぎっしり詰まっていた。

「ほー、甲山《かぶとやま》事件か……」

資料の一つを手にとって、美濃部がいった。

それは「週刊新潮」の記事で「どうなる、園児二人の殺害—〝甲山学園〟保母は職場復帰し、不起訴」という見出しとともに、同学園や保母の写真が掲載されていた。

「この事件、知ってるかい？」

「うん、時々、新聞で記事を目にする程度だけどね」

兵庫県西宮市にある障がい児施設、甲山学園で三年前の昭和四十九年に起きた事件だ。三月十七、十九の両日に、八十四人が在籍していた園児のうち二人があいついで行方不明になり、十九日の夜、園内のトイレの浄化槽で二人の溺死体が発見された。同学園の若い保母の一人が、亡くなった児童を連れ出すところを目撃したという二人の園児の証言などがあったため、四月七日、警察は、同保母を逮捕。保母はいったん犯行を自供したが、すぐ否認に転じ、三週間後に処分保留で釈放された。翌年九月、神戸地検は嫌疑不十分で保母を不起訴処分にした。しかし、被害児童の両親が不起訴を不服として神戸検察審査会に審査を申し立て、翌昭和五十一年十月、同審査会は不起訴不当の議決をした。

「このテーマだったら、警察の捜査を中心に据えた社会派推理小説が書けると思うんだ」

「ほう、なるほど。いいね」

美濃部が満足そうにうなずく。

かねがね清水に「『動脈列島』のような社会派推理小説の長編を書き下ろしで書いてほしい」と依頼していた。

「この学校の職員は相当過激なんだなあ」

美濃部が「週刊新潮」の別の記事を読みながらいった。

保母が逮捕されるとき、職員たちが妨害しようとして捜査員の車の下にもぐりこんでタイヤの空気を抜いたり、しょっちゅう警察におしかけ、保母に向けて「国家権力に屈するな！　なにもいうな！」と外からシュプレヒコールを繰り返したと書かれていた。保母が処分保留で釈放されると、「守る会」を結成し、駅頭で「真相を訴える」ためのビラ配りやカンパ集めをしたという。

「保母は共産党系の組合に所属してるそうだ。ここの組合は異様に戦闘的らしい」

清水の言葉に美濃部がうなずく。

「取材はだいぶ進んでるの？」

「うん。今、うちの高橋が中心になって、三人態勢で取材を進めてるところだよ」

高橋健二は光文社の「月刊宝石」の外部記者で、清水の取材スタッフを務めている。

「高橋のおじが兵庫県警の警官で、この事件の捜査主任なんだ」

「へえ、そりゃ好都合だ！　……いつ頃から書ける？」

「九月くらいからかなあ……その手前の仕事もあるし。脱稿は三ヶ月後くらいで」

「それは楽しみだ。ぜひよろしくお願いします！」


七月——

清水は光文社のカッパ・ノベルスから書き下ろしで『女教師』を刊行した。

物語は、埼玉県所沢市の中学校で、二十五歳の女性教師、田路《たじ》節子が同校三年生の五人の不良グループに手足を押さえつけられ、番長の江川秀雄から凌辱されるというショッキングな場面で幕を開ける。事件をめぐって、警察沙汰にしたくない校長、校長昇格試験目前で校長のいいなりの教頭と、正義感の強い生活指導主任の教師が対立する。江川の母親から日頃さまざまな贈り物をもらい、肉体関係まである江川の担任教師、瀬戸山は暴行の証拠隠滅をはかり、江川に田路から誘惑されたという嘘をつかせるよう母親をそそのかす。その真っ赤な嘘に飛びついたのが、学校の日教組分会長の小林史郎という数学教師で、〝職員室妻〟である教師の横山百合子と二人で嘘をまき散らし、お前はふしだらな教師であると田路を吊るし上げる。小林の思惑は、校長に田路の不始末の責任を問い、校内闘争を盛り上げて組合の実績を上げ、県教組や日教組の幹部にのし上がることだった。田路節子は学校にいられなくなり、退職願いを出し、北海道で自殺未遂をするまで追い詰められる。一方、京都・奈良への修学旅行中に江川が行方不明になり、母親が五百万円の身代金を払うが、警察の捜査で、江川の狂言であったことが発覚する。江川は病的な少年にありがちな飛躍した発想で、五百万円を親から巻き上げ、田路に慰謝料を払おうと考えたのだった。そして、嘘の噂をまき散らし、田路を吊るし上げた小林を殺害し、瀬戸山をも殺害しようとするが、呼び出し場所の機械会社の材料置き場で、車の操作を誤った瀬戸山に轢き殺されてしまう。

『女教師』は、スリルとサスペンスに満ち、教育現場の問題をリアルに描いた本格的な社会派推理小説だった。世間の話題を呼び、すぐに十万部を突破した。

早速日活が、清純派ポルノ女優、永島暎子をヒロインにして映画化し、十月二十九日に公開した。

永島はこの作品でエランドール賞新人賞を受賞し、「女教師シリーズ」として昭和五十八年まで続編が八作品つくられた。また漫画化もされた。

清水はのちに、青樹社の「清水一行ベストセレクション」の一冊として本作品が刊行された際のあとがきに、『女教師』というタイトルゆえに作品が通俗的に受け取られるのではないかと懸念していたとして、次のように書いてる。

〈さっそくにっかつという会社が小説をもとに映画を作ったのだが、まさに官能映画というか、にっかつのポルノ路線にぴったりと合わされてしまった。

コミック誌にも連載されたが、この方もやたらに乳房とヒップの大きな女教師……が登場し、濡れ場の連続で原作者としては、ちょっと言葉のない状態にさせられてしまったくらいである。

わたしの家の表札を見て、中へ入ってきた富山の薬売りさんが、おたくの旦那は、漫画の原作を書いている人かと、応対に出た家内に聞いたそうである。はじめ家内はなんのことかわからなかったらしいが、「漫画の週刊誌の仕事も、よくやっているようです」と答えたら、そういう先生にうちの薬を飲んでもらいたいと、売薬の詰まった赤い箱を押しつけられたという、笑えないような話もある。〉

なお青樹社（千代田区三崎町）は、ミステリー、時代小説、官能小説など、エンターテインメント小説の版元で、長年にわたって清水と良好な関係を築き、数多くの作品を出版した（同社は出版不況による業績不振で平成十六年三月に清算された）。

八月――

清水は菅生《すごう》事件を題材にした『風の骨』を双葉社から刊行した。

昭和二十三年、米国の対日政策が共産党弾圧という「逆コース」を辿りはじめ、下山事件（昭和二十四年七月、足立区）、三鷹事件（二十四年七月、三鷹町＝現・三鷹市）、松川事件（二十四年八月、福島県）、印藤巡査殺し（二十六年十二月、練馬区）、白鳥事件（二十七年一月、札幌市）など、共産党員を犯人とするための謀略が疑われる一連の怪事件が起きた。菅生事件も、そうした事件の一つだった。

事件は、昭和二十七年六月二日午前〇時半頃、大分県直入郡菅生村（現・竹田市菅生）で起きた警察の巡査駐在所の爆破事件だ。発生時に、百人以上の警官が張り込んでおり、現場付近にいた二人の共産党員を現行犯逮捕するという、タイミングが不自然によい事件だった。被告人とされた二人は、自分たちは市木春秋と名乗る自称共産党シンパの男に呼び出され、面会して別れた直後に爆発が起き、市木は警察の車に乗って行方をくらませたと、裁判で無罪を主張した。しかし、昭和三十年七月の大分地裁での一審判決では、首謀者とされた男が懲役十年になり、それ以外に起訴された四人も有罪となった。弁護団、大分新聞、大分合同新聞、共同通信は、本名も正体も行方も杳として知れない市木が戸高公徳という名の現職の巡査部長で、新宿区番衆町（現在の新宿五丁目）のアパートに潜伏していることを突き止め、取材を敢行。その結果、戸高は事件の控訴審（福岡高裁）に証人として出廷せざるを得なくなり、爆破の実行は否定したが、共産党への潜入捜査や同党関係者にダイナマイトを渡したことを認めた。また鑑定で、被告人らが駐在所に投げ込んだとされていたダイナマイトが、あらかじめ所内に仕掛けられており、事件は警察の自作自演であったことが判明した。その結果、昭和三十三年の控訴審判決で五人の被告人全員が無罪となり、昭和三十五年一月に最高裁で確定した。

『風の骨』は、事件の経緯をほぼそのままなぞっており、結末も予想できるにもかかわらず、一気に読ませる出来栄えで、全盛期の清水の筆の冴えをまざまざとみせつけた。主人公は、朝日新聞をレッドパージになり、たまたま飲み屋で知り合った女の紹介で、大分の豊後日日新聞で働くことになった池島淳一という架空の記者で、「身長百六十センチ足らずの、よく緊った精悍な体つき、鼻柱が太く、五分刈りの坊主頭で眼だけがギョロリと光っていて、その歩く様は、精悍であると同時に、妙に愛嬌があった」。この池島が、市木（小説のなかでは秋草春雄）という偽名を使っていた男の正体と居場所を追い詰める五年の歳月を描いた。池島はかなりの女好きという設定で、自分の暮らしや事件の解決の助けとなる複数の女性との性愛シーンも出てくるが、さらりと上手く描写されていて無駄がなく、追跡劇のスピード感を損なわない。中央のマスコミへの復帰に執念を燃やす池島は、最後は、スクープによって日本ジャーナリスト会議から賞を受け、豊後日日新聞を辞め、上京して大手新聞社への復帰を試みる。しかし、一度レールを外れた人間を採用する会社はなく、夢破れる。ラストは「池島の脳裏を、不意に昭子（注・大分に残してきた妻）の笑顔がかすめた。しかしその夜、池島は、新宿区役所通りの小さなバーにまぎれ込んで、もう次の女に声をかけていた」と、その後もたくましく生きていくであろうことを暗示する締めくくりになっている。

十二月の終わり――

クリスマスがすぎ、デパート地下の食料品売り場やスーパーにはカズノコ、伊達巻、黒豆といったおせち用の食材が並び、木枯らしが吹く街路を人々がコートの襟を立てて足早にとおりすぎ、高校生のボランティアたちが赤い羽根共同募金を呼びかけていた。

千代田区一ツ橋二丁目にある集英社の文芸出版部で、部長の大波加弘《おおはかひろし》が、難しい表情で、ゲラを読んでいた。

正月休みに入る直前で、編集部員たちは普段より早い「年末進行」に合わせて忙しく仕事をしていたが、作家との忘年会に出かけている者たちもいた。

「うーん、これは、実際の事件、そのままなわけか……」

四十代半ばの大波加は、前年、純文学系文芸誌の「すばる」から文芸出版部長に異動になった。東大法学部卒で、中肉中背、いつも微笑をたたえている穏やかな人物で、部下からの人望が厚い。

読んでいたのは、上がってきたばかりの清水一行の書き下ろし小説『捜査一課長』の初校ゲラだった。

「一応、事件が起きた障害児施設の場所は西宮じゃなく、横浜市鶴見区の獅子ヶ谷にしてありますただそれ以外は、事件の起きた日とか、園児の数とか、亡くなった園児の年齢とか、事件の経過なんかは、もうそっくりそのまま使ってますね。園内の施設配置図は、実際のものと左右対称みたいな感じになってます」

大波加のかたわらの椅子にすわった美濃部がいった。年齢は大波加よりいくつか上である。

「まあ、一行ちゃんも忙しいから、細かく加工するところまでできなかったんでしょう」

甲山事件をモデルにした『捜査一課長』は、鶴見区獅子ヶ谷の丘陵地帯にある障がい児施設「光明寮園」で、二人の十二歳の園児が浄化槽のなかで溺死体で発見される事件からはじまる。物語の前半は、警察の粘り強い捜査で保母の一人、田辺悌子の逮捕に至るまでが描かれ、後半は、取り調べにおける田辺と警察の攻防といった内容である。最後に田辺はいったん犯行を自供するが、翌日にはそれをひるがえし、捜査本部の神奈川県警捜査一課長、桐原重治らが最先端の電子顕微鏡などを使って、なんとか物証をかためようと努力を続けるという、現在進行形で物語は終わる。起訴までいっていない点も実際の事件と同じである。

捜査本部の様子、科学捜査の手法、警察組織やキャリアパス、警察官たちの私生活・悩み・希望・家族の想いなどが具体的かつ共感をもって描かれ、綿密でリアリティのある警察小説に仕上がっていた。これは『動脈列島』執筆の際に警察庁や警察ＯＢを相当取材したが、同作品のなかで生かし切れなかった成果を活用したものだった。また実際の甲山事件そのままに、左翼系の組合に支配される「光明寮園」の異様な実態や、警察の捜査を徹底的に妨害しようとする、畔上《あぜがみ》浩という二十六歳の組合委員長の常軌を逸した行動がこれでもかというほど描かれる。筆致の確かさや描写の醸し出す情念は松本清張作品を彷彿させた。

「まあ、モデル小説ですけど、今も灰色の被疑者を犯人とは断定せずに灰色に描いてるので、問題はないかと思うんですが」

美濃部がいった。

「うん、まあそうかなあ……。でも念のため一度弁護士さんにみてもらおう。これは清水さんの貴重な書き下ろしだし、もちろん出版はするけれど」

大波加は、集英社と親しい東京の星二良法律事務所でパートナーを務めている女性弁護士に『捜査一課長』のゲラを渡し、急ぎでコメントを依頼した。

二日ほどして弁護士から、同僚の弁護士と一緒にゲラを読んだが、何箇所か修正したほうがいいと返事があった。それは逮捕されて不起訴になった保母に関する箇所ではなく、甲山学園の従業員組合の過激な実態を描いた箇所や、組合が中心になっている保母の支援団体に関する箇所だった。弁護士も大波加や美濃部同様、いったん逮捕された保母については、灰色であるものを灰色に書いただけで、新聞や週刊誌で報じられた以上には踏み込んでいないので、問題になることはないだろうという意見だった。

集英社は、清水の了解を得て該当箇所を修正し、作品の冒頭に「この作品は現実に起きた事件にヒントを得たものですが、フィクションであることをお断りします」と但し書きを付け、翌昭和五十三年二月二十五日に、初版三万部で刊行した。取材経費は集英社が全額負担した。

その二日後、清水や美濃部が驚いたことに、不起訴となった保母が再逮捕され、メディアで大きく報じられた。出版のタイミングが絶妙だったので、清水や集英社が再逮捕のことを知っていたのではないかという憶測も呼んだ。

「神戸新聞」は「〝検察奇襲〟に法曹界騒然」という六段の大きな記事で、殺人事件で一度不起訴となった容疑者を再逮捕することはきわめて異例で、人権問題もからんで議論を呼ぶのは必至だとした。また同じ記事で、『捜査一課長』の内容と「素材は甲山学園事件と思ってもらって結構」という清水のコメントも顔写真付きで紹介した。

清水も積極的にメディアの取材に応じ、「週刊文春」（三月九日号）の「保母再逮捕を予知していた？　園児殺害事件のモデル小説」という記事では、「一年間取材しましたが、どう考えたって○×（注・再逮捕された保母の名前）が犯人としか思えない。でも、再逮捕はムリだろうと思っていたので、ビックリしました。検察もかなり確証をつかんでるようですねェ」とコメントしたり、「スポーツニッポン」で「やはり私も保母の○×に強い容疑性を感じました。しかし残念ながら物的証拠がなかった」とコメントしたりした。

一方、再逮捕された保母の「自由を取り戻す会」のメンバーたち二十人以上が、再逮捕の当日、神戸地検の構内に出向き、全員でこぶしをふり上げ、抗議の気勢を上げた。「週刊朝日」に掲載された写真は、先鋭的な労働運動を彷彿させるものだった。

話題性が増したことで『捜査一課長』の売れゆきに弾みがつき、発売一ヶ月後に一万五千部、二ヶ月後に八千部増刷された。

しかし発売約三ヶ月後に暗雲が漂う。五月二十三日、再逮捕された保母の「自由を取り戻す会」の五人が抗議のために集英社にやってきたのだ。五人は、「でっち上げの再逮捕に手を貸すような本を出版した責任を問う。謝罪し、『捜査一課長』を絶版・回収してもらいたい」と要求した。

これに対し大波加は、「あのタイミングで再逮捕されることを我々が知っているはずがない。もし知っていたら、あの時期の出版は見合わせた。絶版・回収には応じられないが、重版は当面見合わせる」と回答した。

『捜査一課長』を出したあとも、清水の怒涛の刊行ペースは衰えず、翌三月に、日韓の黒い癒着を証人喚問で明らかにするという社会党代議士の発言で幕を開ける政治サスペンス『赤い絨毯』(徳間書店トクマ・ノベルズ)、九編からなる短編集『総合商社広報室』(青樹社)、四月に、三菱油化をモデルに組織の腐敗と社長追放劇を描いた『背信重役』(光文社)、五月に、悪徳金融業者に喰いものにされる東証一部上場の空調メーカーの愛憎劇を描いた『副社長』（光文社カッパ・ノベルス）と、続々と新作を発表していった。

この頃、清水の家に警視庁捜査四課から電話があり、話を聴きたいといわれた。

清水はなんのことかわからなかったので、知り合いの広報コンサルタントに相談の電話をかけた。

清水と同年配で、虎ノ門にオフィスをかまえ、企業の裏情報や警察の内情に詳しく、以前「週刊現代」の記者をしていたときは富士銀行雷門支店事件を取材した西尾次郎だった。

清水は以前から「多摩川の真んなかで溺死体が発見されたら、所轄署は東京と神奈川のどっちになるんですか?」といった質問をし、西尾は「頭が東京を向いていたら、所轄は東京」と答えたりしていた。『動脈列島』執筆中には「新幹線で殺人があったら、所轄署は浜松署になるんですか?」という質問もしていた。

「捜査四課っていうのは、『マル暴』（暴力団がらみ）だよね? 話を聴きたいって、なんのことだと思う?」

清水は訊いた。

「それは、例の大手企業の御曹司のからみだという噂があるね」

ある大手企業の御曹司の結婚に関し、清水と付き合いのある総会屋がスキャンダルを掴み、三千万円を強請《ゆす》りとったと噂される事件だった。

「あの会社の広報部長が『うちの会社は馬鹿だ! あんなことに三千万も出すなんて』と嘆いて

たから、間違いない話だろう」

「いやあ、そりゃあ違うんじゃないか。だいたい俺はその件はなにも関係ないから」

「そうだろうけど、総会屋が『金を払わなけりゃ、清水一行に書かせるぞ』とかいってないとも限らないだろ?」

「いやいや、そりゃないでしょ。最近、香港のアングラマネーについて書いたから、その件で聴きたいんじゃないかなあ」

「いずれにせよ、いかないほうがいいと思うけどねえ」

「いや、いってくるよ。やましいことはなんにもないし、なんか疑ってるんなら、ちゃんと説明しといたほうがいいから」


後日、警視庁から戻ってきた清水は西尾に電話をかけ、「話はあんたのいったとおり、例の総会屋の恐喝事件だった。グルじゃないかって疑われて、地下の取調室で十三時間ぐらい事情聴取をされたぜ、まったく!」と憤慨した口調でいった。

3

それからまもなく——

(うーん、なんて面白い小説なんだ!)

角川書店(現・KADOKAWA)の編集者、橋爪懋《はしづめつとむ》はノベルス版の「清水一行選集―闘う男の世界」の一冊を読んで、うなった。

同選集は二年前から双葉社が刊行をはじめた作品集で、『首都圏銀行』以下『小説兜町』『同族企業』『燃え盡きる 小説牧田與一郎』『相場師』など三十作品を出しているところだった。

（せいぜいキヨスクの作家だと思っていたけれど、こんなすごい作品を書いていたとは！）

キヨスクは国鉄（現・JR）の鉄道弘済会が駅構内に設置している小売店舗で、新聞や雑誌のほか官能小説など、読み捨てできるような肩の凝らない本を販売している。

三十四歳の橋爪は富山県の出身で、営業をへて、三十歳をすぎて編集者になった。長めの髪を横分けにし、くっきりとした眉で、いつもスーツにネクタイを身に着け、若く堅実なサラリーマンといった風貌である。当時、猛烈な勢いで売れていた森村誠一や横溝正史の文庫を担当し、常に十作品くらいの文庫化作業が進行しているほか、全国各地で開催される森村のサイン会にも同行し、目の回るような忙しさだった。その一方で、コンスタントに作品を出せて、売れる作家も探していた。

あるとき主婦の友社の元編集者で、大衆文学の評論家の武蔵野次郎にそのことを話すと、「平岩弓枝さんと清水一行さんは文庫が十万部以上売れてるから、やってみたら」とアドバイスされた。武蔵野はいろいろな作家の文庫の解説を書いており、当時は部数が十万部を超えると解説者にも追加で原稿料が入る仕組みだったので、どの作家の作品が十万部を超えているかを知っていた。

橋爪は清水の作品を一通り読み、いけると確信し、社長の角川春樹に文庫化を進言した。

当時、角川春樹は三十六歳。飛ぶ鳥を落とす勢いの業界の風雲児だった。父角川源義《かどかわげんよし》が國學院大學文学部を卒業後、取次の栗田書店で半年、創文社で半年働いたあと、昭和二十年に創業した角川書店に入社した。同社は昭和二十七年に「昭和文学全集」で成功し、昭和三十年代に入ると、国語辞典や教科書の分野に進出し、地歩を固めた。しかし、春樹が入社した昭和四十年頃には、編集部で石を投げれば学者か俳人か歌人にあたるという堅い学術出版路線がいきづまり、著者印税の支払いも遅れるような赤字状態に陥っていた。

春樹は父親と対立しながら、文庫のカバーを美しいカラー刷りに変えたり、『ラブ・ストーリィ　ある愛の詩』や『ジャッカルの日』など、外国映画の原作を出版したりして、大当たりをとっていく。昭和五十年には父の死去にともない、社長に就任した。

角川書店は、新潮社、岩波書店とともに、文庫本の分野で先行していたが、おりしも講談社や中央公論、文藝春秋、集英社など大手が参入しはじめ、文庫本戦争が勃発。迎え撃つ春樹は、昭和五十一年に公開した『犬神家の一族』を皮切りに、一作に自社の年間売上げの一割以上の費用を注ぎ込み、『人間の証明』など横溝正史や森村誠一の話題作を映画化（これ以降、『野性の証明』『悪魔が来りて笛を吹く』『蘇る金狼』『戦国自衛隊』『セーラー服と機関銃』などが続く）。同時に文庫本を売りまくる「メディアミックス」で赫々《かつかく》たる成果を上げる。また長く売れる良質な作品を収録し、書棚に大切に並べておくものとされていた文庫を、エンターテインメントの読み捨て路線にがらりと変え、このスタイルを圧倒的なテレビCMや雑誌広告で全国に宣伝した。

春樹の経営は、編集者から直接話を聞き、即断即決するスタイルだった。なにか問題があれば「よしわかった。俺も今から一緒にいこう」と立ち上がるので、編集者たちにとって頼りになる兄貴分のような存在だった。

橋爪が社長室にいき、「清水一行という作家なんですが、経済小説や推理小説を書いていまして、集英社の文庫もよく売れています。ひととおり読んでみましたが、ぐいぐい引き込む力はすごいです。ハッピーエンドはほとんどないのですが、読み終わったあとのやりきれなさとか憤りが、ものすごく心に突き刺さってきます。是非とも角川文庫に入れたいと思いますが、よろしいでしょうか?」とお伺いを立てると、春樹は「よし、すぐいけ」と即座に了承した。


橋爪は早速清水に連絡したが、多忙な清水はなかなか会ってくれなかった。

武蔵野次郎の名前などを出してアプローチを続け、ようやく面会に漕ぎつけた。

鷺宮の家の応接室で清水に会った橋爪は、勢い込んで口火をきった。

「清水先生のお作品を、ものすごく感動して読ませていただきました。先生のお作品はどれも買いですから、角川文庫で全部買いにさせてください!」

橋爪の頭のなかには、実在の大阪・北浜の相場師、畠中平八をモデルに書いた清水の作品『相場師』があった。清水がデビューした翌年に大阪に数ヶ月間滞在して書いた作品で、最初、文藝春秋から『賭け』というタイトルで出版され、二年前に双葉社の「清水一行選集」収録にあたって『相場師』と改題された。物語の舞台は不況の昭和四十年。北浜の証券マンである主人公が、罫線をみて六十年に一度の大相場を予感し、金策に駆けずりまわって相場に挑むが、最後は敗れるという波乱万丈な生きざまを描いた。小豆の先物市場を舞台に、テレビドラマ化や映画化もされた梶山季之の『赤いダイヤ』(昭和三十七年)を彷彿させる躍動感のある物語で、主人公が

「みんな買った！」「三十万株買いやで！」「四十万買いや！」という大阪弁で買い上がる場面が非常に印象的だったので、橋爪は思わずその言葉を使った。

　橋爪の申し出に対し、清水は一瞬、ほうという表情を浮かべたが、「ちょっと考えさせてください」と冷静に答えた。


　夏――

　猛暑の影響で女性のタンクトップやベアトップが流行し、南太平洋をイメージした矢沢永吉の資生堂のＣＭソング『時間よ止まれ』がテレビで流れ、夜になると新宿歌舞伎町や六本木のディスコが若者たちの熱気でむんむんしていた。

　ある晩、清水が家で夕食を終え、宵寝をしていると電話がかかってきた。

「ここは、清水一行の家だろう？　清水はいるか？」

　見知らぬ男が、名前も名乗らずにいった。

「今、清水は休んでおりますが」

　電話をとった美恵がいった。

「清水は、今、『小説宝石』で『頭取室』という小説を連載しているだろう？　あれはけしからん小説だ」

　『頭取室』は、次期頭取の座をめぐる相互銀行内部の暗闘を描いた作品で、年末に光文社の「カッパ・ノベルス」から刊行を予定していた。日本で五指に入る大手相互銀行が舞台で、野心的な男が権謀術数の限りを尽くして派閥をつくり、容赦なく敵を切り捨て、資金量を拡大し、四十五歳の若さで頭取の座を手に入れる過程を描いている。モデルは東京相和銀行である。

「今から爆弾をもって、お前の家を吹き飛ばしにいくぞ。お前の家は〇丁目×番地で、門は黒い鉄の門で、清水の部屋は母屋の二階だろう。みんなわかっているんだ。覚悟しろ！」

「どうぞいらっしゃってください」

「嘘だと思ってるな。こっちは本気なんだぞ」

「ええ、そうでしょう。お待ちしています」

美恵が平然としていうと、男はどこか怯んだ気配になり、結局、姿をみせなかった。


それからまもなく――

千代田区富士見町にある角川書店の編集部で、橋爪は悶々としながら清水からの連絡を待っていた。赤鉛筆を手に、担当している作家の文庫のゲラをチェックしていたが、心配のあまり手につかなかった。

先日、社内の企画会議で清水の作品の文庫化を提案したところ、角川書店にとって初めての作家なので、営業部門などから、角川文庫に入れるほどの作家なのか、どの作品からはじめるのか、どれくらいの部数を刷るのが適当かといったさまざまな点に関し議論が出た。橋爪が懸命に説得し、企画をとおしたものの、推理作家協会賞を獲った『動脈列島』から文庫化させてもらうという条件が付けられた。

同作品は『小説兜町』と並ぶ清水一行作品の双璧で、まだ文庫化されていない垂涎の的である。こちらから文庫化をお願いしておきながら、『動脈列島』からはじめたいと申し出るのは、図々しさもはなはだしいと橋爪は悩んだ。また文庫の世界では格が高いとされる角川書店が、「この作品を差し出すなら、うちの文庫に入れてやる」という高飛車な態度に出ていると取られる可能性もあった。

橋爪は、一蹴されるのを覚悟して鷺宮の家に出向き、辞を低くして切り出した。

「『動脈列島』で、清水先生の角川文庫での幕開けを飾らせてください」

これに対し、清水は少し考えてから口を開いた。

「うーん、俺としてはまあいいけどねえ……。ただあの作品は、集英社文庫に入れることになってて、今、ゲラ刷りが進んでるんだよな」

「えっ⁉」

ゲラ刷りの段階にあるということは、当然、社内の企画会議をとおっており、途中で止めるのは相当難しい。また清水の文庫は美濃部修がいる集英社の牙城で、両者の結びつきは非常に強い。

「それは……どうしたらいいでしょうか？」

橋爪は、全身からじんわり汗がにじみ出てくる。

「うーん……」

清水は思案顔になった。シリーズの最初をインパクトのある作品で売り出すという販売戦略は理解できる。しかし、担当の美濃部に「駄目だよ一行ちゃん。ここまで進んだら、止めるなんてできないよ」といわれれば、著者の清水といえど、ごり押しは難しい。

「じゃあ、今週、美濃部さんとゴルフをする予定があるから。そのとき話して、あなたに連絡するよ」

「そうですか。よろしくお願い致します」

橋爪は頭を下げた。

その日以来、橋爪は二人の話し合いの結果に気をもみながら、毎日をすごしていた。

「橋爪さーん、お電話です」

橋爪が自分のデスクで仕事をしていると、若い社員の一人がいった。

「清水です」

受話器をとると、迫力のこもった低音の声が流れてきた。

「例の件だけれど、集英社の美濃部さんに、あなたから直接頼んでみてください」


橋爪は直ちに美濃部に連絡をとった。

美濃部は、「清水さんから聞いてるよ」と冷静な口調でいって、会うことを了承してくれた。

二人は都内の喫茶店で会った。休暇中だという美濃部は普段着姿でやってきた。

「美濃部さん、清水先生のお作品を角川文庫で出させていただきたいと思っておりまして、社内の了解もすでに取りました」

橋爪は、喫茶店のテーブルで神妙に切り出した。

「ただ、会社のほうから『動脈列島』からやるように条件を付けられてしまいまして、ちょっとこれはどうすることもできない状況で……。集英社さんのほうですでにゲラも進んでいるとお聞きしまして、本当に申し訳ないんですが、なんとか譲っていただけないものでしょうか？」

橋爪は懸命の思いで頭を下げる。美濃部に「ふざけるな！」と断られてもおかしくない話である。

「困ったねえ……」

四十九歳の美濃部は、銀縁眼鏡の都会的な顔に、渋い表情を浮かべた。

それをみて橋爪はますます心苦しくなる。一度企画会議をとおって、ゲラ刷りまで進んだものを中止するとなると、社内できちんと理由を説明しなくてはならない。経営陣や営業部門からは当然不満が起きるし、場合によっては、担当編集者の失態であるとみなされる。ましてや大きな部数が期待できる『動脈列島』を譲ってくれという話である。

「清水さんは、いいっていいってるの？」

美濃部が橋爪をみて、訊いた。

「はい、一応。集英社さんが了承してくだされば、という前提だと思いますが」

「そうか……」

美濃部はコーヒーを口に運び、しばらく考える。

周囲の席では、仕事の途中のサラリーマンが新聞を読みながらタバコを吸っていたり、買い物にきたらしい身なりのよい婦人同士がお喋りをしたりしていた。コーヒーは一杯三百三十円である。

「わかりました。社内で話してみましょう」

美濃部がコーヒーカップを受け皿に戻していった。

「えっ、本当ですか⁉」

「うん。今、清水さんを出版界でメジャーな存在にしようと思ったら、やっぱり角川さんのような大手からも出していったほうがいいと思うから」

角川文庫は、新潮文庫、岩波文庫と並ぶ御三家であり、角川春樹社長のメディアミックス戦略で、日本中を席巻している。

「書店の棚のいろいろな文庫のところに清水さんの作品があれば、読者に手にとってもらえる機会も増えるし。ただうちもゲラまで進んでるから、角川さんの半年あとかそこらに、二次文庫を出させてもらうけど、それはいいよね？」

二次文庫は、他社から出ている作品を文庫化するもので、当然一次文庫より売れゆきは落ちる。

「は、はい。それはもう」

橋爪が答えると、美濃部は、じゃあそういうことにしようという表情で微笑した。

（譲ってもらえるのか⁉　しかし、ここまで大局的に、作家のことを考える編集者がいるのか……）

橋爪は、美濃部の態度に感銘をおぼえた。このときはまだ、清水と美濃部が終戦直後の共産党活動で同じ釜の飯を食い、戦友か兄弟のような関係であることは知らなかった。


美濃部が集英社の社内を説得してくれたおかげで、翌昭和五十四年五月、清水の角川文庫第一作『動脈列島』が刊行された。初版九万部で、十四刷・十九万八千部まで部数を伸ばした。

続いて八月に『買占め』、九月『毒煙都市』、十一月『最高機密』、十二月『時効成立　全完結』と、この年だけで五作が角川文庫から刊行された。清水は橋爪に対し、「文庫化する作品や順番はすべて自分のほうで指示しますから、それにしたがってください。初版は六万部でお願いします。角川文庫の隅っこにおいてくだされば、それで結構ですから」といった。

一方、集英社もこの年十二月に『動脈列島』の二次文庫を刊行し、翌年三月に『神は裁かない』、六月『相場師』、十月『動機』と、引き続きコンスタントに清水の作品を文庫化していった。

翌昭和五十五年十月には、徳間書店も文庫を創刊し、清水の『赤い絨毯』が、西村寿行『君よ憤怒の河を渉れ』、大藪春彦『黒豹の鎮魂歌（第一部〜第三部）』、小松左京『飢えなかった男』、平井和正『新・幻魔大戦』などとともに、創刊ラインナップを飾った。

日本中の書店の棚に、松本清張、森村誠一、横溝正史、筒井康隆、星新一、勝目梓、大藪春彦といった多作な人気作家の作品とともに、清水の文庫がずらりと並ぶようになった。

出版界の「文庫ブーム」は、清水に大きな経済的恩恵をもたらした。それまでは、連載原稿料と単行本の印税しかなく、そのなかから少なからぬ額の取材費を払わなくてはならなかったが、文庫の印税がどんどん入るようになり、懐事情が大幅に改善した。特に清水のように、作品点数の多い作家にとって、「文庫ブーム」は強力な追い風になった。

4

昭和五十四年初夏——

西軽井沢は天候にめぐまれ、爽やかな風が青葉の梢を吹き抜けていた。

清水一行は、ゴルフ帽に明るい色のトレーナー、高級感のある革のゴルフシューズをはき、大浅間ゴルフクラブのティーグラウンドに立った。

すぐそばに浅間山（標高二五六八メートル）がそびえる名門ゴルフ場だ。軽井沢の追分にある清水の別荘からは車で十分前後である。昭和三十年に政府が湾岸道路計画を発表し、江東区東雲《しののめ》にあった「東雲ゴルフ場」が移転しなくてはならなくなったため、元貴族院議員で東京都長官だった松井春生が中心となって建設し、昭和三十八年に開場した。

目の前に刈り込まれた広いフェアウェイがプロムナードのように延びていた。左右にカラ松林、正面に八ヶ岳連峰の高い山々が青い屏風のように連なり、爽快感をもたらす風景だ。

「……じゃあ、いかせてもらいます」

清水がマグレガーのドライバーを手に、ティーグラウンドに立つ。

みるからに迫力のある長身で、ビュッとドライバーを一閃させると、小気味よい音とともに白球が晴れ渡った空に舞い上がった。

「ナイスショーッ！」

編集者や取材スタッフが、歓声を上げる。

清水のゴルフは、豪快なロング・ドライブがもち味で、ロングホールの第二打をアイアンでツーオンさせる。長打が要求される大浅間のコースはうってつけだった。

（うん、いったな……）

清水は満足そうに白球の行方を確かめると、打ち下ろしのコースの右手に視線を転じる。

標高一〇〇〇メートルの高さから、佐久盆地を遥か彼方に見下ろすことができた。家々の屋根が、無数の小さな四角い鏡を敷き詰めたように銀色の光を反射し、山の麓できらめく湖面のようだった。中心は佐久市で、清水が三歳から八歳まですごした旧滋野村もその一帯にある。その風景をみるたび、清水の胸に懐かしさとほろ苦さが去来した。ここに別荘をもった理由の一つは、岩村田のおばさんや、実母・華の妹である「ねえちゃん」の墓参りにいきやすいことだった。

全員が打ち終わると、四人は次の地点に向かって芝生を歩きはじめる。

「清水先生、ここのコースはよく飛びますねえ。平地より一〇ヤードくらいよけいに飛ぶ感じがしますね」

清水の速足《はやあし》に懸命に合わせながら、編集者の男がいった。

「ここは高地で、空気抵抗が少ないからなあ。アイアンで一番くらい違うだろ?」

清水がきびきび歩きながら、満足そうな笑みを浮かべる。

コースは、松の木のいい香りに包まれていた。

「ところで、宗田さんの『未知海域』、かなり評判いいみたいですね」

「うん、あれはよく書けてる。おととしシンガポールなんかにいって、取材してたからなあ」

清水の取材スタッフの一人である宗田理は、先ごろ、河出書房新社から『未知海域』という長編を出版し、小説家デビューを果たした。漁業会社の漁労部長だった三十五歳の主人公が、ニュージーランド付近の未知海域でニシンの漁場を発見したあと行方不明になった水産大学時代の同級生を捜索するという国際サスペンス小説だった。二年ほど前から大きな話題となっている二〇〇カイリの漁業専管水域や、水産資源の国際的争奪問題をおりまぜ、第二次大戦に従軍した水産物専門商社の社長、謎の中国人美女、国益と自分の出世しか考えていないエリート警察官僚など、個性的な人物を登場させ、ダイナミックなアクションでぐいぐい読ませる作品だった。

「しかし、宗田さんも水くせえよなあ。俺にひとことといってくれりゃあ、もっといい出版社を紹介するとか、いろいろ面倒みられたのに」
清水は、自分の取材スタッフに限らず、作家志望者や新人の面倒をこまめにみていた。出光興産をモデルに、組織の論理に痛めつけられる優秀な若手エンジニアを描いた『虚構の城』で三年前にデビューした高杉良が、まだ業界紙「石油化学新聞」の記者をしていた頃、「一日も早く一足脱ぎなさい。二足のわらじをはくのはしょせん無理だ。ネタがなければ僕がいくらでも提供します。小説誌や週刊誌を紹介するから、必ず（連載を）受けるように」と励まし、執筆の口をいくつも紹介した。このあたりは経済小説の先輩の城山三郎が孤高に徹しているのとは対照的である。

清水は経済小説をきわもの扱いする大手出版社や文壇に強い反発心をもっており、この分野を盛り立てようと、新人であるか否かを問わず、書き手の力になろうとしていた。また他人の作品を批判したり、悪口をいったりすることは一切なかった。

この年、清水は、公園で昏睡状態で発見され、その後死亡した若い女性の謎に満ちた過去を解き明かす推理小説『女患者』（光文社カッパ・ノベルス）、業績不振の電機メーカーで突然指名解雇された人々の悲哀を描く『指名解雇』（青樹社）、資産家の娘である医大生をレイプした妻子ある講師のバラバラ死体事件の捜査を描く推理小説『七人心中』（集英社）、博打と任侠の世界で火花のように生きる男を描いた『太く短かく（上）青雲編』（双葉社）など五つの新作を出版した。

翌昭和五十五年も、自動車メーカーのマツダをモデルにした『世襲企業』（光文社）、密室殺人事件の謎解きを軸に総合商社の国際商戦を描く『男の報酬』（祥伝社ノン・ノベル）、会社を憎んで機密文書を漏洩する中年社員の屈折した心情を描く『機密文書』（青樹社）、大手ゼネコンの骨肉の後継者争いを描く『血の河』（実業之日本社）、商事会社の屈折したエリート社員を描いたものなど七つの短編集『辞表提出』（青樹社）、麻雀小説などの短編集『九連宝燈』（角川文庫）、医大理事を務める産婦人科病院長の監禁脅迫事件に端を発するサスペンス『医大理事』（光文社カッパ・ノベルス）、中ピ連代表榎美沙子をモデルにした『密閉集団』（集英社）と、精力的に新作を発表していった。

こうした量産を支えていたのが、取材スタッフの存在だ。清水は随時彼らに連絡し、仕事を依頼していたほか、年末に築地の料亭で忘年会を開き、翌年一年間の仕事の割りふりをしていた。忘年会に呼ばれるのは、通信社や業界紙の記者、小説で新人賞を獲れるくらいの書き手など、筆力のある者たち十人ほど。全員が本業をもっており、空いている時間に清水の仕事を請け負っていた。単にネタや資料を提供するだけの取材スタッフは呼ばれない。

会がはじまると、皆が酔っ払わないうちに、清水の番頭格である宗肖之介《そうしようのすけ》が「えーと、徳間から書き下ろしの長編の依頼が一本、集英社からも一本きてます。ついてはあなたとあなた、引き受けられませんか？」と飲みはじめた男たちに声をかける。引き受けるというのは、取材をして、関係者の会話も盛り込んだリアリティのある取材原稿を書くことだ。「いや、今は手もちのネタがないので」と答えたりすると、「そういわずに。来年の後半の話だから考えといてくれ」と押し返す。「週刊誌からも連載が一本きてる。これは取材が結構大変だから、データマン（資料収集係）をつけます。だから、あなた引き受けてください」とか、「『問題小説』から短編の依頼がきてる。これは、あなたお願いします」「あなたとあなたは、上期と下期に一本ずつ引き受けてください」と仕事を割り振っていく。そうやって翌年の割りふりができたところで、清水が立ち上がり、「皆さん、誠に申し訳ない。今年一年間、散々働いてもらって、また来年もお願いする形になるけど、ひとつよろしくお願いします」と挨拶し、梁山泊のような雰囲気で本格的に飲食がはじまる。

こうした一種の「プロダクション方式」は、漫画家や雑誌では一般的である。作家では、清水のほか、梶山季之、大下英治などがこのやり方である。また彼らほど大規模でなくとも、山崎豊子のように、資料を集めたり、取材をしたりする専任の助手をもっている作家や、一人か二人の非常勤の取材スタッフをもっている作家は少なくない。

なお取材スタッフを使わず、清水が自ら取材して書く作品も数多くあった。

第七章　信濃追分

1

昭和五十六年三月――

清水は、日産自動車内で「塩路天皇」と呼ばれ、上は社長から下は課長クラスの人事にまで介入していた同社労組（組合員約二十三万人）のトップで、自動車総連会長でもある塩路一郎と組合の実態を推理小説仕立てで赤裸々に描いた『偶像本部』を双葉社から刊行した。

作品の材料を提供したのは、かつて清水の取材スタッフを務めたことがある武田一美《かずよし》だった。青山学院大学卒の武田は、学生運動をやっていたため就職に苦労し、大学の先輩である森村誠一の紹介で清水のところで働くようになった。清水に紹介されて梶山季之の仕事を手伝ったあと、青樹社に入って清水や結城昌治、吉行淳之介などを担当した。その後、プレジデント社に移り、この前年に刊行された梶原一明の『日産自動車の決断―世界小型車戦争の時代』（昭和五十五年、プレジデント社）を担当し、塩路のことも取材をしていた。

十代の後半という多感な頃、共産党員として産別会議書記局で働き、労働運動に並々ならぬ思い入れをもつ清水は、『偶像本部』で、労働組合幹部の腐敗、組合員に対するゲシュタポ並みの監視、組合内の権力闘争、使用者側との癒着、警察とのつばぜり合いなどをあますところなく剔抉《てっけつ》した。

清水は同作品について、『いい加減にしろ！　日本人論』（昭和五十七年、光文社）のなかで「組合の専従者の生活費、つまり給料が、組合員が醵出《きょしゅつ》する組合費の中から支給される以上、組合員以上の収入があるというのは、いくら時代が変わっても、けっしてノーマルなこととは言えないはずなのです。ましてや、組合員が醵出した組合費の中から、飲み食いとか個人的な趣味や遊びにまで消費する幹部交際費……など、労働運動の本来のあるべき姿からいって、存在すること自体が不純だとわたしは思います」と怒りをこめて書いている。

その一方で、作品のラストで、組合トップの陰謀で殺人犯にされかけた主人公が、腐敗した組合の現状を糾弾した上で、「わたしはしかしいまこの瞬間も、労働組合の必要性や、労働者の団結がなにものにも替えられないくらい大事だと、信じています」と語る場面も描いた。

この頃、日本はバブル経済への助走をはじめていた。一月に一ドルが一時二百円を割り込み、日銀が大規模な円売り介入を実施し、日経平均株価は史上初の八千円台に向かって上昇を続けていた。二年前に、ハーバード大学教授のエズラ・ヴォーゲルが『ジャパン・アズ・ナンバーワン』を上梓し、日本的経営に注目が集まる一方、農産物（米、牛肉、オレンジ）に続いて自動車の対米輸出が標的にされ、五月に日米は初の対米輸出自主規制に合意し、初年度は百六十八万台を上限とすることになった。

夏――

鷺宮の閑静な住宅街に強い日差しが照り付け、蝉の鳴き声がこだまする道に陽炎が立ち、婦人たちは日傘をさして歩いていた。

清水一行は、クーラーのきいた仕事部屋で、取材スタッフの一人である板坂康弘に電話をかけた。

「おい板さん、あんた、二、三日、時間あるか？」

「えっ⁉　ええ、まあ、ありますけど……。急ぎの調べものですか？」

四十六歳の板坂は東北大学中退で、競輪、競馬、麻雀に造詣が深く、清水がデビューして間もない頃から小説の材料を提供してきた。取材活動も手広く請け負い、家電業界の内幕を描いた『怒りの回路』（昭和四十五年、光文社カッパ・ノベルス）の執筆のため、田町駅前の家電のディスカウントショップのオーナーと東芝の暗闘を取材したり、日中戦争で毛沢東のブレーンを務めた人物を埼玉県で捜し出して話を聴いたり、来日した米国の経済評論家の取材をしたりした。

「いや、調べものじゃないんだ。今日、桃園《とうえん》書房の編集者がきてな。あそこがやってる新人賞の話が出たんで、板さんにちょうどいいんじゃないかと思ってね」

桃園書房（中央区八丁堀）は、釣り、アダルト系、漫画などの雑誌・書籍を出版しており、清水も『巨頭の男』『女楽《おんながく》』『好色三昧』といった経済小説や官能小説を出版している。

「えっ、新人賞ですか？」

板坂は元々物書き志望で、新人賞が獲れるものなら獲りたいと思っていた。しかし、日々の暮らしに追われ、応募作を書き上げたことはなかった。

「『小説ＣＬＵＢ』の新人賞だ。枚数は四十枚以上、八十枚以内。基本は官能小説だな。もう締め切りはすぎてるけど、二、三日なら待てるそうだ」

「小説ＣＬＵＢ」は桃園書房から出ている官能小説や推理小説が中心の月刊小説誌だ。

「審査員に宇能鴻一郎がいるから、いいもの書いたら、推してやれるぜ」

清水は力づけるようにいった。三歳年下の宇能とはゴルフ仲間だった。

「どうだ、書けるか？」

「は、はあ……劇画の仕事もやってましたんで、その世界を舞台にしたもんなら」

板坂は、『雀鬼流転』（徳間書店）、『雀鬼子守唄』（廣済堂出版）といった麻雀漫画の原作を手がけていた。

「おお、いいじゃないか。頑張って書けよ」


清水が推してくれるというのは、非常に心強かった。板坂は急いで『裸婦の光線』という七十八枚ほどの官能小説を書いた。ある劇画家が同じ若い男をどの作品のなかにも一ヶ所だけ登場させていることに劇画の原作者が気づくことから物語がはじまる、推理小説的な雰囲気の作品だった。

原稿を一読した清水は「うん、よく書けてる。謎かけもきいてるし、女子大生との官能シーンも新鮮だ。こういうのは俺には書けねえな」と笑った。清水が書く官能シーンは、玄人女性や人妻とのものが多く、艶っぽさや陰影が特徴だ。これに対し、板坂のものは垢ぬけたエロチシズムだった。「ラストの種明かしがちょっと弱い感じもするけど、まあ八十枚の短編だから、仕方ないだろう。これで応募してみろ。宇能さんに話しといてやるよ」

「有難うございます！　よろしくお願いします」


同年冬——

晴れの日が多く、例年になくすごしやすい師走だった。

清水は、自宅の仕事部屋の椅子にすわり、口述筆記をしていた。

「……わたしには学歴がありません。九州の生まれで氏素性も知れています。しかし株の世界は努力と実力だと思います。いかがでしょうか。……忠は坐り直すようにしていった」

タバコをくゆらせながら、メモもみずに、小説の原稿を口述していく。

光文社の「週刊宝石」の創刊（十月十七日）号から連載がはじまった『大物』という小説の九回目の原稿だった。

立花証券会長の石井久をモデルにした主人公、菅原忠が、紅葉川《もみじがわ》証券の沼川専務に給料はいらないから働かせてくれと頼む場面だ。時は昭和二十三年である。

清水は「週刊スリラー」時代に石井を記事にしたこともあり、人物像は昔からよく知っている。

「そらま、そうだがね。……努力では、誰にも負けない自信があります。……しかしなにも知らないんだろ」

沼川と菅原のやり取りを、清水の前にすわった秘書の高地《こうち》俊江が、誰のセリフなのかを阿吽《あうん》の呼吸で聞き分け、懸命に書きとっていく。

静岡県出身の高地は、見た目は華奢で、明るい性格の女性である。

立教大学の四年生だった昨年暮れ、親が決めた会社に就職が内定していたが、朝日新聞で「作家秘書募集」という広告をみて、清水のことはまったく知らなかったが、面白そうなので応募してみた。応募要領にあった原稿用紙十枚ほどの文章を書いて履歴書と一緒に送ると、電話がかかってきて「五十人応募があって、あなたは最終選考の五人に残った。ついては面接にきてほしい」と告げられた。急いで『動脈列島』だけを読み、鷺宮の家に出向くと、応接間のソファーに並んですわった清水、宗田理、高橋健二の三人にじーっとみつめられ、「あなたが面接の最後の五人目なんだけれど、あなたにお願いしたいと思っています。だから決まったあと、断らないでくださいね」といわれ、「断りません」と返事をした。大学の卒業式の日だけは休みをとらせてもらうという条件で、年明けから働きはじめた。妻の美恵からは「秘書っていっても、全然格好よくないのよ。だからがっかりしないでね。お茶汲みもするし、色んな雑用も手伝ってもらうし、だから全然格好よくないのよ」と念をおされた。

仕事は午前九時から午後五時までで、残業をすることはほとんどなかった。土曜は半ドンで日曜は休みである。そのほかの待遇は世間のきちんとした会社に準じ、社会保険にも加入した。午前中は、週刊誌の連載一回分（原稿用紙で十七枚程度）の口述筆記をやり、清水の大きな仕事部屋の一角に置かれた机で原稿用紙に清書していった。清水は、清書したものに目をとおすことなく編集者に渡し、ゲラもみないで週刊誌に掲載され、やはりゲラもみずにそれがそのまま単行本になった。メモもみずに口述したものが、推敲もせず、ゲラに手を入れることもなく単行本までいき、しかもきちんと面白い内容になっているのは驚異的だった。そうした能力は、雑誌のアンカーマンの経験で培われたものだった。

昼休みは午前十一時半から午後一時まで。清水、美恵と一緒に三人で、美恵がつくった昼食をテーブルで食べた。この翌年から、ちょうどタモリの『笑っていいとも！』が放送されるようになり、食事をしながら三人でよくみた。時には清水が「今日は蕎麦を食べにいこう」といい、三人で近所の蕎麦屋に出かけることもあった。午後の仕事がはじまる前には必ずコーヒーを飲んだ。たいてい美恵が淹れたが、高地や清水が淹れることもあった。午後三時には三十分のおやつ休みがあった。清水は甘いもの、特にあんこが好物で、美恵のてづくりのぼたもちが時々出た。

昼食時に編集者が訪ねてくることも多かった。忙しい清水は、どうせ毎日昼食をとるのなら、打ち合わせも兼ねてやれば時間の節約になるという発想だった。刷り部数が多い角川書店の橋爪がくるときは特別で、必ず鰻《うなぎ》の出前をとった。橋爪はたいていカジュアルなジーンズ姿でやってきた。

午後からは、書き下ろしの長編の口述筆記をやったり、清水が書いた原稿を清書したり、資料の整理その他の雑用をやったりした。三十分に一度、ほうじ茶と緑茶を決められた順番で清水に出すのも仕事だった。手が空いたときは、清水の作品を一生懸命読んで、清水独特の漢字の使い方や表記の仕方をおぼえるようにした。清水は考えごとをしているとき、タバコで机をトントンと叩く癖があり、その音がすると、高地は、先生考えているんだなあ、と思った。

ときには清水の取材についていき、テープを回しながら話を聞いたりもした。はとバスを材料にしたミステリーを書く構想があったときは、清水、宗田と一緒に、はとバスの夜の大江戸コースに乗った。宗田と一緒に、濃縮ニコチンを心臓の上の皮膚にすり込んで人を殺せるかどうかという話をフグを食べながら聴き、そのネタは『新人王』（昭和五十七年、双葉社）という競輪選手の親子を主人公にした社会派推理小説に使われることになった。本が雪崩を打ってくるような部屋に一人住まいをしている仙人のような人物を清水と取材したときは、相手から皿一杯の野菜サラダを出され、「いただきます」といって食べたら、帰り道に清水に「箸をつけてくれてよかった。こんなの食べられないっていったら、困ったことになるところだった」と感謝された。

清水の生活は判でおしたように規則正しかった。高地が朝八時四十分に鷺宮の家に到着すると、一緒にアメリカン・コーヒーを飲み、九時になると「じゃあ、はじめようか」と口述筆記がはじまった。清水は午後四時半頃まで仕事をすると、ウイスキーの水割り二杯とともに早めの夕食をとり、午後九時頃まで宵寝《よいね》をし、再び深夜まで執筆をしていた。週に二回くらい銀座に飲みにいったり、麻雀をしたりしていたが、酔いや疲れをもち越すことはなく、翌日はいつもどおり朝九時きっかりに仕事を開始した。

平日にゴルフにいくときは、前日に四十枚くらいの原稿を書き、当日出勤した高地は美恵からそれを渡され、分量の多さに圧倒されながら清書した。清水の文字はゆっくり書くときれいだが、高地に渡される原稿は、右肩上がりの跳ねたような文字で書かれていた。右手が腱鞘炎であまり力を入れられず、思考の速度に遅れないよう、ものすごいスピードで書くためで、そのままでは編集者は読めなかった。

翌日――

清水は、『大物』の連載十回目の口述筆記をやった。

「……一人の客が社長の山形を訪ねてきて、机に札束を積み上げた。……東洋紡がいいですよ。

……儲かるかね。……間違いなく儲かります。……じゃ買おうか。……相場を聞いてみます。

……山形は咥え煙草で受話器を取り、ダイヤルを回した」

美恵が編んだ洒落たセーター姿で、タバコをふかしながら口述する。以前は缶ピース一本やりだったが、この頃にはラークが多くなっていた。机の上の灰皿は、吸い殻がたくさん入る大きなものである。

「……世の中は悪性のインフレだった。昔からもっている株を、生活のために売らなければならない人がいる。一方で、闇成金は、金でもっていたらインフレで損をするから、なにか儲かるものを買いたがる。そこで自然発生的な、青空市場ができ上った。やがて特定の場所へ。それが日証館の地下一階だった。忠が兜町へ入った昭和二十三年は、戦後第一回のブーム時である。いわゆるインフレ相場だった」

高地俊江は、清水の口述を一心に書きとる。

室内には、清水がふかすタバコの煙がうっすらとたなびき、書棚の本は皆茶色く変色していた。

清水は本が傷むのを気にして、何度か禁煙に挑戦したが、まだやめられていない。

まもなくその日の分の口述が終わり、清水がいった。

「この続きはちょっと口だといいづらいんで、明日原稿を渡します」

次はお色気シーンが出てくるということだ。男女の行為のなまなましい描写の場面は、清水も恥ずかしくて話せず、原稿に書いて高地に清書させていた。

翌日、朝のコーヒーが終わると、清水は「これ、書いといたから」といって、高地に一束の原稿を渡した。連載の十一回目で「処女妻」というタイトルが付けられていた。ブルーブラックの万年筆で書かれた原稿を読んでみると「初夜以来（菅原忠は）相変わらずなのである。妻の体に無頓着だった。納めるべきところに、さっぱり納めてこない」「そして咲子の柔らかい太腿の間へ、ごしごしと放出するだけだった。おかげでいつになっても咲子は処女妻——」といった文章が続いていた。

その翌日、渡された連載十二回目は「壺の味」、翌々日に渡された十三回目は「貫通の味」で、忠が妻の咲子とちゃんと性生活を送れていないのを心配した咲子の母が、紅葉川証券専務の沼川に頼んで、忠を熱海に連れていき、芸者に男女の行為を手とり足とり教えさせる話だった。忠が四つん這いで芸者の秘所を覗き込んだり、芸者と性行為を行なう様子が具体的かつ詳細に描写されていて、うら若き乙女の高地は赤面しながら清書した。

それからまもなく——

「こんにちはー、お邪魔しまーす」

スタッフライターの板坂康弘が清水の家にやってきた。

「ご依頼の件、取材してきました」

応接間のソファーにすわり、一束の取材原稿を差し出した。

清水が来年刊行を予定している『新人王』という長編小説の取材原稿だった。競輪に詳しい板坂がネタを提供した作品で、新倉米造というベテラン競輪選手が、東北自動車道で不審な事故に遭って死亡する事件に端を発し、第二次大戦前の満蒙開拓団に遡《さかのぼ》る人間関係や、新人王を目指すスター選手の親子関係の秘密が解き明かされていく社会派推理小説だ。ベテラン競輪記者や純真でひたむきな若手競輪選手など、魅力的なキャラクターを配し、競輪の世界に関する専門的な情報や独特の用語をふんだんに駆使し、ラストで深い余韻を与える、競輪版『砂の器』である。

「おお、有難う。助かるよ。何枚？」

取材原稿を受け取り、清水が訊いた。

「五十二枚です」

「オーケー、わかった」

清水は小切手帳を取り出し、万年筆で金額を書き込む。

「どうだい。書いてるかい？」

小切手を差し出して訊いた。

板坂は去る十月、清水の勧めで書いた七十八枚の短編『裸婦の光線』で、第五回小説CLUB新人賞を受賞した。選考委員の宇能鴻一郎は、選評で「エロチシズムも手慣れている。劇画家の世界も、その妻との情事もいい。当選作として十分に水準に達している」、菊村到は「文章もしっかりしているし、話のこしらえ方のツボも心得ていて、すでに新人の域を脱している。（中略）セックス描写が即物的にすぎて、正直なところ、少々、私の好みには合わないが、宇能さんは、『新人でこれだけ書ければ立派なもの』と太鼓判をおしてくれた」、都筑道夫は「この作者、じゅうぶん書きつづけて行けるに違いない。だから、こまかい注文をつけさせていただくが、劇画家がいつも画面のどこかに、おなじ顔の青年をえがきこむ謎は、もうひとひねりするべきだろう」と述べた。

「有難うございます。おかげさまで、ぼつぼつ注文が入ってきてます」

がっちりした風貌の板坂は、照れくさそうに答えた。

「そうかい。そりゃあよかった。頑張って書き続けろよ」

清水は板坂の受賞を祝う会も開いて激励し、編集者たちにもこういう新人がいるから書かせてやってくれと頼んでいた。

その後、板坂は徐々に取材スタッフの仕事を減らして独り立ちし、『丸の内の狩人』（サンケイ出版）、『限りなく優しい関係』（光風社出版）、『未亡人犯す！』（大陸書房）、『赤い欲望連鎖』（実業之日本社）といった官能小説をコンスタントに出版していった。「小説ＣＬＵＢ」や「小説宝石」で連載ももち、二十年以上にわたって作家として書き続けた。

2

翌昭和五十七年七月――

西軽井沢では、アカマツ、カラマツ、ナラ、クヌギ、モミなど、寒冷地や山地によくみられる木々のなかの林道を風が吹き抜け、高い木々の梢のあいだから、夏の明るい日差しが降り注いでいた。

清水は、西軽井沢の追分にある別荘のリビングで、朝食後のコーヒーを、取材スタッフの宗田理、秘書の高地俊江と飲んでいた。三人とも夏の避暑地にふさわしい、涼しげな普段着姿である。

別荘は、信越本線の信濃追分駅から、西の方角へ車で数分いった場所にある。ヨーロッパのスキーロッジふうの二棟の建物からなり、高さ一メートルほどの石垣で囲まれた広い敷地に建っている。母屋は二階建ての堂々とした佇まいで、急傾斜の茶色い三角屋根に四角い煉瓦の煙突が載っている。鉄筋コンクリートづくりで、壁はクリーム色。高床式のベランダがついており、そこにテーブルや椅子を出してくつろぐことができる。母屋にくっついた別棟は、一階部分が駐車スペースで、二階部分が清水の仕事部屋である。横三〇メートル、奥行き一五メートルくらいの大きな芝生の庭には松などが植えられ、練習用のゴルフのバンカーが設けられている。付近には別荘がいくつかあるが、これほど大きく、また石垣に囲まれたものはなく、清水の別荘は一段格上といった感じである。

清水は毎年、七月上旬から九月中旬くらいまで別荘で執筆した。メンバーは宗田と高地で、高地は月曜日に東京から電車でやってきて、金曜日にまた電車で東京に戻っていく。週末には、美恵がやってきて、掃除や洗濯をしたり、料理をつくりだめして冷蔵庫や冷凍庫に置いていく。朝は、宗田が散歩がてら、歩いて二十分ほどの店で新聞と一緒に豆腐を買ってきて、味噌汁をつくった。建物はもともと母屋だけだったが、高地がくるようになったのをきっかけに別棟を増築した。仕事のペースは東京にいるときと同じで、朝食とコーヒーのあと、九時ぴったりに口述筆記をはじめ、昼食を挟んで夕方まで仕事をし、清水は水割りを二杯飲みながら夕食をとり、宵寝をし、午後九時頃に起きて、深夜まで執筆した。高地は夕食後本を読んだりして、母屋の二階の部屋で就寝した。家事は三人で手分けしておこない、清水は庭の芝刈り、宗田は布団干しなどをやる。高地は、朝、室内の掃除をしたり、コーヒーを淹れたりするので、東京にいるときより忙しかった。

編集者や取材スタッフが訪ねてきて、午前中か午後、ゴルフにいくことも多かった。梶山季之がつくった銀座のバー「魔里」の大久保マリ子が従業員の女性たちを連れて軽井沢町の万平ホテルに泊り、遊びにくることもあった。亡くなった梶山と付き合いがあった清水は、「魔里」にかよい続け、店には、清水のカラオケ用の手帳のような歌詞カードとバランタイン十七年物のボトルを置いていた。梶山に限らず、清水は義理がたく、家に出入りしている電気の修理屋などとも長年の付き合いを続けていた。軽井沢では信濃追分駅前の喫茶店「ぷてろん」のマスターと親しく、マスターが鷺宮の家に泊りがけで遊びにきたりするので、高地は「へえー、こういう付き合いもするんだなあ」と感心していた。

宗田は三年前に『未知海域』で直木賞候補になったあと、『小説・日米自動車戦争』『欲望の靴』『誘拐ツアー』といった国際情報小説や推理小説を祥伝社や徳間書店から出版した。しかし、まだ独り立ちできるほどには売れておらず、月給をもらいながら取材スタッフを続けていた。宗田はかつて「週刊スリラー」で政財界のスキャンダルをスリラー仕立ての読み物にして取り上げていたこともあり、ミステリーの着想が巧みで、清水は重宝していた。『ぼくらの七日間戦争』（角川書店）でブレイクし、ライトノベルの流行作家として踏み出していくのは、この三年後のことだ。

「……じゃあ、そろそろはじめようか」

朝食後のコーヒーを飲み終えると、清水がいった。

三人は立ち上がり、清水と高地は別棟二階の清水の仕事部屋へ、宗田は母屋二階の自分の仕事部屋へと向かう。

「ええと、じゃあ、昨日の続きだな」

大きなデスクの前の椅子にすわり、高地が清書した昨日までの原稿を一瞥し、清水がいった。

目の前の椅子に高地がすわり、ペンと用紙を手に清水の言葉を待つ。

清水は、タバコに火をつけ、煙を一つ吐いてから口を開く。

「大阪でよう考えときますいうのは、協力でけまへんということでっしゃろ。ある議員のところでは、大商の議員百五十人の、全員にお願いに回るつもりだと話したというんです。どう思います。……うん……」

大阪弁で口述筆記がはじまった。

年末に集英社から書き下ろしで出す予定の『小説 財界』の原稿だった。

昨年、大阪商工会議所（略称・大商）の会頭選挙を巡り、現職会頭の佐伯勇近畿日本鉄道会長と長谷川周重《のりしげ》住友化学工業会長が、札束が飛び交う泥仕合を演じ、会議所を真っ二つに割った事件をモデルにしていた。勲章や利権への欲望が渦巻くなか、騒動は約二百日間におよび、収拾がつかなくなり、三人の副会頭に調停が委ねられた。その結果、喧嘩両成敗の裁定が下り、騒動とは無関係の古川進大和銀行会長が新会頭に指名された。古川は健康に不安を抱えていたが、「わたしがいつまでも引き受けないと、大商問題が長引いてしまう」と、就任を受諾した。

「大阪で人にものを頼むときは、あんさんだけが頼りです、ぜひともいうて頼むもんです。それを百五十人の議員一人残らずお願いに回るいうたら、聞いた人はそれやったらわし一人脱けたかて、どうちゅうことはないと思いますがな」

場面は、東京からやってきた長谷川（小説のなかでは小早川）陣営幹部の下手な選挙活動について、仲本という新聞記者と、伊丹空港ビル社長の西原が話しているところだった。

西原は二十一年前にも大商の会頭争いが起きたとき、なりふりかまわぬ猛烈な手法で、自陣候補を勝たせた実績があった。それをみこんだ長谷川陣営から助力を求められ、乗り気ではなかったが、アドバイスをしていた。

「こんなやり方しとったら、逆効果やいうことがわかってしまへん。けどいまなら間に合うんです。西原さんが乗りこんで中心の椅子に坐ったら、互角の戦争ができます。……もういいよ。……西原は吐息を交えて仲本を押さえた」

物語は後半に入り、清水の大阪弁もだいぶ板についてきたが、集英社がゲラでチェックする予定である。

高地はいつものように一生懸命清水の言葉を書きとっていく。

室内には、資料がぎっしり詰まった段ボール箱が置かれていた。

しばらく口述筆記を続けていると、清水の机の上のダイヤル式の黒電話が鳴った。

「清水です」

口述筆記を中断し、受話器をとった。

「清水先生、ご無沙汰しとります。ご執筆のほう、いかがですか？」

受話器から大阪訛りの元気のよい男の言葉が流れてきた。

大阪に人脈をもたない清水が、情報源の一つにした新聞記者だった。清水は『小説 財界』の取材のため五百万円の費用を投じて、取材スタッフや複数の地元新聞記者から情報を集めた。入手した情報の量は原稿用紙で約五百枚で、そのほか自分でも同程度の情報を集めた。

「いやあ、その節はどうも。おかげさんで執筆も順調で、あと一週間くらいで脱稿できそうだよ」

「ああ、ほんまですか。それはなによりです」

相手は嬉しそうにいった。

「そういえばこないだ、俺の家に東田《ひがしだ》が突然やってきたぜ」

東田和四《かずし》は、『小説　財界』の主人公、西原順一のモデルである。二十二年前の大商会頭争いのとき、久保田鉄工の社長室長として選挙戦で辣腕をふるい、同社社長の小田原大造に会頭の座を射止めさせた。その後、久保田鉄工で専務にまでなったが、小田原の二代あとの社長に疎んじられ、規模の小さな名古屋の工場の工場長に追いやられたあと、関西国際空港ビル社長に転出した。

「えっ、東田が⁉　わざわざ大阪から⁉」

東田には、清水の関係者が取材を申し込んだが、門前払いを食わされた。

「俺が奴を主人公に小説を書いてるってどこかで聞きつけたらしくて、『どうしても書くっていうんなら、自分を取材してほしい。でも自分は今回の騒動には無関係だ』っていうんだよ」

「けっ、なにいうとうんやろ⁉　東田は長谷川陣営の知恵袋やったんでっせ」

「そうだよなあ。だから『それじゃ話にならないから帰ってくれ』っていったよ」

「そしたら？」

「『自分は（長谷川を後押ししていた）日東工業の村井八郎会長からいろいろ相談を受けて、それに答えていただけだ。それでも小説の主人公にするんですか⁉』っていってたよ」

「はー、そうでしたか……。まあ、誰を主人公にするかは、作者の自由ですからねえ」

清水は当初、長谷川周重を主人公にしようかと考えていたが、東大法学部卒で役人的な人柄に魅力を感じなかった。また佐伯の参謀である上山善紀《うえやまよしのり》近畿日本鉄道社長は、佐伯あっての上山で、主人公に据えるほど迫力はなかった。

「そもそもこれは小説だし、なんか文句あるんなら、訴えればいいだろって話だよな」

「おっしゃるとおりで。……ところで清水先生、ちょっとまた面白い話がありまっせ」

「ほう、どんな？」

清水は興味深げにいって、椅子の上ですわり直す。

「大阪のミナミで料亭と麻雀屋やってる女将が、何十億円も右から左に動かしとるらしいんですわ」

「料亭と麻雀屋の女将が、何十億円も⁉」

「はい。その女将んとこいくと、一億、二億の預金が簡単にとれるっちゅうんで、三和銀行のいろんな支店の連中が群がってます」

「ほう、三和銀行がねえ！」

「ところがその女将っていうのが、まったくの放漫経営で、八千円の料理を食べた客に三千円のライターをプレゼントしたり、神社のさい銭に何十万円もやったり、占いの水晶玉を八千万円で買ったりしとるそうなんですわ」

「えっ⁉　じゃあ、そんな何十億もの金、いったいどっから出てくるんだ？」

「スポンサーがいるっちゅう噂はあるにはあります。関西の大手電機メーカーの創業家の御曹司とか、証券会社の社長とか、住宅メーカーの会長とか、諸説いろいろです」

「よっぽど美人なわけか？」

「いいえ、わたしもみにいきましたが、ただのおばちゃんですよ、ははは っ。年の頃は五十の後半ですかねえ」

「しかし、仮にスポンサーがいたとしても、何十億もの金を動かすなんてことは不可能だろう？」

「ええ、絶対なんかおかしなことやっとる思いますわ」

「名前はなんていうの？」

「尾上縫《おのうえぬい》います」

「おのうえぬい、か……。そりゃあちょっと面白そうだなあ」

「調べれば、たぶん相当えらいことが出てくるはずです。フォローしときますわ」

翌昭和五十八年七月――

清水は「週刊宝石」に一年五ヶ月にわたって連載した『大物』を「第一部　相場師の巻」「第二部　独眼流の巻」の二分冊で、光文社カッパ・ノベルスから刊行した。立花証券会長（単行本刊行時は社長に復帰）石井久をモデルにした、福岡県筑紫郡大野村牛頸《おおのむらうしくび》の貧農の十三人兄弟の七番目で成績優秀な菅原忠が主人公である。菅原は昭和二十一年に上京し、翌年三月、小岩駅前交番の巡査になる。まもなく、近所の中岡薪炭米穀店の店主夫婦に気に入られ、半ば強引に娘の咲子と結婚させられ、中岡姓に変わる。忠は警察官を辞め、群馬県桐生市の銘仙（平織した絣《かすり》の絹織物）を身体に巻き付けて故郷の福岡に片道三十時間以上かけて汽車で何度も運び、十万円の金をつくる。翌昭和二十三年、二十五歳になった忠は、株取引を勉強するため、兜町の紅葉川証券で無給で働きはじめる。熱心に勉強して頭角をあらわし、歩合外務員になる。紅葉川証券専務の沼川に紹介された有名経済評論家、諸橋鶴松の助言を受けながら、自分のタネ銭十万円で株式投資をはじめ、鐘紡と日清製粉への投資で倍にするとともに、諸橋にも儲けさせる。さらに日本石油と丸善石油で儲け、わずか三ヶ月で三百万円まで増やした。外務員をやりながら自分の金で株を売買し、負けることもあったが、ほぼ勝ち続け、昭和二十五年六月に勃発した朝鮮戦争で特需と株高を迎える。年が明けた昭和二十六年にタネ銭は三千万円を超えた。放漫経営で自主廃業が確実になった紅葉川証券から種崎証券の外務員へと移籍し、その後、大都証券の外務員になる。経営が傾いた丸川証券を頼まれて半年で再建し、株式新聞に「独眼流」の筆名で記事を書き、相場を次々と的中させて名前を日本中に轟かせる。日本の株式市場は、昭和二十八年三月、ソ連の最高指導者ヨシフ・スターリンの死を契機に「スターリン暴落」を経験する。しかし、相場の下落局面でもカラ売りで稼いだ忠のタネ銭は三億円以上にふくらみ、本書が刊行された昭和五十八年の貨幣価値でいうと五十～六十億円という大金となった。忠はその金で、社員十三人の東証非会員の日本橋証券を設立する。翌昭和二十九年十二月からはじまる神武景気で株式相場は活況を呈するが、昭和三十二年六月にそれが終わると、経営が苦しくなった東証正会員の山花証券の身売り話が出る。忠は同社を買収し、日本橋証券と合併して、三十四歳にして従業員五十人の正会員証券会社の社長となるところで物語は終わる。

『大物』は、男性娯楽誌の「週刊宝石」に連載されたこともあり、お色気シーンもふんだんで、コミカルな感じもするエンターテインメントに仕上がっていた。この点、限られた分量のなかに、競輪に関する専門的知識が濃密に投入されている『新人王』とは作風ががらりと異なる。筋と正論をとおしながら成功の階段を駆け上がっていく忠の生きざまは痛快である一方、欲得にかられた投資家や市場関係者の赤裸々な姿も描かれ、読者は物語を楽しみながら、戦後の株式市場の黎明期から神武景気が終わるまでの日本経済と株式市場の生々しい現実を追体験することができる。

ただ清水自身は出来ばえに必ずしも満足しておらず、刊行直後に、取材スタッフの一人である通信社の記者に「いやあ駄目だ」とぼやいた。現実の石井久は確かに傑物だが、戦後のどさくさの時代にきれいごとだけで儲けられるわけではないので、評価が分かれる部分もあった。しかし、そのへんが書けなかったという。「たまたま同じ新幹線に乗り合わせて、石井がトイレにいって戻ってきたとき、目が合っちゃったんだよな。俺の隣の席が空いてたもんだから、石井につかまって、東京駅まで逃げられなかった。面白い話はずいぶん聞けたけど、ひねるべきところをひねられなくなったよ」という。記者の男は「新聞社でも本人の前でいえない悪口は書くなといわれてますから、本人の顔をみて書けなくなったことがあっても、それはそれでいいと思いますよ」と慰めた。

石井の件に限らず、義理がたい清水は、昭和四十九年から同五十五年まで大和証券の社長をつとめた菊一岩夫《きくいちいわお》のことを書くのを見送ったこともある。菊一は叩き上げで、関東軍の銃剣術の大会で優勝したことがあるという面白い経歴の人物だった。一方、会社を私物化しているという批判があり、素材にうってつけだったので、証券業界を取材していた通信社の記者が情報を提供し、清水に書くように勧め、清水も乗り気になった。ところがしばらくすると「書けない」と断念した。わけを訊くと「菊一の息子が徳間書店にいるんだ。徳間には世話になったから書くわけにはいかない」という。徳間書店は「問題小説」創刊号でデビュー二年目の清水を大きく扱い、その後も、力を入れて清水の作品を売っていた。

この年九月、清水の父忠助が亡くなった。清水ら三人の子どもを大切にしてくれた継母のみつは、すでに昭和四十九年に他界していた。

翌昭和五十九年夏――

清水は、取材スタッフの一人、宗肖之介と軽井沢の追分にある油屋旅館で話をしていた。

長野県北佐久郡軽井沢町追分は、中山道と北国街道の分岐点にあたり、江戸時代は追分宿《おいわけじゆく》と呼ばれ、浅間山の麓《ふもと》にある浅間三宿（軽井沢、沓掛、追分）のなかでもっとも栄えた。元禄時代には旅籠屋七十一軒、茶屋十八軒、商店二十八軒を数え、飯盛女（宿場女郎）も最盛期に二百〜二百七十人いたといわれる。しかし、明治維新で参勤交代が廃止されたため、さびれて地味な一帯に変わり、旅館も油屋だけが残った。

「……小説っていうのは、人間を描かなきゃいけないもんだよな」

油屋旅館の板の間の応接エリアにあるソファーで茶を飲みながら、清水がいった。

油屋旅館はかつて追分宿の脇本陣《わきほんじん》（大名の一行などが本陣だけで宿泊できないときに使われる施設）で、頂上部から地面に向かって本を伏せたような山型の瓦屋根をもつ大きな木造建築だ。

東隣に清水が敬愛する堀辰雄が昭和十九年から二十六年まで住んだ家が建っており、清水は、油屋の主人、小川貢とも昵懇《じつこん》にしていた。

「そうですね。経済活動っていうのは、常に根底に人間の思惑がありますから。原点は人間ですよね」

清水のそばにすわった宗肖之介がうなずく。穏やかな顔つきで、細身の男である。年齢は清水より八歳下の四十五歳。清水のスタッフのなかでは筆力があり、自分の名前で雑誌に記事や文芸評論を寄稿し、『ガンからの生還―奇跡に挑む人々』（昭和五十二年、青樹社）という著書もある。

昭和十二年に福岡県大牟田市の三井三池染料工業所で発生し、当時約十一万人の市の人口のうち一万二千三百三十二人が感染し、七百十二人の死者を出した集団赤痢感染事件をモデルに、清水が『毒煙都市』（昭和四十八年、徳間書店）を書いたときは、多忙な清水に代わって事件の資料を読み込んだ。

「そうなんだ。たとえば重役三人の闘争を描くにしても、誰がなにを考えてそういう行動をしたのか、それはどういう人生を送ってきた結果、そうなったのかを書かないと読者の心を摑めない。……それを突き詰めていくのが小説の醍醐味だよな」

清水は我が意を得たりという表情でうなずき、タバコをゆったりとふかす。

このあと、清水の作品だけでなく、松本清張や西村京太郎の作品の文庫の解説なども書くようになる宗は、清水にとって、文学について話せる数少ない相手だった。

「この油屋は、堀辰雄もよく泊まってて、『風立ちぬ』は昭和十一年からここで執筆したそうだ」

清水がタバコの煙を吐き、室内を見回す。

格子戸の窓から、周囲の木立をとおってきた夏の光が降り注ぎ、木の床に光の水たまりをつくっていた。天井から行燈ふうの灯りが下がり、和風の落ち着いた空間だった。

壁には、昭和十二年に油屋が隣家の失火で全焼したとき、二階で午睡中のところを大工に助けられた立原道造が、一年後に油屋の主人に送った和紙に毛筆の手紙が額縁に入れて飾られている。立原は堀より十歳下で、堀に兄事した詩人である。

「『風立ちぬ』は、いい小説ですよね」

宗の言葉に清水はうなずく。

清水は、十代の終わりに結核で四年間の療養生活を送ったとき、堀辰雄の『風立ちぬ』を愛読した。清水と堀は、経済小説と純文学という分野の違いはあるが、ともに東京向島育ちで、十九歳で結核を発病し、信州に縁があるという共通点があった。堀は昭和二十八年に、結核のため、四十九歳の若さで追分の自宅で亡くなった。清水は「自分は死ぬときは、昔の文士のように、四畳半の薄汚い部屋で、なにももたずに野垂れ死にしたい」と時々話していた。

「ところで、例の件、まだいろいろいってきてるんですか？」

「うむ。まったくしつこい連中だよな」

清水はうんざりした表情で、短くなったタバコを灰皿に押しつけてもみ消す。

例の件というのは、六年前に甲山事件をモデルに書いた『捜査一課長』をめぐるごたごたのことだった。

再逮捕された保母の「自由を取り戻す会」から抗議があり、集英社は単行本の増刷を中止した。翌年、清水が祥伝社に話をもちかけ、同社から新書版で二万部が刊行された。そのときは保母の支援団体から抗議はなかった。

しかし、昨年七月に集英社が文庫版（初版十万部）を刊行すると、二ヶ月後に保母の支援団体である「甲山事件救援会」から十五ヶ条の公開質問状が送られてきた。さらに翌十月と十一月に救援会のメンバーたちが集英社を訪れ、①謝罪、②『捜査一課長』の絶版・回収、③本件に関する本を出版することを要求し、それぞれ三〜四時間話し合ったが、議論は平行線だった。

「連中、俺の家にもおしかけてきたんだよな」

「そうらしいですね」

救援会のメンバーたちは、昨年十一月の終わりに清水の家にもやってきた。弁護士も一緒で、話し合いを録音した。

「そのときは、どうされたんですか?」

「あいつらが『あの作品を読めば、誰でも甲山事件をモデルにしたものだとわかって、保母や関係者への名誉毀損だ』っていい張るから、『確かに甲山事件からヒントは得た』と。『しかしあれは小説ですよ』と」

「そうですよね」

「『もしあんたがたがいうように、甲山事件そのものなら、今すぐ『捜査一課長』を百冊でも二百冊でももって、東京駅にいって、通行人に配りましょう』と。『それで読んでもらって、アンケートをとろうじゃありませんか』と」

清水の言葉に宗がうなずく。

「『それでもし、あんたがたがいうように、全国的に周知の事件であるならば、過半数の人が「これは兵庫県の甲山で起きた事件をモデルにしたものだ」と答えるはずですよね』と」

「なるほど。それで向こうはなんと?」

「『東京の人にはわからん』ってぶんむくれで、そこで話し合いは終わったよ」

その後、救援会から集英社に大阪にきて話し合いに応じるよう、再三にわたって「通告書」が送られてきた。集英社がそれを拒否すると、去る二月、「最後通告―闘争宣言」が送られてきて、集英社の出版物の不買運動をおこない、訴訟準備に入ると宣言してきた。

「まあ最悪、訴訟にはなるかもしれんけれど、こっちはなにもやましいことはないから、正々堂々と受けて立って、憲法で保障された表現の自由を主張するだけだよ」


この頃、光文社の編集者、丸山弘順《ひろのぶ》の東中野のマンションに、突然清水からマグレガーのゴルフセットが送られてきた。

丸山は、早稲田大学教育学部（社会科社会科学専修）を出て、入社三年目。入社した年の八月にカッパ・ノベルス編集部で清水を担当するよう命じられた。清水は光文社からすでに二十冊近い作品を出している大物作家で、粗相があれば全作品の版権を引き揚げられるという事態もありうるので、非常に緊張した。最初は万年筆で書いた清水の癖字が読めずに苦労した。

清水は優しく、「魔里」に一緒にいったときなど、ほかの作家、評論家、他社の編集者に「光文社の新人の丸山君だ。よろしく頼む」と紹介してくれた。怒られたことはほとんどなかったが、光文社が文庫を創刊する際に、会社が初版十五万部という空約束で清水に文庫書き下ろしを依頼し、実際の部数が十万部と決まったとき、「話が違うので、全作品を引き揚げる」といわれたことがあった。清水は声を荒らげたりはしないが、怒ると目が怖く、ただでは済まない雰囲気を漂わせていた。そのときは編集長が陳謝し、部数を十五万部に戻し、創刊に合わせて『公開株殺人事件』が刊行された。

「清水先生から、家にゴルフのフルセットが送られてきたんですが、どうしたらいいでしょうか？」

二十万円から三十万円はする高級ゴルフセットに驚いた丸山は、先輩社員に相談した。

「返せるもんじゃない。練習しろ」

そういって先輩は、東京女子医大（新宿区河田町）の近くにあった小さなゴルフ練習場に連れていってくれた。そこで丸山は手の皮が剥けるまで五番アイアンで打つ練習をした。

先輩からは「とにかくボールにあてることだけを考えろ。ドライバーは飾りだと思ってバッグに入れておけ」とアドバイスされた。

丸山が清水に恐る恐る「先生、お金は……？」と訊くと、「上手くなってくれれば、それでいいから」といわれた。

翌週には、清水に箱根の仙石原にある大正六年開場の名門「富士屋ホテル仙石ゴルフコース」に連れていかれた。清水の二人の取材スタッフもまじえてプレーし、イン、アウトとも七十台で、自分でも「仙石原でこんなひどいスコアで回ったのは、自分が初めてなんじゃないだろうか」と思った。

その後、ちょくちょく清水のゴルフにお供をするようになり。大浅間ゴルフクラブや烏山城カントリークラブ（栃木県那須烏山市）などでもプレーした。

この年、清水は、合併した化学肥料会社の中間管理職にのしかかる公私の重圧をテーマにした作品など六編からなる短編集『限界企業』（青樹社Ｂｉｇ ｎｏｖｅｌｓ）、建設会社の熾烈な受注合戦と社内の人間模様を描いた『汚名』（双葉社Ｆｕｔａｂａｎｏｖｅｌｓ）、有名総会屋、小川薫をモデルに総会屋の実態を白日の下にさらした『悪名集団』（光文社カッパ・ノベルス）、日本の石油王一族の惨殺を描いた犯罪ミステリー『石油王血族』（カドカワノベルズ）、カーボン素材の名門メーカーを舞台に闇金融の実態を描いた『ダイヤモンドの兄弟 専務の負債78億円』（徳間書店トクマ・ノベルズ）、精密機械メーカー相談役の殺害事件と株式公開がもたらす巨利を描いた『公開株殺人事件』（光文社文庫、書き下ろし）など、新刊八冊を刊行した。

文庫のほうは、二次文庫を含め、『女教師』（集英社文庫）、『投機地帯』（角川文庫）、『色即是空』（ケイブンシャ文庫）、『頭取室』（光文社文庫）など、十七冊を刊行した。

この頃、日本航空のロンドン駐在員や広報室次長を務めた深田祐介が、『革命商人』（昭和五十四年）、『炎熱商人』（同五十七年）、『神鷲（ガルーダ）商人』（同六十一年）といった、チリ、フィリピン、インドネシアの当時の政治権力にからむ日本の企業活動を描いた、従来にない大きなスケールの国際経済小説を発表し、注目を集めた。

深田以外にも、拡大する日本の企業活動と歩調を合わせるように、『架空増資』や『社長追放』を書いた広瀬仁紀《にき》、『クレムリン銀行』や『重役室午前零時』の山田智彦、『小説電通』や『視聴率ハンター』の大下英治、『小説大蔵省』や『小説通産省』の江波戸《えばと》哲夫、『小説半導体戦争』などの杉田望《のぞむ》、『金色の翼 暴かれた航空機商戦』や『小説日銀管理』の本所次郎らが、競うように経済小説を書くようになった。

3

昭和六十一年二月二十五日——

甲山事件で昭和五十三年二月に再逮捕され、殺人罪で起訴された元保母が、『捜査一課長』でプライバシーと名誉を侵害されたとして、大阪地裁に民事訴訟を起こした。訴えられたのは、清水、集英社、『捜査一課長』の新書版を発行した祥伝社、祥伝社の親会社で同書を販売した小学館の四者だった。請求内容は、二千二百万円の損害賠償支払いと全国紙四紙および神戸新聞に謝罪広告を掲載すること。元保母は、前年十月に神戸地裁で無罪判決を受け、控訴審の最中である。訴状は被告に届いていなかったが、保母側が発表をおこなったため日経新聞などで報じられた。

(訴えられたのか……⁉)

訴訟のことを知った宗田理は、直接タッチした作品ではなかったが、豊橋の自宅でほぞを噛んだ。

(あー、もっとフィクションを入れてりゃあ、訴えられなかったのになあ!)

天をあおぎたい心境だった。

宗田は実在の人物や企業をモデルにするときは、架空の話を多く入れ、モデルから苦情がこないようにしていた。たとえばヤマハ発動機の二代目のワンマン社長をモデルにした『同族企業』(昭和四十九年、光文社カッパ・ノベルス)のアイデアを清水に提供したときは、社長がかつては殺人者で、死体を駿河湾に投げ込んだといった、事実とはまったく異なる話を入れたりした。

ヤマハ発動機側では作品を相当問題視したが、下手に訴えると話が広まって、書かれていることが事実だと誤解される可能性もあるため、訴訟は起こさなかった。

それからまもなく――

集英社の会議室で、訴訟対策の会議が開かれ、清水、各出版社の責任者、清水や各社の顧問弁護士らが出席した。清水の顧問弁護士は、以前から作品の内容や個人的な用事で相談している四谷の森保彦弁護士と、森の義兄の森田倩弘《せいひろ》弁護士である。集英社からは大波加と、最初に『捜査一課長』を読んだ星二良法律事務所の女性パートナー弁護士らが出席した。

「わたしは、こういう訴訟を許してはいけないと思う。これは明らかに言論や表現の自由に対する挑戦です」

清水が厳しい表情で切り出した。

「これは日本ペンクラブを動かしてでも、徹底して戦って、言論や表現の自由を守らなくてはいけないですよ」

その言葉を聞いて、全員が「え？」となった。

「清水先生、これはちょっと、その……そういう大きな問題とは、違うんじゃないでしょうか」

弁護士の一人がおそるおそるいった。

「なにが違うんですか？　この作品は小説ですよ。架空の話ですよ。冒頭にもわざわざ『フィクションであることをお断りします』って入ってるじゃないですか。それを訴えるなんて、おかしいでしょう？　小説という表現方法を否定するようなものじゃないですか」

「うーん……いや、原告はですね、たとえフィクションであっても、主人公の田辺悌子が自分のことだと読者にとられて、犯人視されたために、名誉やプライバシーを侵害されたと主張しているわけです」

「ああ、そのことは、うちにおしかけてきた『救援会』の連中もいってましたけどね」

「ええ、ですから、そこはそうじゃないんだということを立証していく必要があるんです」

「……」

清水は思案顔で沈黙した。

「原告は特に、捜査資料が清水先生に流れて、それをもとにあの作品が書かれたんじゃないかと疑っています。それがプライバシーの侵害であると」

「いや、捜査資料はみてないですよ。取材スタッフのメモをみたり、警察に取材して書いただけで、この作品はわたしの創作ですよ」

「なるほど、そうですか。まあ、兵庫県警は暴力団との関係もあって、捜査資料が流出したりするって噂もあるようですから」

「捜査資料を違法に入手して書いたからけしからんとでもいいたいわけですかね？」

「その点は攻めてくるでしょうね。それに原告の支援者たちはセクト的な感じの人たちなので、この訴訟を利用して、警察の落ち度を追及しようっていう魂胆もあるのかもしれません」

「ふーん、なるほど……」

「いずれにしましても、そもそも作品のどの点がプライバシーの侵害なのか、求釈明で原告に明らかにしてもらうのが最初にやるべきことだと思います。その上で、そういうことはなかったと立証していくのがいいと思います」

作品に関して初めて訴えられ、うっとうしさを感じていたが、三月二十九日、清水は親しい人たちを銀座八丁目のレストランに招き、作家二十周年記念のパーティーを開いた。

その少し前、竹内という名の大和証券のアムステルダム駐在員に嫁いでいた上の娘の七重に長女が生まれ、清水と美恵は初孫の顔をみに、現地まで出かけた。由恵《よしえ》と名付けられた初孫は、のちにミス慶應をへて、テレビ朝日の人気アナウンサーになる。

この年の新作は、『問題重役』（徳間文庫、短編集）、『欲望集団』（光文社カッパ・ノベルス）、『逆転の歯車』（同）、『非常勤取締役』（光文社文庫、短編集）、『造反連判状』（角川文庫、短編集）、『女色絵譚』（勁文社）の六作。それ以外に文庫十五作品を刊行した。

株式投資のほうも順調だった。前年九月二十二日の「プラザ合意」ではじまった円高、原油安、金利低下という「トリプルメリット」により、この年の日経平均株価は年初の一万三一一三六円から年末には一万八七〇一円へと、大幅に上昇した。

年が明けた昭和六十二年一月二十三日――

東京の天候は曇り時々雨で、昨日までの厳しい寒さが多少やわらいだ。

四日前、東京外国為替市場で円が急伸し、史上初の一ドル百五十円割れの百四十九円九十八銭をつけた。兜町では、二月九日に初上場するＮＴＴ（日本電信電話）に関係者が熱狂していた。

国鉄目黒駅の近くにある結婚式・宴会・宿泊用複合施設「目黒雅叙園」で、角川書店の「新春文壇麻雀大会」が開催された。

角川書店が毎年開いている麻雀大会で、今年で十一回目を数える。世話人は吉行淳之介と阿佐田哲也（色川武大）で、阿川弘之、池田満寿夫、佐野洋、西村京太郎、三田誠広、黒鉄ヒロシら二十人の男性作家のほか、角川書店の若社長、角川春樹と弟で専務の歴彦も参加する。

午後三時、畳の大広間のあちらこちらに麻雀卓と座椅子が置かれ、熱戦の火ぶたが切られた。

その日、編集者の橋爪懋は、会の運営を手伝いながら、清水の背後に立って麻雀を観戦した。

清水の手牌には、数牌（数字を描いた牌）が並んでいた。

（清水先生は、「鳴きタン」狙いで、テンパイか……）

「鳴きタン」は「喰いタン」ともいわれ、ポン、チー、カンなど、相手が捨てた牌を拾い、二～八の数牌のみの役「タンヤオ」をつくることだ。点数は高くないが、素早く上がることができる。

清水はあと一枚狙った牌が手に入れば、上がれるテンパイの状態である。

同じ卓では、阿佐田と二人の作家が、ときおり「ふーむ」「やっぱりそうか」などとつぶやきながら打っていた。いずれも強い打ち手たちだ。

リムの上の部分が黒で、渋い感じの眼鏡をかけた清水が、タバコをくゆらせながら場に積み上げられた牌の一つをツモった（引いた）。

入ってきたのは、風牌《かぜはい》の「南」だった。

橋爪が、卓の中央の四〇センチ四方のスペース、河《カワ》を一瞥すると、すでに南が二枚出ていた。

（これはすぐ切るだろうな……）

風牌はタンヤオづくりにはなんの役にも立たないので、すぐに切る（捨てる）のが常道だ。ほかの三人の捨て牌をみても、切ることに危険はなさそうである。

しかし、清水は南を自分の手牌に残し、別の牌を切った。

(あれっ、どうして南を切らないんだ?)

スーツにネクタイ姿の橋爪は首をかしげる。

その後も清水は、要らないはずの南をずっともち続けた。これではタンヤオでは上がれず、勝負を降りた打ち方だ。

「なんで切らないんだろうね?」

橋爪のそばにいた角川歴彦が不思議そうな表情で、卓を囲んでいる四人に聞こえないようにささやいた。

「さあ、なにかお考えがあるんでしょうけど……」

橋爪も麻雀はかなり強いほうだが、清水の打ち方は解せない。

「回し打ちですかねえ?」

回し打ちは、降りる(勝負を諦める)とも、上がろうともせず、ひたすら自分の番をやりすごす打ち方だ。

しかし結局、清水は南を握り込み、上がれないまま、その局を終えた。

リーチをかけていた阿佐田の手牌が明らかになったとき、橋爪と歴彦はあっと驚いた。

阿佐田は、南の単騎待ち(対子《トイツ》にするためもう一枚を待つこと)だった。

もし清水が南を切っていたら、阿佐田にロンされるところだった。

清水は場に出ている牌やほかの三人の打ち方から、阿佐田が南の単騎待ちだと睨み、ふり込んでダメージを受けないよう（ふり込むと、相手がつくった役の点数をすべて一人で背負い込む）、自分が上がる可能性を捨て、南をもち続けたのだった。

しかし、阿佐田の捨て牌は、南で待っているようには全然みえなかった。

（なぜあの南を止められたんだ⁉　……我々とは格が違う！）

橋爪も歴彦もうなった。

麻雀の名手である清水は、麻雀小説も数多く手がけている。麻雀タレント第一号の小島武夫の破天荒な色の道を描いた『天国野郎』（昭和五十年、光文社カッパ・ノベルス）、第一線の麻雀プロが激突するタイトル戦の内幕を描いた短編『八百長だぁ‼』（昭和五十六年、青樹社刊『取締役解任』に収録）、社内麻雀の悲哀を描いた短編『九連宝燈《チューレンポウトン》』（昭和四十五年、文藝春秋刊『銀の聖域』に収録）などがある。


十月二十日――

清水一行の作家としての原点である兜町の日本橋川寄りにそびえる東京証券取引所の立会場で、場立ちや取引所職員約千八百人がひしめき合っていた。

男たちの顔に、いつにない悲壮感や緊張感が漂っていた。

昭和五十九年に新たに建てられた立会場は、テニスコート四面ほどの広さで、五階建ての高さに相当する天井まで吹き抜けになっている。中央には、証券会社同士の取引を仲介する才取会員の四角いポストが五つ並び、壁にぐるりと株価を示す電光掲示板が設置され、その上は見学者用のガラス張りのギャラリーになっている。

壁際にパーティションで仕切られた各証券会社のブースがひな壇状にぎっしりと並び、係員たちが本社から注文を受けたり、取引の状況を報告したりしていた。制服姿の女性社員たちの姿もあり、流行りの長めのワンレングスのヘアスタイルが多い。彼女たちは、ブースの機械から吐き出されてくる注文伝票を仕分けしたり、それを場立ちに届けたりしている。

人々の話し声が、うわぁーんという騒音になって立会場内でこだましていた。

午前八時三十五分、売買注文の受付が開始された。

ノーネクタイでワイシャツ姿の場立ちたちが、売り注文伝票を握りしめ、一斉に五つのポストに殺到した。

「これ、お願いします！」

「ちょっと、押すなよ！」

茶色い背広姿の才取会員の社員たちが彼らから注文伝票を受け取り、「板」と呼ばれる注文控えに素早く記入していく。カウンター前は押し合いへし合いの状態で、最前列の場立ちは、弾き出されないよう、カウンターの内側に手を入れてつかまっている。

場立ちたちが必死で人垣のなかから半身を突き出し、素早く「手サイン」を繰り出し、各社のブースに売買の気配を伝える。数字はすべて片手の形で伝え、相手に手の甲を向ければ買い、手のひら側を向ければ売りである。注文伝票を口にくわえている者もいる。

頭に電話のレシーバーを着けたブースの場電係が「手サイン」で答え、受話器を握りしめて本社の株式部とあわただしく連絡をとる。

「外人売りが大量に入ってるぞ」

「下手したら寄らないんじゃないか?」

証券各社のブースの男たちが、深刻そうに言葉を交わす。

昭和五十七年頃から一本調子で上げていた日経平均株価は、六日前に二万六六四六円の史上最高値をつけた。日本中にバブルの花が華々しく咲き誇り、不動産やゴルフ会員権が高騰し、人々はNTTの公開株に血眼になって応募し、株で儲けたOLたちは肩パッドを入れたジャケットを着て、ジュエリーで飾り立てた。清水も年に二回くらいは、家族、取材スタッフ、銀座の女性たち、阿佐田哲也らと一緒に、ラスベガスや済州島のカジノに出かけていた。

一方で、米国の財政赤字と貿易赤字という「双子の赤字」と、昭和六十年九月の「プラザ合意」以降のドル安によるインフレ懸念が、世界経済の不安要因になっていた。

そうしたなか、前日の十月十九日、まず東京で日経平均株価が六百二十円安という史上六番目の下げを記録。シドニー、香港、シンガポールも暴落。まもなく開いたドイツのフランクフルト市場では、コメルツ指数が一三二・五ポイント下がる、これまた史上最大の暴落。そこへ米海軍がイランの海上油田を攻撃したとの報道が追い討ちをかけ、ロンドン市場でも取引開始と同時に売り物が殺到した。衝撃波は大西洋を越えてニューヨーク市場に到達し、ダウ平均株価が一気に二二・五パーセント(五〇八ポイント)と過去最大の下げを演じ、「ブラックマンデー」と命名された。

午前九時、立会開始のベルが鳴った。

才取会員の電機株や精密株を扱うポストに、売り注文の伝票をかざした場立ちたちが群がっていくが、売り物ばかりで商いが成立しない。

「パニック売りだ！」

「指値、成りゆきに変えろ！」

売買が成立しないまま、気配値がぐんぐん切り下がっていく。

立会場で取引されている二百五十銘柄のうち、「売り気配」がついたのは、川崎製鉄、日本鋼管、東レ、住友重機械工業、住友金属鉱山、昭和シェル石油の六銘柄だけ。あとは売り注文ばかりで、気配値さえつかない。

午前十時、日経平均株価は前日比七百九十三円安の二万四九五三円。

宮澤喜一蔵相が閣議後の記者会見で「ニューヨーク相場の暴落を一九二九年の大恐慌と比較する人がいるが、今は信用保険機構も整備されており、昔とは違う」とコメントし、大蔵省の松川隆志証券局流通市場課長は「株式市場の閉鎖はまったく考えていない」と述べ、澄田智日銀総裁は「しばらくは様子をみるしかない」と話した。

午前十一時、前場は前日比千八百七十四円安の二万三八七二円で引けた。取引のうち値がついたのはわずか五パーセントだった。

午後一時に後場がはじまると、売り物の取り消しが出たり、証券会社の自己勘定買いが出たりして、鉄鋼や船舶株に値がつきはじめ、商いが成立して拍手が湧いたりした。しかし、怒涛の売りの前には焼け石に水で、午後二時の時報を待っていたかのように、日経平均株価は前日比三千円安のラインを突破。

立会場を見下ろす見学者用通路は、取材にやってきた外国報道機関を含むテレビクルーや歴史的暴落をみようと駆けつけた人々で、互いの肩が触れ合うような混雑ぶりである。

午後三時、市場関係者たちが呆然とするなか、日経平均株価は前日比三千八百三十六円安の二万一九一〇円で取引を終了。下落率は一四・九パーセントという空前の下げ幅で、昭和二十八年三月五日の「スターリン暴落」の一〇パーセントを大きく上回った。

その日、証券会社の各支店では、顧客から「どこまで下がるのか？」「いつまで下がるのか？」といった問い合わせが殺到し、信用取引をやっている投資家たちは、追証《おいしょう》（追加証拠金）差入れのための金策に追われた。大損を出し、打ちひしがれて兜町から家路につく主婦や会社員もいれば、「もう株は駄目だ」と、金を買いに走る投資家もいた。証券各社の本社株式部では、大量の売り注文のなか、かろうじて成立した取引を各支店に配分する「出来高伝票」を作成したり、海外の株式市場の動向を追ったりしながら、大勢の社員たちが遅くまで残業をした。

それからまもなく——

宗肖之介は清水に仕事の用事で電話をかけた。

「……ところで清水さん、こないだ『ブラックマンデー』の大暴落がありましたけど、大丈夫でしたか？」

宗が心配そうに訊いた。

清水は昔から、取材スタッフへの謝礼の支払いや、経済の勉強をするため、かなりの額で株の取引をやっている。

「ああ、あれかい。はっはっ、大丈夫だったよ。暴落の前の週くらいに、もち株をあらかた処分したから」

受話器から自信に満ちたいつもの低音の声が聞こえてきた。

「えっ、前の週に⁉　それはすごいですね！　どっかから情報でもあったんですか？」

「いやあ、勘よ、勘」

そういって、清水は愉快そうに笑った。

罫線を読むのに長けた清水は、「ブラックマンデー」の少し前にある新聞で、一九二九年のウォール街の大暴落のときの罫線と今の日本の証券市場の罫線が似ているという記事を読み、もち株を処分したのだった。

第八章　ベルリンの壁

1

平成元年——

一月七日に昭和天皇が崩御し、元号が平成に変わった。六月には、江副浩正リクルート社会長が未上場の不動産会社、リクルートコスモス社の株式を九十人以上の政治家をはじめ、官僚や財界人に賄賂としてばら撒いた事件による政治不信で、竹下登内閣が総辞職した。

八月、清水は、四ヶ月前に九十四歳で死去した松下電器産業（現・パナソニック）の創業者で「経営の神様」と謳《うた》われた松下幸之助とその女婿、松下正治の隠し子スキャンダルをモデルに書いた『秘密な事情』を角川書店から刊行した。

主人公は関西系大手電機メーカーの東京広報部長で、四十六歳の堀川陽一郎。会社や経営陣のスキャンダルをもみ消す「裏広報」のスペシャリストだ。

堀川は会社の創業者である相談役や、相談役の経営理念の伝道師である副社長に、宣伝事業部の不祥事の調査をおこなうよう命じられる。調べてみると、同部の部長が取引先から多額のリベートを受け取ったり、東京宣伝部長が個人のオフィスをつくり、会社がスポンサーを務めるテレビ番組の制作を請け負うなどしていることが判明する。堀川はそれを報告書にして副社長に提出するが、その直後、似たような内容の記事が週刊誌に出て、部下である課長の讒言《ざんげん》もあり、堀川自身が週刊誌にリークしたのではないかと社内で疑われる。

堀川の上司である取締役広報事業本部長の金沢泰三は、都合が悪くなると逃げる男で、堀川を守らない。結局、喧嘩両成敗ということになり、宣伝事業部長らは厳しく処分されたが、堀川も部下が二人しかいない東京PR企画室長という閑職に左遷される。

組織の理不尽さに堀川はいったん退職を決意するが、ある日、相談役の婿養子である雅道会長の隠し子がらみのスキャンダルのもみ消しを、本人から直々に依頼され、上手く処理して、会長から絶大な信頼を寄せられる。会社は、堀川をトップに東京支社に裏広報専門の第二広報部を設置することを構想し、堀川も仕事を続けてみようかと思い直すという結末である。

大手企業の裏広報とブラック・ジャーナリストの虚々実々の駆け引きの描写は、総会屋など企業に群がるアウトローたちを肌で知る清水の面目躍如たるものがある。例によって、サイドストーリーとして、三十八歳の銀座の女性シャンソン歌手と堀川の交際の様子が出てくるが、清水の作品にしては珍しく肉体関係のないまま物語が終わっている。

ゴシップ月刊誌「噂の真相」（平成二年二月号）は「完全黙殺された松下帝国を描いた衝撃本の裏事情」という七ページにわたる記事で、この作品を次のように紹介した。

〈清水一行をよく知る作家仲間のひとりは次のようにいう。「主人公が女性と出会ったりする部分はいわゆる創作だが、松下の内情について描いた部分は１００％、清水さんは自信をもっていた。それだけに、逆に慎重過ぎるくらい慎重だった。読めば、誰でもすぐ松下とわかる書き方をしていながら、松下の二文字は決してどこにも出てこない。広告出稿料の多い雑誌を持つような出版社（注・光文社等）を避けたのも、松下の広告出稿を武器とした圧力に負けてしまうのが目に見えていたからね」〉

〈この主人公（注・堀川陽一郎）には、現実に合致するモデルがちゃんといる。〝広報のカガミ〟とまでいわれた佐藤忠（55歳）で、松下での肩書はやはり東京広報部長だった人。〉

〈では、なぜ、清水一行の『秘密な事情』に対して週刊誌が沈黙したのか。それは、幸之助スキャンダル（注・四人の隠し子）以上に触れられたくないスキャンダルが隠されていたからにほかならない。ずばり、正治会長の隠し子問題だ。小説では雅道会長という名で登場する。この正治に、愛人との間にできた2人の娘がいたことも描かれているのだ。〉

十一月上旬――

木々が色づきはじめた東京は、雨模様の日も多かったが、日中の最高気温は二十度前後に達し、すごしやすい日々が続いていた。

四年前にソ連のゴルバチョフ政権がはじめた民主化改革「ペレストロイカ」の影響とソ連の国力低下で、東欧に民主化ドミノが起きていた。去る五月、ハンガリーのネーメト内閣がオーストリアとの国境を開放し、鉄のカーテンに風穴を開け、翌月、社会主義労働者党が一党独裁制を完全放棄した。ポーランドでは六月の上下両院選で民主化を訴える「連帯」が圧勝し、九月に東欧初の非共産党勢力主導の連立政権が成立した。チェコスロバキアでは十月二十八日に、首都プラハで民主化を要求する二万人のデモが起き、ブルガリアでも民主化要求がはじまった。

清水一行は、鷺宮の自宅のリビングルームでテレビ画面にくぎ付けになっていた。

「ウワアーッ!」

「ワアーッ!」

画面から大きな歓声、口笛、拍手などが絶え間なく聞こえていた。

カラフルなペンキで落書きされた高さ四・二メートルの灰色のコンクリートの壁の上に、人々が鈴なりになって立ち、歓呼の声を上げていた。つるはしを大きくふるって壁をガッツン、ガッツンと叩き壊そうとしている男もいる。かけ声や口笛の励ましを受けながら、人々が次々と壁をよじ登り、上にいる人々が引き上げていた。

地上でそれをみまもる大勢の人々の頭上で、黒、赤、金三色の西ドイツ国旗が夜空を背景に打ち振られていた。東ベルリンの夜はもうかなり寒いようで、皆、コートやジャンパー、マフラー姿で、毛糸の帽子をかぶっている人たちもいる。

「東ドイツ市民の求め続けていた、自由な西側への旅行が、ついに実現しました」

コート姿の日本人男性特派員が、マイクを手に中継していた。

ベルリンの壁のあいだにあるゲートをとおり、次々と西ベルリンに向かう東ドイツの人々の様子が映し出される。

(こんなことが、起きるのか……!)

清水の胸が震え、涙で視界が霞んだ。

(これが自由だ! これが平等だ! 俺が求めていた世界だ!)

場面が変わり、アームの先端が二つに分かれたパワーショベルが、ベルリンの壁を解体している映像になった。

夜空を背景に高く伸びたアームの先端が鋼鉄製のカニの爪のようにがっちりと塀の上の筒型の丸いカバーを摑んだ。滑ってよじ登りにくくするためのカバーだった。パワーショベルがそれを塀から引きはがし、塀の向こう側にもっていくと、地上をぎっしり埋め尽くした群衆から口笛、手拍子、歓喜の声が一斉に上がった。線香花火のような花火を掲げている人々もいて、お祭り騒ぎだ。

「うっ、ううっ……」

東ベルリンの光景をみつめる五十八歳の清水は嗚咽し、涙があとからあとから頰をつたって落ちた。

男は人前で涙など流すものではないと教えられた時代に育ち、そのとおりに強く生き、泣いたのは長女の幸が夭逝した二十八歳のときくらいだったが、今は泣けて泣けて仕方がない。

塀の上に白いヘルメット姿の作業員が姿をあらわした。電動のこぎりの刃先から灰色の煙とともに盛大に火花を散らし、コンクリートの塀に縦に切れ目を入れていく。人々が手拍子を打ち、ドイツ語でシュプレヒコールのように繰り返しかけ声をかける。「倒せ！」「倒せ！」とでもいっているかのようだ。カメラのフラッシュが盛んに焚かれ、作業員や塀が白く明滅する。

やがて切れ目が入った幅一メートルほどの塀の部分に灰色のワイヤーが結び付けられた。

それを重機のアームが引っ張ると、分厚いコンクリートの塀の一部が、向こう側に倒れはじめる。

「ウワァーッ！」

「ヒャーッ！」

「ピューッ！」

群衆の間から、歓声、口笛、盛大な拍手が湧き起こる。

（ベルリンの壁が崩れる……とうとう崩れる！）

清水は涙を流しながら、その光景を凝視する。

壁の前の群衆の姿が映し出された。誰も彼もが歓喜で顔を輝かせていた。歌を歌っている人々や、飛び跳ねながら頭上で拍手をしている人々もいる。

（これが革命だ！　これこそロマンだ！　俺が追い求めていた革命のロマンだ！）

清水が青春を捧げたマルクス主義、共産主義は、結局、中枢にいるごく一部の人間が権力と富を独占するための仕組みにすぎなかった。清水らが教えられた、人々を幸福にする思想とはまったく反対のものだというのが、その正体だった。

それを今、民衆が倒したのだ。

〽　いざ闘わん　奮い立て　いざ
ああインターナショナル　我等がもの
いざ闘わん　奮い立て　いざ
ああインターナショナル　我等がもの

清水の脳裏に若き日に歌った『インターナショナル』がよみがえる。

涙を流しながら、清水は産別時代からの長い共産主義への想いが、きっぱりとふっきれたのを感じた。四十年あまりにわたる、長い心の旅路の終わりだった。

2

平成二年十月四日——

大阪は午前中雨模様で、日中の最高気温は二四・五度、湿度が九〇パーセントを超えるむしむしする一日だった。

この前日、東西ドイツが統一された。中東では、八月にクウェートに侵攻したイラク軍が占領を続け、クウェート在住の外国人を自国に連行して「人間の盾」にしていた。日経平均株価は、三日前に二万円を割り込み、前年十二月二十九日の三万八九一五円という史上最高値からわずか九ヶ月で半分になり、バブル経済の急激な崩壊がはじまっていた。

大阪地裁で午後二時から、『捜査一課長』の損害賠償訴訟における清水の本人尋問がおこなわれた。

訴訟が提起されたのは四年八ヶ月前だが、日本の裁判特有のだらだらした進行で、これまで年に五回程度、原告、被告双方が自己の主張を記載した「準備書面」を提出し、争点を絞ってきた。

原告（元保母）は、①地名、人名を変えただけのモデル小説、②秘密であるべき捜査資料を公表したことはプライバシーの侵害、③原告を犯人視し、社会的評価を低下させた、といった主張をおこなってきた。

これに対し被告（清水、出版社）側は、①モデル小説ではなく甲山事件からヒントを得ただけ、②原告はマスコミに登場し、自らプライバシーを放棄している、③原告を犯人と決めつけてはおらず、新聞報道の論調以上の表現はない、といった反論をした。

元保母に対する殺人罪の裁判のほうは、去る三月に、一審の神戸地裁が信用性を否定した園児の証言や捜査段階の元保母の自白については信用性が認められるとし、無罪判決を破棄し、審理を神戸地裁に差し戻した。元保母はこの判決を不服として、即日、最高裁に上告した。

大阪地裁は、JR大阪駅から梅田市街を抜けて南東の方角に一キロメートルほどいった北区西天満二丁目に建つ、地上十一階・地下二階の堂々とした建物で、大阪高裁、同簡裁との合同庁舎である。目の前を緑色に濁った堂島川がゆっくりと流れ、川向うは大阪市中央公会堂や府立図書館が建つ中之島である。堂島川沿いの歩道脇のケヤキ並木はまだ色づく前だった。

裁判は三人の裁判官による合議審である。七十人ほどが座れる傍聴席はぎっしりと人で埋まっていた。清水の家におしかけてきた元保母の支援団体の面々、原告と被告の弁護士たち、新聞記者などメディア関係者のほか、一般の傍聴人も多かった。

「それでは、はじめます」

午後二時になると、裁判長がいった。

裁判長が清水に、真実をありのままに述べることと、速記者が混乱しないよう、質問が終わってから答えるよう求め、清水があらかじめ署名捺印した宣誓書を読み上げた。

右手の被告席から、清水の代理人である森保彦弁護士が立ち上がり、証言台の前にすわった清水に歩み寄り、質問をはじめた。

最初に、清水の経歴、作家になった経緯、執筆量、作風などについて質問し、清水が答えた。

「企業小説に興味をもったのは、どのような理由からでしたか？」

四十五歳の森弁護士は温厚な人柄で、質問ぶりは丁寧である。

「わたしがデビューする数年前に、城山三郎さんが『総会屋錦城』という作品で直木賞を受賞しました。これが経済小説という形で呼ばれた最初の作品だと思いますが、それ以降、経済社会、企業社会を素材にした作家が出ていませんでした」

渋い感じの眼鏡をかけた清水はよどみなく答える。白いワイシャツにネクタイを締め、ぱりっとしたスーツ姿だった。

「それでわたしは、この社会のもつドラマを誰かが書くべきだと思っていました。たまたまわたしは兜町の藤原経済研究所に所属していましたが、藤原信夫という人は、東洋経済新報社の編集長をやってきた人で、わたしにマンツーマンで、十年近く、自分の知識を授けてくれた。そういう環境の幸運もあって、企業小説に進むことができました」

「取材スタッフには、どのような方がいますか？」

「一時期は作品の数も非常に多かったので、十四、五人、スタッフがいたこともあります。今はそんなにおりませんが、主として週刊誌の記者、新聞・通信社の記者、そのほか、わたしのところで育てたスタッフなどがおります」

宗田理や板坂康弘などが作家として独立し、清水の執筆ペースも多少落ちてきていたので、この頃の取材スタッフは六、七人だった。秘書の高地俊江は清水夫妻の仲人で大学の同窓生と結婚し、五年間務めたところで出産を機に退職したが、後任の秘書は置かなかった。

「あなたの作品は、事実関係を素材としながら、まったく別個な作品として描くわけですか？」

「事実関係を大いに参考にします。しかし、フィクションの構築ですから、その取捨選択、あるいはわたしなりのオリジナリティの導入、これは自由にやります」

森は、三十分あまりかけて、清水の作家としてのあり方や手法について質問したあと、『捜査一課長』に関する質問に移る。

「これらはあなたが『捜査一課長』を出す前までの週刊誌の記事なんですけれども、これらの週刊誌は甲山事件をどのように書いていたか一言でいえますか？」

森弁護士は、分厚い書証のファイルを開き、乙（被告側が提出した証拠）第四号証から十二号証までの「週刊新潮」「週刊読売」「週刊文春」「ヤングレディ」などのコピーを清水に示す。

「原告の犯行であろうという推測記事が当初は非常に多かったと思います。ただ不起訴処分になって以降は、捜査側の捜査ミスを指摘する記事も、週刊誌に限らず、新聞を含めて増えてきたというふうに理解しています」

「乙第四号証の三に『週刊新潮』の記事がありますが、このなかに副タイトルとして『なぜそうまで容疑者をかばうのか』というものがありますね？」

「はい、あります」

「これは昭和四十九年四月二十五日の記事なんですが、当時の週刊誌はどのように事件を評価しておりましたか？」

「その当時は原告犯人説というのが、非常に強かったと思います。また原告以外に、重大な容疑を受けていた人はいなかったと。そういうことで、ほぼ容疑者は原告だけという形で、マスコミの論調はだいたいそういうことだったように記憶しています」

森弁護士は乙第五号証の三として提出した「ヤングレディ」の記事を清水に示す。

元保母が最初に逮捕されたあと、昭和四十九年四月二十九日号に載った四ページにわたる記事で、元保母の経歴、行方不明になった園児の捜索ビラ、その園児はもう死んでいると元保母がいったこと、元保母が自供するという確信をもっているという西宮警察署長のコメントが載っている記事だった。

「これらの記事は、あなたが大宅文庫で収集した週刊誌の記事のなかにありましたか？」

「ここで一つお断りしなきゃいけないことがあります」

清水がいった。

黒い絹の法服を着て法壇にすわった三人の裁判官が、書証の分厚いファイルをみながら、その言葉に耳を傾けていた。

「当時、わたしは一番多いときで、一ヶ月に千三百枚近い原稿を書いていました。長編小説でもだいたい一冊五百枚が限度です。次々に作品を書いていかなくてはならないので、それが自分にとってどれほど重大なテーマであっても、一つの作品を書き上げて、それが出版された段階では、その素材をできるだけ早く忘れるようにしないことには、次の作品にかかっていけないわけです。そういうことでやってきましたので、今いろいろ訊かれましても、どうであったかという点で、記憶がきわめてあいまいです」

清水は、どの作品でも単行本が出た段階で、資料はすべて処分していた。それは「整理魔」といわれるほどきれい好きで、常に身辺が整理整頓されていないと気が済まない清水の性分でもあった。

「あなたが集められた甲山事件に関する資料を読んで、あなたはこの事件をどのように推理しましたか?」

「この事件については、最大限の資料収集をして、その上、たくさんの取材を重ねました。そういうものを総合して、推理作家としてわたしは原告の容疑を強く感じました。犯人は原告であるという、ある種の確信をもって執筆に入りました」

清水の言葉に森弁護士はうなずき、手にもった質問のメモに視線を落とす。

「では次に、甲山事件の取材についてお伺いします」

森弁護士は、取材開始時期、取材計画、担当スタッフ、集めた資料などについて質問をする。

「あなたは捜査資料を入手しましたか?」

「捜査資料を活用した私的なメモを入手しました」

「それは具体的にどのようなものでしたか?」

「事件経過を大変要領よく時系列に整理してまとめておられて、そのポイント、ポイントで取り調べの状況、あるいは供述の様子などが、おそらく供述調書から引用されたんだろうと思える形で書かれている、厚さ二センチ五ミリほどのメモです」

「そのメモは、どのように入手されましたか?」

「マスコミの関係者から入手したということしか、わたしはお話しできません。それ以上のことが話せないことで責任を問われるのでしたら、わたしはすべての責任を負います。その方はまだ現役ですので、どういう迷惑をかけることになるのかわかりませんので、マスコミの関係者と、それだけ答えさせて頂きます」

森弁護士は、清水の前で書証の分厚いファイルを開き、乙第十六号証を示す。

元保母の「自由を取り戻す会」が国家賠償請求訴訟の資料として、発行・販売したものだった。

国家賠償請求訴訟は、元保母が最初に逮捕され、不起訴処分となった昭和四十九年に、国と兵庫県を相手どって起こされたが、昭和五十三年に再逮捕され、殺人罪での審理がはじまったため、いったん中断されている。

「この資料には、甲山事件に関する国家賠償請求の原告の訴状や被告の答弁書等が記載されているわけですが、あなたはご覧になったことはありませんか？」

「ありません」

「ここには、供述調書等も記載されているわけですが、それは当時みていないわけですね？」

「みていません」


この日の尋問は約二時間おこなわれた。流行作家が出廷するということでメディアの注目度は高く、全国紙が翌日の朝刊の三〜五段を割いて記事にした。読売新聞は「マスコミからメモ入手　甲山損害賠償訴訟　清水一行氏が証言」という見出しで、出廷する清水の写真も載せ、証言の模様を報じた。産経新聞は「甲山名誉棄損訴訟で清水一行氏　捜査資料使用を否定　大阪地裁」、朝日新聞は「資料は『マスコミから』清水一行氏が証言　甲山事件損賠訴訟」という見出しだった。

被告側弁護士による清水の尋問は、十一月二十九日と翌平成三年三月八日にもおこなわれた。

清水は森弁護士の質問に答える形で、①原告（元保母）の供述調書や解剖結果などの捜査資料は、原告の「自由を取り戻す会」が販売した資料や国家賠償請求訴訟の書証として公になっている、②『捜査一課長』の冒頭には「この作品は現実に起きた事件にヒントを得たものですが、フィクションであることをお断りします」と但し書きを付けてある、③事件の場所を横浜市鶴見区にし、原告の容貌なども実際とは異なるように描き、プライバシーには配慮した、④原告をことさらに犯人に仕立て上げる意図はなく、またそうした描き方もしていない、⑤事件に関して非常に多くの報道がなされている上、原告は自らメディアに頻繁に登場していろいろなことを喋っており、プライバシーの侵害といわれても当惑する、⑥作品の記述内容が事実と異なる箇所があるのは、話の流れでそうするほうが自然であるとか、読者に理解しやすくしたりするためで、原告をことさら犯人視させる意図はない、といったことを述べた。


清水は訴訟に対して毅然とした態度を保っていたが、行きつけの銀座八丁目のクラブ「まさ」では、時々ぼやいていた。

「……いやあ、裁判ってやつぁ、大変だよ」

バランタイン十七年物の水割りのグラスを手に、ため息まじりでいった。

「やっぱりそんなに大変なものなの？」

かたわらにすわったママの吉田昌子が訊いた。都会的な雰囲気の五十代半ばの女性で、店を開いてもう三十年近くになる。

「うん。関係資料を全部読んで、きちんと頭に入れておかなけりゃ尋問で突っ込まれるし、毎回毎回大阪にいかなきゃならんし……まったく、エネルギーとられるよ」

そういいながら、清水はこの年も、国際興業社主で政商といわれた小佐野賢治の伝記小説『花の嵐』（上下、朝日新聞社）、短編集『乗取り』（光文社文庫）、『敵対的買収』（光文社）、短編集『銀行内紛』（角川文庫）など七つの新作を発表し、二次〜数次の文庫を含め、十三冊の文庫を刊行した。『花の嵐』は、清水自ら国際興業に足を運び、小佐野に話を聴いて書いた。

「尋問はこないだで終わったんじゃないの？」

「いや、これから原告側の弁護士の反対尋問があるんだ。主尋問は事前にみっちり打ち合わせできるけど、反対尋問はどんなタマが飛んでくるかわからないし、こっちの主張をひっくり返そうって魂胆でくるから、そっちが本番なんだ」

「あらそうなの。大変ねえ」

清水はこの年、納税額三千九百三十一万円（推定収入八千六百三十万円）で、国税庁が発表する長者番付入りした。作家の一位は主に官能小説を書いている豊田行二《とよだこうじ》で、納税額五千五十六万円（推定収入一億八百五十万円）だった。以下、筒井康隆、平岩弓枝、勝目梓、池波正太郎、林真理子と続き、清水は七位だった。八〜十位は、北方謙三、阿刀田高、城山三郎である。清水は翌年以降も、平成九年度まで八年連続で長者番付入りした。

この頃になると、城山三郎の執筆ペースが落ち、新作の発表は年に一、二作になった。作品のタイプもかなり変わり、『粗にして野だが卑ではない　石田禮助の生涯』（昭和六十三年）といった人物伝や、『ビジネスマンの父より息子への30通の手紙』（昭和六十二年）、『湘南　海光る窓』（平成元年）といった翻訳作品やエッセイが多くなった。

代わって高杉良が『小説日本興業銀行（第一部〜第四部）』（昭和六十一〜六十三年）、『会社蘇生』（昭和六十二年）、『小説巨大証券』（平成二年）など、話題作を次々と発表するようになった。

3

清水の三回目の主尋問から三ヶ月弱がたった平成三年五月三十一日、反対尋問の一回目がおこなわれ、清水の取材方法、甲山事件に関して集めた資料、『捜査一課長』の執筆の狙い、原告である元保母の容疑への見解などについて質問がなされた。尋問をしたのは、原告の弁護団の代表格的な男性弁護士で、反対尋問の初回ということもあってか、比較的穏やかなやり取りだった。

二回目の反対尋問は九月十三日におこなわれた。原告側の弁護士四人が代わる代わる質問に立ち、検察審査会の議決書を違法に入手していないか、取材スタッフである高橋健二のおじで、兵庫県警で甲山事件の捜査主任だった警察官との接触の状況、マスコミ関係者からもらった取材メモをみて、捜査資料を引き写していると感じなかったかなど、前回よりも突っ込んだ尋問がなされた。

十月二十八日——

清水は、自分の文庫の総発行部数が二千万部を超えたのを記念して、各社の役員や部長・編集長クラスを自分の地元である向島二丁目の料亭「京家」に招いてもてなした。

昭和四十二年に開業した料亭で、四年前に改築され、真新しくこざっぱりとした店になっていた。食事が終わると座敷にカラオケが運び込まれ、芸者たちとデュエットで歌った。

出版社別の発行部数は次のとおりである。

集英社文庫・四百三十四万一千部、角川文庫・九百五十五万二千部、徳間文庫・三百七十八万部、光文社文庫・二百三十九万九千部、ケイブンシャ文庫・六十三万六千部、合計二千七十万八千部。仮に一冊の定価を四百五十円として印税(定価の一〇パーセント)を計算すると、約九億三千二百万円となる。

十一月二十二日――

大阪は青空が広がり、風もほとんどなく、気持ちのよい秋の日だった。

大阪地裁で、清水の三回目(最後)の反対尋問がおこなわれ、これまでの尋問のなかでもっとも激しい応酬となった。

質問に立ったのは中年の女性弁護士だった。丸顔で、背は低め。神戸大学卒で、弁護士になったのは三十代後半になってからである。

最初に、検察審査会が元保母の不起訴を不当とした昭和五十一年十月二十八日の決議書のコピーを清水が入手していたのではないかという疑念について問いただした。「甲山事件救援会」のメンバーたちが清水の家を訪問したときの録音テープや、清水が「創《つくる》」という月刊誌の昭和五十三年八月号のインタビューで「検察審査会の議決を全部入手した」と述べていると指摘し、コピーを違法に入手したのではないかと迫った。しかし清水は「(救援会メンバーに対して)むきになって反論して、多少オーバーな口調でいったかもしれないが、自分が入手したのは議決書のコピーではなく、結論だけを書いた一枚の手書きのメモにすぎない」と答えた。

『捜査一課長』は、現実に起きた事件の事実を数多く引用する方法を使ってますね?」

女性弁護士は、読者の受け止め方に関する清水の考えについて、いくつか質問をしたあと、落ち着いた口調で訊いた。

「そうです」

「そうした場合、読者にとって、作品に書いてあることが実際の事実なのか、小説としてのフィクションの世界なのかという区分が、曖昧になってくる可能性が多分にあると思いませんか?」

「ええ、関西以外の居住者で事件の報道にそんなに接していなかった読者は、『へえ、こんなことがあったのか』とか、『労働組合というのは、こんなひどいことをするのか』とか、いろんな感想を抱いたりされるはずだと思います」

「作品のなかで、甲山事件の事実をあなたが変えて書いた箇所と、原告のほうで犯人でないかという印象を与える箇所として主張している部分、これだいぶ重なるんですけど、一つ一つ取り上げると大変なんで、重要な点についてだけ確認していきます。まずみかんの件、ありますね?」

女性弁護士は関西弁訛りで訊く。一方、清水の答えはときおり「……さしていただいて」といった東京の下町言葉が顔をのぞかせる。

「『捜査一課長』の百十ページの下段から百十一ページにかけて、小説中の衛君(注・殺害された園児）がみかんを食べた時期の問題、園から支給されたみかんを夕食時間頃に食べた可能性はないいう形で書かれてますね？」

「はい」

『捜査一課長』では、園児の土井衛の解剖した胃のなかからみかんが出てきたと書かれていて、この点は実際の事件と同じである。そして、そのみかんは夕食後に衛だけが食べたもので、捜査員らの聞き込みによって、容疑者の保母、田辺悌子が鶴見駅近くの「カリフォルニア」という看板の果物店で買った可能性があることが判明するというストーリーになっていた。

「そのような事実は、あなたが参考にした資料のなかにありましたか？」

「みかんの問題については、これだけの作品のなかの一つか二つのわたしの錯覚の部分なんです。保母さんが逮捕されて取り調べを受けたので、みかんのもち込みを否定したんだろうなということで、否定したと書いてしまったわけですが、意図的にそういうふうに書いたのではなくて……」

その部分は推理性をもたせるための創作だった。

「わたしが訊いているのは、園児の胃から出てきたみかん、どの機会に食べたものであるかいう話のなかで、あなたの小説では、園から支給されたみかんを夕食頃食べた可能性はないいう形で描いてますでしょう？　それはなにか元の資料があったんですか？」

「どうでしょうか。正確な記憶はありませんが、みかんについては一つ錯覚があったなと、間違いがあったなと、今申し上げたわけです」

「現実の甲山事件では、みかんの入手先は秘密でもなんでもなくて、死体から発見されたみかんがいつ食べたものだかはっきりしない、どういう機会に与えられたものかもはっきりしないいうことで、証拠価値はないいう形で処理されてるんです。しかし、あなたの小説では、夕食時には食べていない、死体鑑定書からは死の一時間以内前に食べた、容疑者の田辺がみかんの入手先について説明していないいうことになってますね。こういう書き方をすると、みかんの話が田辺悌子の容疑と強く結びついてくるんと違いますか？」

「一つ二つの資料の読み間違いやミスは、どうかお赦《ゆる》しいただきたいんです。これだけの長編を書いて、完璧にミスのない資料の活用、引用というのはとても難しい」

「次に、繊維の相互付着の点をお訊きします」

女性弁護士は質問を変える。

甲山事件では、高性能の電子顕微鏡で調べた結果、男の園児が殺害された日に、容疑者の保母がたまたま着ていたダッフルコートなどの両腕内側、前下腿部と、殺害された園児の着ていたモヘアのセーターの両脇の下や後腰部に、大量ではないが、それぞれ繊維の相互付着があった。

「あなたは主尋問で、原告のダッフルコートが二シーズン目の着用で、冬期は日常的に着用されていたのを知っていたけれども、繊維が飛ぶ、飛ばないということは微々たる問題だから、読者にすっきりわかりやすくするために、あえて二シーズン目であったことは書かなかったと説明されていますね？」

「はい」

「繊維が飛ぶ、あるいは飛ばないという話は微々たる問題であるという議論は、集めてこられた資料のなかにあったのでしょうか？」

「その問題のわたしの理解というのは、大前提があるわけです。相互付着というのは、繊維片が飛んでお互いに付くということではなく、AとBの着衣が密接した形で相互付着が起こるはずである。だからなんシーズン目であるから繊維片が飛ぶか飛ばないかということは、それほど重要な問題ではないとわたしは考えていたわけです」

「二シーズン目いいますと、いろいろ接触する機会、あるいは繊維が抜け落ちて、いろんなルートをつうじて付着する可能性、そういうのが高まりますでしょう？　そういうのを無視するいうことですか？」

「わたしの考えたことは、（殺人罪の）高裁判決でも、おおむね採用されているんではなかったでしょうか。ですから、人によって評価の仕方、判断の仕方に、多少差が出るということもありうるとわたしは思うんです」

「先ほどの甲第七十六号証の検察審査会の議決書、このなかにも繊維の相互付着のことが書いてますが、『そもそも当時甲山学園青葉寮内には、多数の入所園児が起居していたとともに、被疑者を含め多くの保母その他の職員が、児童相手の勤務に服していたのであるから、着衣の繊維が相互に付着し合う事実の発生は経験則上むしろ通例のことと考うべき』とあります。しかし、あなたの小説のなかでは、田辺悌子がたまたまダッフルコート着たような記述になってますよね。ということは、当然相互付着の機会が少ない、なのに酷似した繊維片が付いていたという話になりますと、これは田辺の嫌疑を強める方向で書かれていたということになりませんか？」

「それについていくつかあるわけですが、一つは確か、原告が園内では普段は着なかったということを取り調べで自供したんでしょうか。なにかそういう話の部分が一つあること。それからまた高裁の判決では、検察審査会の議決書のような考え方はとっていなかったんではないかと。ですから考え方としては二通りあって、そのいずれかが不当で、いずれかが正しいとは一概にいえないんではないかと」

女性弁護士は、清水の前で分厚い書証のファイルを開き、殺人罪の一審判決である甲五号証を示す。

「一審判決は、繊維の相互付着については、『犯行の時期・場所においてだけ相互付着の原因があったとは考えられない』いう形で述べていますよね」

「一審の判決というのは、高裁によって破棄された考え方ではないでしょうか」

「もしあなたの小説のなかで、田辺悌子が着ていた服の繊維が被害者の園児の服に付着する可能性が通常よくあることだという話にしたら、どうなります？」

「わたしは、そういうふうにはしていないつもりです」

「そういうふうな小説の書き方はできないでしょう？」

「いや、それはものによっては、まったく考えられないことはないわけです。この作品で考えられる状況としては、非常に強くAとBとが密着し、両者の着衣がすり合ったから相互に付着したと。わたしは資料をみながら、そう理解したわけです。そうでなければ、浄化槽のなかに落とされて、引き揚げた遺体からなおAの繊維片が検出されるということは、ちょっと起こりえないんじゃないかと」

その後、女性弁護士は、元保母の「えらいことをしてしまった」という大学ノートの記述、ポリグラフ検査での反応、園児の目撃証言などの小説のなかでの扱いや、元保母が最初に殺害された女児が行方不明になった時刻に関して、実際は説明をいいかえたのだったが、小説のなかでは勤務日誌を書き換えたとなっていることの理由などについて問い質した。

尋問がヒートアップして、女性弁護士が苛立つ場面もあった。

「今、いろいろ訊いてきた点は、現実の報道、あるいは現実の事件の内容よりか、小説の描写のほうが、田辺悌子の嫌疑を強めるような記述になっているのは間違いないですね?」

そこまでの尋問のまとめをするように、女性弁護士が訊いた。

「それは、原告側の弁護士さんの判断ですか?」

清水はしれっとして訊き返す。

「客観的にみてどうですか?　あなた自身、お認めになられませんか?」

「それはいくつかの判断があると思いますが」

「少なくとも、事実と違って記述を変えているという認識はありますね?」

「特に事実と違って、意図的になにか変えたという認識はありませんが」

このあと、状況証拠も使った小説による読者への影響、捜査への影響や無実を訴えている原告への配慮の有無、再逮捕に関する事前の情報入手の有無、出版によって受け取った印税の額などについて訊かれた。

女性弁護士に代わって、原告側の男性弁護士が尋問に立ち、甲山事件の遺族の代理人をしている神戸の弁護士への接触などについて追加の質問もしたので、この日の尋問は二時間半を超えた。

4

平成五年五月十八日――

新橋駅に近い第一ホテルアネックス「藤の間」で、第四十六回日本推理作家協会賞の選考会が開かれ、清水は選考委員の一人として出席した。そのほかの選考委員は逢坂剛、高橋克彦、檜山良昭、森村誠一だった。

選考の結果、長編部門は高村薫の『リヴィエラを撃て』、短編および連作短編部門は受賞作なし、評論その他の部門は、長谷部史親の『欧米推理小説翻訳史』と秦新二の『文政十一年のスパイ合戦』が受賞した。清水は翌年も選考委員を務め、長編部門は中島らもの『ガダラの豚』が受賞した。

この頃、共産党の元国会議員、松本善明《ぜんめい》が、ふいに鷺宮の清水の家を訪ねてきた。

清水が産別会議書記局で使い走りをやっていた昭和二十三年、東大法学部政治学科の学生だった松本は共産党に入党した。卒業後、弁護士になり、松川事件（昭和二十四年八月に起きた国鉄の列車の脱線・転覆事故）、血のメーデー事件（昭和二十七年）、労働争議などの訴訟に携わった。昭和四十二年に代議士となり、共産党の国会対策委員長を約十五年間務め、創価学会の言論出版妨害問題やロッキード事件などを追及して名を馳せたが、三年前の選挙で落選した。

清水のもとを訪れたのは、夏頃に実施される可能性がある衆議院選挙でカムバックするため、少しでも支持を広げたいと思ってのことのようだった。

「世間では、ソ連と旧共産圏の崩壊を資本主義の勝利だといってますが、決してそんなことはないんです」

銀髪をオールバックにし、きちんとスーツを着た松本が玄関先に立って切り出した。

ソ連は二年前の平成三年十二月二十五日に崩壊し、バルト三国、アゼルバイジャン、アルメニア、ウクライナ、カザフスタンなど、ソ連邦を構成していた共和国が次々と独立国家になった。また東欧諸国も軒並み共産主義から民主主義国家へと衣替えした。

「え?」

松本の言葉に、清水は思わず声を漏らした。

「誰が資本主義の勝利だっていってるんですか?」

「それは、世間では一般的に、そういわれてるんじゃないでしょうか」

銀髪まじりの頭髪をオールバックに整えた松本は、意外そうな顔つきで答えた。

「いや、そんなことをいってる人がいるなんて、わたしは知りませんね」

清水がいうと、松本は縁なし眼鏡の両目を訝しげにしばたたかせた。

「わたしはソ連と旧共産圏の崩壊は、共産主義の自壊作用だと思っています。誰かがなにかを仕掛けたわけじゃなくて、腐りきった共産主義が内部から崩壊したんです」

「……」

「みんな、そういってませんか?」

清水は、皮肉を込めて訊いた。

清水は、日本共産党に対しても深い失望を感じていた。戦後、共産党代々木本部のスターとして三十五年間にわたって中央委員会議長や参議院議員などを務めた野坂参三が、ソ連のスパイだったことが前年に発覚し、除名されたとき、日本共産党の政治局員はもとより、幹部といわれる人々は全員責任をとって辞任するものと思っていた。しかし、党は野坂一人を悪者にして、誰もなんの責任もとらなかった。また八十四歳という高齢の宮本顕治が、委員長を十二年間務めたあと、今も議長（十二年目）の座に君臨しているのは、チャウシェスク（ルーマニア）、ホーネッカー（旧東独）、金日成（北朝鮮）など、一度権力を握ったら決して手放さない共産（社会）主義国家の指導者の醜悪な姿に重なっていた。

「わたしもかつては、共産主義、マルクス主義にロマンを感じていました。しかし、ベルリンの壁が崩れるのをみたとき、わたしの心のなかで、はっきりと終わりました」

「……」

「今の青年たちは、もう理想の共産主義社会という幻想に惑わされることはないと思いますよ」

松本は表情を強張らせ、清水の言葉をじっと聞いていた。

「もう終わったんですよ」

清水が引導を渡すようにいった。

心のなかの『インターナショナル』の歌声は、ベルリンの壁の崩壊とともに止んでいた。

「そうですか。……失礼しました」

松本は不快な気分を隠そうともせず、踵《きびす》を返した。

夏の終わり――

清水は、四谷にある森保彦弁護士の事務所を訪れ、『捜査一課長』をめぐる損害賠償請求訴訟について話し合った。

訴訟は、清水の反対尋問のあと、昨年二月から八月にかけ、原告の元保母の本人尋問がおこなわれ、集英社の弁護士が、「あなたはプライバシー侵害だといってますけど、支援者のパンフレットにあなたの写真も出ているし、名前も、自宅の住所まで出ていますよね？　これあなたの写真ですよね？　載せることは了承したんですよね？」といった調子で、プライバシーの侵害はないのではないかという点を中心に尋問した。

その後、昨年十一月からこの年二月にかけ、出版社の責任者である集英社の大波加弘と祥伝社の総務経理部次長兼総務課長、渡辺起知夫の本人尋問、小学館販売（小学館子会社）の新堂雅章の証人尋問がおこなわれた。

そして今年五月に裁判所が和解を勧告し、三度にわたって話し合いがもたれた。

「……森先生、やはり謝罪と出版停止っていうのは、わたしとしては受け入れられません」

応接室のソファーで清水がいった。

裁判所の和解案は、清水らが一定の損害賠償を支払い、謝罪し、作品を今後出版しないと約束するものだった。

「そうですか」

温厚で、酸いも甘いも噛み分ける人柄の森弁護士がうなずく。

「多少の金を払って、お互いにとって玉虫色の和解ができるというんなら、それはありだと思います。こんな裁判に延々とかかずらってる労力っていうのも、並大抵じゃありませんから」

「そうですよね」

「ただ、わたしが謝罪したり、あの本を出版停止にしたりすれば、今後の作品とか、ほかの作家とか、出版社とか、いろいろなところに影響が出ると思います。多少おおげさにいわしてもらえれば、文学にとって後退だと思います」

清水の言葉に森はうなずく。

「そもそもあの作品は、謝罪したり、出版停止にしたりしなきゃならないようなものだとは、まったく思っていません。原告みたいに虫眼鏡で粗探しをするような真似をしたら、多少の勇み足的なところはあるとは思いますが、その程度で裁判を起こすこと自体がおかしいと思います」

清水は、もし和解を蹴ったら、裁判所による和解案と似たような線で判決が出る可能性があることも承知していた。

「万が一敗訴しても、作家として思うところを世間に訴えていくということですね？」

「おっしゃるとおりです」

清水は我が意を得たりという表情でうなずく。

「わかりました。もう少しだけ、なんとかならないか探ってみましょう」


十月――

清水は朝日新聞社から『女帝 小説・尾上縫』を刊行した。

同社の雑誌「月刊Ａｓａｈｉ」の同年六月号から八月号まで連載した作品で、大阪ミナミの千日前の料亭のおかみで、東洋信用金庫の架空預金証書を使うなどして、金融機関から延べ二兆七千七百三十六億円を借り入れ、巨額の株式投資をやっていた尾上縫を描いた作品だった。その株式投資は、バブル崩壊とともに破綻し、二年前に詐欺罪で逮捕・起訴され、東洋信用金庫も破綻した。

尾上縫は、奈良県の極貧の農家の出で、離婚を経験し、無一文で二十代半ばから大阪ミナミの料亭で仲居として働き、資産家の男たちと親密な関係を築いて金を引き出し、自分の料亭をもった。やがて霊感で競馬の勝ち馬や株式相場をいいあてると評判になり、バブル経済の波に乗って金融機関から巨額の融資を受けて株式投資をおこない、「北浜の女相場師」と異名をとった。『女帝 小説・尾上縫』は、彼女の半生を実名で生々しく描いた作品で、尾上については、人に頼まれると嫌といえない人物として描き、彼女に群がった証券会社や日本興業銀行の欲得ぶりに焦点をあてた。

作品の前半では、尾上とスポンサーの男たちとの性愛シーンが、清水独特の濃厚なタッチでたっぷりと描かれ、全体として、経済ものの要素がある官能小説といった出来栄えになっていた。この点があだとなって、翌年、詐欺罪などで公判中の尾上から、「私生活、とりわけ異性関係をあたかも事実であるかのように興味本位で取り上げられ、プライバシー権を侵害された」として大阪地裁で訴えられ、五百万円の損害賠償と謝罪広告を求められた。

提訴の翌平成七年、清水と朝日新聞社は、大阪地裁で尾上と和解で合意した。和解条項には謝罪広告は盛り込まれず、作品の在庫を破棄し、再販しないこととされた。和解金については、双方の意向で明らかにされなかった。清水らは、和解文書で、作品の内容について尾上の了解を得なかったことについて遺憾の意を表明し、小説の内容が読者に事実であると思わせる可能性があったことについて配慮が足りなかったと述べた。

十二月十五日――

師走の東京は、やや北寄りの風が吹いていたが、よく晴れた夜空に星が瞬《またた》いていた。

午後六時から、銀座八丁目にある銀座日航ホテル十階（最上階）の宴会場「スカイルーム」で、清水が毎年主催している忘年会が開かれた。編集者、書評家、取材スタッフ、その他仕事関連の人たちに、一年の感謝をあらわす会だった。百人あまりが招待され、かつて秘書を務めた佐藤（旧姓・高地）俊江や、昭和四十八年に三一書房を退社後、日刊ゲンダイ編集局次長をへて、文芸評論家兼ライターになった井家上隆幸なども顔をみせていた。最初に清水が簡単な挨拶をし、立食形式で食事と歓談がはじまった。料理はすぐなくならないよう、和洋中たっぷり用意され、飲み物も、ビール、ワイン、ウイスキー、日本酒、焼酎、ジュース類となんでもそろっていた。パービンゴゲームはだいたい全員になにか賞品があたるようになっており、品物も豪華だった。パーティーの費用は、名目的な百円の会費以外、すべて清水が負担した。二時間ほどで会が終わると、清水は美濃部、出版各社の幹部クラス、主だった取材スタッフらと「まさ」へ飲みにいき、そのあと「魔里」に三十分ほど歌いにいくので、平の編集者たちは「魔里」で清水を待った。「魔里」には清水専用の小さな手帳のような歌詞カードが置いてあり、石原裕次郎の歌や、美川憲一の『新潟ブルース』をよく歌った。清水はこういう日でも、必ず酒は一定限度で切り上げ、翌日の仕事に影響しないようにしていた。

この頃になると、清水の新作発表のペースが落ちてきた。全盛時代の昭和四十六〜六十年頃は、年間八〜十作程度という猛烈な勢いで刊行していたのが、年四、五作になった。清水も六十二歳になり、以前のように体力にものをいわせて量産するのが難しくなり、少し前から「もう書き散らしをやめて、じっくり作品に向き合いたい」と話すようになっていた。この年の新作は『女帝小説・尾上縫』、『迷路』（勁文社）、『新・天国野郎』（徳間書店トクマ・ノベルズ）、新作三作と既発表の二作をまとめた短編集『銀行取付』の四作品だった。

5

平成七年四月——

慶應義塾大学を出て集英社に約九年半勤務したあと、前年に自動車関係のライター（ペンネーム・清水草一）になっていた長男の泰雄が、『ゆけっ！　青春ドライバー』（三推社・講談社）という処女作を発表した。初心者ドライバー向けに、車の選び方、警察官との付き合い方、上手な保険の入り方、地方や国別ドライバーの特徴など、自動車生活の心得を軽妙な筆致で書いた二百ページあまりの作品だった。泰雄自身はそれほどすごい本だとは思っていなかったが、清水は「本を出したのか⁉　すごいじゃないか、まだ三十三歳なのに！　俺が初めて本を出したのは三十五歳だった。二年も早い！」と、完全に作家ではなく親の顔になり、手放しで喜んだ。その姿をみて泰雄は、清水が抱いている本を出すことに対する格別な思いや、『小説兜町』を出すまでに味わった長く深い焦燥感や屈辱感を垣間見た思いがした。

十二月十九日——

午後、清水は仕事部屋で、森保彦弁護士から電話を受けた。

「清水先生、残念ながら敗訴です。賠償額は八十八万円、謝罪広告は無しです」

四谷の事務所にいる森弁護士がいった。

先ほど、大阪地裁で『捜査一課長』をめぐる訴訟の判決のいい渡しがあった。

「そうですか」

清水は淡々と応じた。

和解案を蹴ったので、負ける可能性が高いと覚悟していたが、もしかすると勝てるのではないかという一縷《いちる》の望みも抱いていた。また、賠償額が百万円以下というのは、裁判所もどちらかに明白な軍配を上げてはおらず、「ちょっとお金を払って、もう喧嘩を止めたら？」といったニュアンスの判決だとも聞いていた。

「判決の趣旨としては、『捜査一課長』は事実とフィクションの境界があいまいで、原告の元保母が犯人である可能性が高いという誤解を読者に与えるから、名誉毀損であると。ただし、原告がしつこくいってた捜査資料の件は、これを公開しても直ちにプライバシーの侵害にはならないので、清水先生が作品のなかで捜査資料を公開したかどうかや、捜査機関から違法に捜査資料を入手したかといった点は、判断する必要がないといってます」

「なるほど」

「今から判決文とマスコミ用のダイジェスト版をファックスでお送りします。それをみて頂いて、今後どうするか相談しましょう」

世間の注目度が高い事件については、裁判所がマスコミ向けの判決のダイジェスト版を配ることが多い。

まもなく、仕事部屋のファックス機が音を立て、用紙を吐き出しはじめた。

清水はそれを取り上げ、デスクで目をとおす。タバコは健康のため、しばらく前にやめており、美恵が淹れてくれた茶をすすりながら読んだ。

判決文はＡ４判サイズに直すと三十ページほどの分量で、最初に主文があった。清水と集英社が八十八万円、清水と祥伝社が同じく八十八万円、合計百七十六万円を原告に払えとなっていた。謝罪広告の掲載や小学館に対する原告の請求は棄却されていた。

全体の半分が事案の概要と原告、被告それぞれの主張で、裁判所の判断が後半の半分に書かれていた。内容は森弁護士がかいつまんでいったとおり、プライバシーの侵害はないとされ、この点は、清水らの主張が認められた。しかし、名誉毀損に関しては、本作品が甲山事件の重要な要素である諸事実をそのまま用い、桐原重治捜査一課長らが田辺悌子を殺人の容疑者として特定し、身柄拘束した上で自白に追い込んでいく過程を詳細に描いており、モデルである原告が甲山事件の犯人である可能性が非常に高いという印象を一般読者に与えるので、名誉を侵害していると判断していた。裁判で清水らは、原告は検察審査会から不起訴不当の議決を受け、再逮捕を間近に控えていたので、社会的評価は著しく低下していたと主張したが、裁判所は、確かに原告の社会的評価は相当低下していたが、それでも相応の社会的評価を享受しており、それは保護に値するとした。

集英社と祥伝社については、清水とともに共同不法行為（複数の人間の関与による権利侵害）

が成立するとしたが、小学館については、祥伝社が取次店に取引口座をもっていなかったので、親会社の小学館が祥伝社のすべての書籍の販売委託を受けていたもので、名誉侵害の責任はないとした。

謝罪広告に関しては、損害賠償に加えて謝罪広告を出したとしても、その効果はきわめて小さく、原告の名誉を回復するのには適当でないとして、退けた。

（しかし、なんだこのいい草は⁉　こんな馬鹿なことがあるか！）

清水は険しい顔つきで、判決文の後半の一箇所を睨みつける。

そこには腹立たしい二つの文章があった。

一つ目は「人は、小説のモデルとされることにより、多かれ少なかれ、その名誉ないしプライバシーが侵害されるので、本来、無闇に小説のモデルとされるべき理由がないのに対し、作家及び出版社は、当該モデルとされた個人の犠牲において営利を得るものである」と、モデル小説は原則的に違法性を有し、しかも営利目的であるとしていた。

二つ目は「小説又はモデル小説という表現方法又は形式の選択という点に関しては、他の表現手段を採りうる余地がある以上、人間の尊厳から直接的に導かれるべき人格権の一つであるプライバシー権又は名誉権に劣後する場合があると考えても差し支えない」と、ノンフィクションで書けるならモデル小説を書くべきではないという趣旨が書かれていた。

この二つの点は議論を呼び、松井茂記《しげのり》大阪大学法学部教授（憲法学）は「法律時報」の判例研究で、前者について「これはややいいすぎであろう」とし、後者について「モデル小説も一つの表現の手法として独自の意義をもっており、他に表現の手法があるからといってその意義を頭から否定してしまうことは問題であろう」と論評した。元日本推理作家協会理事長の佐野洋《さのよう》も、「作家は、現実の出来事や事件に創作意欲をそそられて、別の世界を作るものであって、読者の購買意欲を高めることに執筆目的があるとは思わない。モデル小説をそのように決めつけられると、非常に引っ掛かりを感じる。名誉棄損やプライバシーの問題はない方が良いことは確かだが、私自身は、どういう動機で書かれたかが、小説と名誉棄損の境目であると思う」と「大阪読売新聞」に対してコメントした。

一方、原告弁護団は判決後に大阪地裁で記者会見を開き、「判決は、モデル小説が営利目的で、常に書かれる側の人間の名誉・プライバシーを侵害する危険性を有することを指摘しており、書く側に厳しいモラルを要求したもの」と述べた。認められた損害賠償が請求額の一割以下であった点に関しては「日本の場合はどんな名誉毀損訴訟も認容額が低すぎる。懲罰的な慰謝料も必要ではないか」とした。

判決は大きな注目を浴び、NHKが当日のニュースで報じたほか、全国紙が、翌日の朝刊で弁護団や清水の顔写真などとともに大きな記事にした。

翌週、清水、集英社、祥伝社は判決を不服として大阪高裁に控訴した。

この年は、一月十七日に阪神淡路大震災が発生し、六千四百三十四人が死亡、三月二十日には東京の地下鉄サリン事件で十四人が死亡し、五月十六日にオウム真理教代表麻原彰晃（本名松本智津夫）ら幹部・信者十五人が警視庁によって逮捕された。

日経平均株価は一万五〇〇〇円から二万円のあいだで小康状態を保ったが、九月十四日、日本住宅金融、住宅ローンサービス、日本ハウジングローンなど住専（住宅金融専門会社）の総貸付額の七割強にあたる約八兆四千億円が不良債権で、うち約六兆三千億円が回収不能であることが大蔵省の報告で明らかになり、政治問題化した。また九月二十六日には、大和銀行ニューヨーク支店が米国債の不正取引で十一億ドル（約千百一億円）の損失を出したことが発覚した。

清水がこの年出した新作は『君臨』（光文社）、『裏金』（角川文庫）、『懲りねえ奴』（徳間書店）、『取締役の首』（光文社）、の四作品だった。文庫は、四次文庫の『神は裁かない』（光文社文庫）、三次文庫の『すげえ奴』（角川文庫）など、二十六作品に上った。

銀座日航ホテル「スカイルーム」での恒例の忘年会の案内状に、清水は「暗くていやなことばかりの平成七年でした。お世話になった平成七年に別れを告げる集まりを、昨年と一昨年同様左記のように開きたいと思います。どうぞご出席下さい」と書いた。

第九章　土に還《かえ》る

1

翌平成八年十月――

米国を代表する新聞「ニューヨーク・タイムズ」の書評で、清水の『系列』が好意的に取り上げられた。同作品は、平成四年に集英社から刊行されたもので、日産自動車をモデルにした東京自動車と、日産系列の自動車用ヘッドランプ・メーカー、市光工業をモデルにした大成照明器が舞台である。バブル崩壊後の不況と海外自動車メーカーの進出に苦しむ日本の自動車産業を系列企業の視点から描き、三浦友和、西城秀樹、佐藤慶などが出演してNHKでドラマ化された。

同作品は、前年九月、コルビー大学（メイン州ウォーターヴィル市）の東アジア言語・文学学部教授の玉枝プリンドルが英訳し、『銀の聖域』（昭和四十五年、文藝春秋刊の短編集『銀の聖域』に収録）、『鴇《とき》の鞘』（昭和五十八年、徳間文庫の短編集『女相場師』に収録）という二つの短編と一緒に『The Dark Side of Japanese Business』というタイトルで、ニューヨークの出版社M・E・シャープ（M. E. Sharpe, Inc.）から刊行されていた。

「ニューヨーク・タイムズ」の書評版は、新聞にはさみ込む大型の冊子の形で発行されており、『系列』の書評は、一ページを使った大きなものだった。執筆者は「ニューズウィーク」で美術関係の記事を書いているジャーナリスト兼エッセイストのレイ・ソーヒルである。

　軽妙な筆致で、日本に「ビジネス・ノベル」という米国にはない小説のジャンルがあることや、清水がその分野の有名作家で、「経済記者としてスタートしたが、今はリッチな成功者で、リサーチを担当するスタッフを雇っているほどである」と紹介していた。

〈この小説の面白さは情報にある。次から次へと、ビジネスの場面が展開する。そして説明的なフラッシュバック（回想場面）が挿入される。読者はそれに最初はうんざりするのだが、そのうちに「説明」こそが、この小説の主眼だということがわかる。『系列』は、大成照明器の創業者の息子で、年老いた（浜岡）茂哉《しげや》が、会社の経営権を手放さず、それを自分の息子に譲ろうと戦う話だ。彼のライバルは、系列（部品供給会社のネットワーク）の親会社にあたる東京自動車である。同社は自社の部長をシゲヤの会社の経営陣に送り込もうとする。そしてさらなる納品価格の引き下げを強制し、自社の高い利益率を守ろうとするのだ。（中略）何章かは恋愛や傷心について描かれ、桜や秘めた思いがコントラストをつくり出すが、本筋はあくまで茂哉と東京自動車の戦いにある。〉

〈清水一行氏は、作家としては几帳面そのものである。彼が描くのは、細やかな規則と複雑な義理がからむ世界だ。（中略）そして、他の文脈で出てくれば眠気を誘うような文章が、とても面白く感じられる。それはたとえば「自動車は多くの部品からつくられている。平均して一万四千から一万五千だ。東京自動車は全部品の約八〇パーセントを系列会社から買っている」という文

章だ。〉
〈この種の小説を読むと、自分がアメリカ人だということを強く感じる。つまり、不器用で、大ぼら吹きで、共感能力がないということだ。エンターテインメント中毒のアメリカ人には、日本人のように細部を完全に読み取る能力がないことに疑いの余地はない。アメリカ人が耐えられなくなって本を投げ出し、ビデオをセットするとき、『系列』の登場人物はビジネスにおける自分の窮状を綿密にチェックする。（中略）この作品集は、文化の違いを熟考させるもので、少なくとも文化人類学的センスのあるアメリカ人ならば、日本の自動車照明器業界に魅了されるだろう。〉

この年、清水は、今後は連載や単行本執筆は止《や》め、文庫の書き下ろしに専念すると宣言し、後輩作家の高杉良への手紙に「私も文庫のおかげでこの二十年おいしいお酒をたくさん飲ませてもらいましたから、そのお返しに五、六百円で面白い小説を読んでもらおうと考えたのです」としたためた。

文庫の書き下ろしは、昭和五十八年頃から年に二冊程度手がけていたが、専念することにしたのは、書きたての作品を安く読者に提供するというサービス精神が第一の理由だった。清水は、自分の執筆活動を経済的に強く後押ししてくれた文庫の存在に、特別な思い入れをもっていた。また以前ほど取材スタッフを使わなくなったので、連載を引き受けて原稿料を稼ぐ必要がなくなったことや、身体の不調のため、自分の好きなときに執筆できる書き下ろしのほうが好都合だったことなどもあると思われた。

この頃、鷺宮の家のリビングには、出版各社から文庫の大台突破記念に贈られた女神や天使のブロンズ像、銀製の船の置物、絵皿などがずらりと並んでいた。それらは角川文庫一千万部突破記念（平成五年）、同作品数百点突破記念（同七年）、集英社文庫五百万部突破記念（同）、徳間文庫五百万部突破記念（同）、光文社文庫二百万部突破記念（同二年）などで、のち平成十二年に光文社文庫五百万部突破記念の像も加わる。これらだけで二千五百万部というすごい数字である。

翌平成九年十月八日――

大阪高裁で『捜査一課長』をめぐる損害賠償訴訟の控訴審判決があり、清水らの控訴は棄却された。控訴審では、集英社が作品の読後感のアンケートをとり、その結果にもとづき「一般的な読者の受け取り方や解釈は、田辺悌子が犯人であるとの印象を与えるものとは到底いいがたく、せいぜい『黒っぽい（疑わしい）』という程度にすぎない」と主張したが、高裁は「本件小説が、一般読者に対し、全体として、被控訴人（元保母）が甲山事件の犯人である可能性が非常に高いとの印象を強く与え、被控訴人の社会的評価を低下させた」として、集英社の主張を退けた。

清水、集英社、祥伝社は、判決を不服として最高裁に上告した。

この年は、三月に発覚した総会屋小池隆一と野村証券の利益供与事件が、瞬《また》く間に金融業界全体に波及していった。五月に野村証券の酒巻英雄社長が逮捕されたのを皮切りに、六月二十九日に第一勧銀の宮崎邦次元頭取が自殺、七月四日には同行の奥田正司前会長が逮捕された。七月三十日には山一証券本社に東京地検特捜部の強制捜査が入り、八月に同社の行平次雄会長、三木淳夫社長ら十一人が退陣し、新社長に野澤正平が選ばれた。大和証券、日興証券、山一証券も役員や元役員から逮捕者を出した。そのほか味の素、松坂屋、三菱自動車、三菱電機、東芝、三菱地所、日立製作所なども総会屋に利益供与をしていたことが発覚し、世間の厳しい批判を受け、社長や役員が辞任したりした。

十一月になると、未曾有の金融危機が発生した。同月三日、準大手の三洋証券が会社更生法の適用を申請し、三千七百三十六億円の負債を抱えて戦後初の証券会社の倒産になった。その二週間後の十一月十七日、コール市場で資金がとれなくなった北海道拓殖銀行が自主再建を断念し、北洋銀行を軸に営業を譲渡すると発表。さらに十一月二十四日、長年「飛ばし（不良資産隠し）」の噂があった四大証券の一角、山一証券が自主廃業。金融機関に対する不安が一挙に高まり、日本長期信用銀行、安田信託銀行、足利銀行など、体力低下が噂される銀行の店舗に、預金を引き出そうとする人々の長蛇の列ができた。

年初に二万円近かった（一万九四四六円）日経平均株価は、年末には一万五二五八円まで下がった。

平成十一年春――

一年半前の三洋証券の破綻に端を発した金融危機が、相変わらず日本を揺るがしていた。

前年に、日本長期信用銀行と日本債券信用銀行が国有化され、この年に入って、政府の金融再生委員会（委員長・柳澤伯夫）が、大手銀行十五行に総額約七兆五千億円の公的資金の投入を承認した。

四年前に問題となった住専については、母体行が中心になって損失を負担するほか、政府が七千億円の公的資金を投入し、処理されている最中である。

日経平均株価は相変わらず一万四、五千円台で低迷している。

ある晩、清水一行は、銀座コリドー街のなじみのクラブ「まさ」を訪れた。

「……そう。裁判、やっと終わったの」

清水のかたわらでバランタイン十七年ものの水割りをつくりながら、ママの吉田昌了がいった。

「ああ、やっと終わったよ」

去る二月四日、最高裁が大阪高裁による事実認定と判断を認め、清水らの上告を棄却する判決を出した。清水は読売新聞の求めに応じて「言論、表現の自由についてきちんとした判決をしてほしかった。ただ、今回の裁判の是非を論ずる前に、二十年を超えるような（甲山事件の）裁判を続けていることのほうがはるかに大きな人権侵害。人権侵害をしているのは裁判制度そのものだ」とコメントした。

「賠償額は八十八万円ですんだんでしょ？」

「金の問題じゃないさ。それに弁護士費用が四千万円以上かかってるからなあ」

「四千万円⁉　そりゃ、ずいぶんかかったわねえ！」

「印税でもらったのは九百九十五万円だから、三千万円強の赤字だな。……まあ、こういうこともあるさ」

薄茶色のレンズの眼鏡をかけた清水の顔には、残念そうな思いとともに、どこかほっとした雰囲気も漂っていた。

眼鏡のレンズの色を変えたのは、三年前に白内障の手術を受け、紫外線を受けないようにするためだった。手術を受けた年は、半年以上仕事ができなかった。

「ゴルフはやってるの？」

「まあ、ぼちぼちな。……この頃は、ドライバーが飛ばないんだよな」

体力にものをいわせた豪快なドライバーショットが清水のゴルフのもち味だった。

昭和六十三年には、週刊誌の「文壇ゴルフ番付」で東の横綱が『赤頭巾ちゃん気をつけて』の庄司薫で、西の横綱が清水だった。大関は渡辺淳一（東）と高橋三千綱（西）、関脇は三好徹（東）と古山高麗雄（西）で、記事では「まず文句なしの横綱を張っているのが庄司薫と清水一行。両氏は自他共に認めるシングルで出版各社が主催するコンペでは庄司が4〜6、清水が8前後と、かなりのもの」と書かれていた。

「あと二年で古希ならドライバーも飛ばなくなるでしょうよ」

「まあ、そうかもな」

そういって水割りのグラスを傾ける。

「麻雀は、やってるの？」

「うん、まあ、そっちのほうもぼちぼちだな。最近は、御喜家さんがめっぽう強いんだよ」

一昨年、日本を揺るがした一連の総会屋事件が契機となり、同年、改正商法が施行された。総会屋にも利益を供与した企業にも厳罰を与え、最高で懲役五年を科すもので、総会屋の活動が厳しく取り締まられるようになった。以前は企業からせしめた賛助金を気前よく麻雀でばら撒いていた御喜家も、背に腹は代えられなくなり、麻雀で勝つようになった。

「ところで、高杉さんの『金融腐蝕列島』、ずいぶん売れたらしいわね」

二年前に高杉良が角川書店から、バブル崩壊後の都銀内部のどろどろとした権力闘争、総会屋やヤクザとの癒着、不良債権処理の実態などを描いた『金融腐蝕列島』を刊行し、金融不安の世相にマッチして、爆発的なヒット作となった。

「一行ちゃんは、ああいうの書かないの？　バブルが崩壊して、山一証券もつぶれて、ネタには事欠かないでしょ？」

「うーん、そうだなあ……」

清水の返事は煮え切らない。

昨年の新作は『烘火《こうか》　東京下町物語』（徳間文庫）と『三人の賢者』（光文社文庫）という文庫書き下ろしの二作品だけだった。前者は、東京の下町の中小企業を舞台に、従兄弟同士の友情と人生における葛藤を出生の秘密をまじえて描いたもの。後者は、二年前に全日空の若狭得治名誉会長、杉浦喬也会長、普勝《ふかつ》清治社長の三人が揃って退陣し、刺し違えともいわれた事件の背後にあった権力闘争を、主に若狭の秘書に取材して書いた作品だった。

八年連続の長者番付入りは、一昨年が最後となった。

「この頃、お客、ずいぶん減ったんじゃないか？」

清水が店内を見回して、話題を変えた。ほかにいる客は一組だけだった。

「そうね。昔はお客さんが若い人を連れてきてくれて、今度はその若い人たちがお客さんになってくれたけど、今の若い人たちは銀座じゃなくて、キャバクラみたいなところにいくから」

「ああ、そうかもしれんなあ」

「昔は店の女の子たちも、ちゃんと本や新聞を読んでたけど、今の子たちは新聞もとってないしね。お客さんと話すことがなくなると、歌集を出して『カラオケ歌いましょ』ってやるでしょ。そうするとだんだん話題もなくなって、お客さんのほうが女の子を遊ばせなきゃならなくなるのよね」

「まさ」では昔は出版社の客も結構きていたので、店の女の子たちが読めるよう、その出版社の雑誌を置いていたが、今はそれもなくなった。

「わたし、そろそろお店を閉めようかと思ってるの。もう時代も変わったし」

「そうか……。確かに、平成んなって、時代はずいぶん変わったよなあ」

清水は過去を追想するようなまなざしで、バランタインの水割りをゆっくり傾けた。

2

平成十五年四月——

七年前に文庫書き下ろしに専念すると宣言した清水が、珍しく単行本で『家族のいくさ』（光文社）という書き下ろし長編小説を刊行した。

満州から引き揚げてきた石川県の家族がなんのツテもなしに上京し、かつかつの生活をしながら荻窪で闇屋をはじめ、昭和二十七年に駅前のマーケット内の店舗で生地を売って成功し、病気、火事、手形詐欺など、さまざまな困難を一家が力を合わせて乗り越え、昭和四十年代後半には、千葉、鶴見、新宿、池袋、市川、船橋など十二の衣料品店をもつにいたる苦闘の道のりを描いた作品だった。きっかけは、清水が荻窪の青色申告会という税務関係の団体から講演に招かれ、そこでモデルとなる人物を紹介され、面白いと思ったことだった。原稿は家族が口述筆記した。

（清水一行ともあろうものが、こんな作品を書くのか……）

講談社取締役の中澤義彦は、『家族のいくさ』を一読して失望を禁じえなかった。

中澤は、昭和四十五年の富士銀行雷門支店事件当時「週刊現代」に在籍し、その後、「小説現代」編集部で一時清水を担当し、文庫部長などをへて六年前に取締役になった。

文章はベテラン作家らしく端正で、構成のバランスも過不足がなかったが、かつてのエネルギーやスケール感のない作品だった。また登場人物たちがすべて善人で、「善人はつまらない。素材としてこんなつまらないものはない。悪人は我々が予想しないようなドラマをたくさんもっている」（「財界」平成十三年春季特大号）と語り、もっぱら大悪党や一癖も二癖もある人物を主人公にしてきた作風が嘘のようだった。

しかも、京王プラザホテルで千人くらいを招いて出版パーティーをやるという招待状が清水から送られてきたので、なぜそんなことまでやるのかと首をかしげた。

平成十二年前後からの清水の筆力の衰えは、中澤に限らず、誰もが感じていたことだった。

清水は、恒例の銀座日航ホテルでの忘年会も「もうやめる」といって、開かなくなった。かつて秘書を務めた佐藤（旧姓・高地）俊江は、それを聞いて「ああ、寂しいなあ」とつぶやいた。

平成十七年十二月二十日――

東京の日中の最高気温は十度前後で、十二月下旬らしい寒さだったが、風はあまりなく、快晴の空から明るい日差しが降り注いでいた。

前の月に耐震偽装事件が発覚し、この日、警視庁、神奈川県警、千葉両県警の合同捜査本部は、元建築士、姉歯秀次の自宅兼事務所や、マンション開発・販売会社、ヒューザー本社（東京都千代田区）など、全国で関係先約百ヶ所に強制捜査に入った。

杉並区阿佐ヶ谷の寿司店で、清水と美濃部修が「産別会議と私たちの青春」というテーマで対談をした。

主に労働関係や左翼思想関係の本を出版している革マル系出版社、あかね図書販売（現・ＫＫ書房、新宿区）が、この月から刊行を開始した『斎藤一郎著作集』（全十五巻）の付録の「月報」に載せるための対談だった。斎藤は労働運動家で、清水と美濃部がいた当時の産別会議事務局の指導者だった。

――（司会）産別会議の時代、その時代の生きた姿を、お二人に甦らせていただきたいというのが、私どもの希望です。

清水「私はどうして産別会議に紛れ込んだのか……。私には、隠し持っていたヒロポンの空き箱で金子健太さんにぶっ叩かれたというような、そういう経験しかないんです。これだけ立派な著作集の『月報』にのせるような想い出ではないんだなぁ（笑）。（中略）私は作家活動の最後の仕事として『静かなドン』のようなものをやりたいと思っていた。それで資料を集めていた」

美濃部「大宮の兄貴（美濃部英司）からその話を聞いて、『静かなドン』か何かは別として、戦後の混乱期からずうっと歴史が動いていく姿をとらえて、一行さんの青春、戦後を生きた若者の青春小説を書いて残しておいてくださいよ」

――どうして産別会議に入ったんですか。

清水「産別会議の文化部に私の中学校時代の担任教師だった北条四男とかいうかたがいたんだ。彼が『共産主義』というとんでもない思想を教えてくれた。いやぁ、それは面白かった。（中略）そのうち、産別会議事務局の誰かが用があって、宿直ができない。『坊や、おまえこれやっとけ』と言われて。（中略）でもね二千円か三千円のお給料をもらいましたよ。みんなもらってないんだがね」

美濃部「お米も食べられなかったですからね。ですからあそこで、どういうところからか知らんが、米が入ってきていた。飯盒で炊いたご飯というのはね、あの頃の強い印象だった」

清水「でもコッペパンは売っていたんです。新橋まで歩いていってコッペパンを買って、沢庵買って両方ぶら下げて帰ってきたことがよくありましたよ」

美濃部「産別会議の書記はたくさんいたから、誰がどういう顔だったか、全部は憶えてはいませんね。（中略）でも斎藤さんという人は怖い人だった。斎藤さんはとくに大きな声でよく怒鳴る人だったという記憶はある」

清水「でもことのほか面倒見はよかった気がする」

美濃部「毎日夕方になると細胞会議。六時からとかいってね（笑）」

――当時の会議はどんなことをやったんですか？

清水「吊るし上げが多かった気がするんだけどな。そうじゃなかった？」

美濃部「それが多くなったのは産別会館の建物が建ってからのことだ（注・昭和二十三年七月）。やっぱり、民主化同盟の結成あたりから産別会議の雰囲気が違ってきた。変電所（有楽町）の頃には全然そういうことはなかった」

清水「変電所の頃で僕が憶えているのは、よくみんな集まった、けっこう学究肌の人たちがいた。聴濤克巳《きくなみかつみ》（注・朝日新聞記者、のち産別会議議長）だとか、鈴木東民《とうみん》（注・読売新聞記者、のち釜石市長）だとか、そういうお歴々が階段を上がってよく来ましたよ」

美濃部「一行さん、よくトラックの上乗りをして紙を取りに行きましたね、新聞用紙を。プレスという旗を立ててね」

清水「大威張りで」

美濃部「あれが青春だね、考えてみると」

――美濃部さんはどういう経緯で産別会議に入られたんですか。

美濃部「僕はなんで産別に入ったのか、それがもっともわかんない。（中略）終戦の年、三月十日の東京大空襲の後、京成電鉄の堀切菖蒲園から焼け跡を翌十一日に歩いた。言問橋を渡って死屍累々としたあの臭い、あれがどうにもならなくて……。こんなことをしていたらいけないという気持ちが、反戦とかなんとかではなくてこびりついていた」

清水「あの頃はもっと生臭かったね。親戚が西田端に住んでいて、『みんな死んじゃったらしいから、おまえ、一人ずつ死んだ人の顔をみて親戚を見つけてこい』と言われて、俺は隅田公園にずうっと並んでいるのを調べて歩いたりした。ずいぶん死体を見た。結局知っている人だの親戚だのといってもわからないのよ。みんな真っ黒焦げだもの」

このあと話題は、当時の産別会議書記局の様子、愛宕に新たにできた産別会館の建設経緯、清水が逮捕され、愛宕警察に留置された昭和二十四年五月三十、三十一日のデモ（五・三〇事件）などにおよぶ。

美濃部「一九五〇年（昭和二十五年）には私は産別にはいなかった。病気で療養にいってしまった。一行さんともプツンと縁が切れちゃった。（中略）胃潰瘍で日赤中央病院で胃を四分の三切り取っちゃったの。私が（数え年で）二十二歳のときです。それでいつの間にかズルズルと、もう好きだった映画の道に入っていっちゃった」

清水「修ちゃんは早々と消えたからよかったが、あとは大変。除名されたり復党を認められたり、党を出たり入ったり。（中略）入党を認められたのは産別会議にいた頃。吉田すけさんという人に……」

美濃部「すけはる（資治）さんね、後で産別会議の議長になる人」

清水「そう、自分はおっちょこちょいだから、『おまえ入れ、入れてやる』と言われて（笑）。はじめは青年対策、青年共産同盟の担当。これがなぜか知らないが民青に名称変更になる。そのあと、産別会議の事務局細胞は縮小したのか崩壊したのか、私は地区に移る。そこでけんかしてすぐ除名になった。地区の方というのは当時すごかったですよ。反対意見を言うやつはみんな除名だ、みたいな。そういうかたちで地区段階の活動が崩壊していく」

美濃部「その地区はどこ？」

清水「向島。それでね、いまでもありますよ。『君を除名したのは間違いである』という党の地方委員会の自己批判書があるんだ」

——ちょうど五〇年分裂（注・昭和二十五年の共産党分裂）の頃ですか。
清水「ぼくはあの五・三〇事件（注・昭和二十四年）のあと肺結核をやって、四年寝て（注・入院中に清水は除名された）、出てきて中西功さんのやっていた労働調査協議会の出版部に入った」
美濃部「一行さんとは（彼が）労調協に行ったとき以来、会っていない。作家清水一行が誕生しても知らなかった。ただ偶然、『動脈列島』を読んで、カバーの後ろの写真を見て、これは清水一行君に似てるな、しかしまさか一行君が小説を書いているとは思わなかった」
清水「そうだったの」
美濃部「ついていたのかな、まあよく今日まで元気に生きているから。おたがいの六十年間はすさまじいドラマでしたからね。是非、一行さんの『静かなドン』を書いてくださいよ」
対談は、二人で遠い昔を懐かしみながら、時間をかけ、ゆっくりと、和やかにおこなわれた。
清水は七十四歳、美濃部は七十六歳になっていた。

この年、清水は『創業家の二人の女』（徳間文庫、書き下ろし）、『社長の品格』（光文社文庫、同）の二つの新作を出した。全盛時代に年間二十冊近く出していた文庫（新作以外）は六冊だけだった。

翌平成十八年五月——
清水は、生涯最後の作品となる『絶対者の自負』を徳間文庫から書き下ろしで刊行した。約一年半前に金融庁で起きたフロッピーディスク紛失事件をモデルにしたものだった。

主人公は、金融庁（作中では「金融省」）で検査課長を務めるキャリア官僚、岡野靖。東大卒で、一年後には審議官になれるはずだった。しかし、整理整頓の悪い若手の部下が地銀の検査データ入りフロッピーディスクを紛失し、その責任を取らされ、大手銀行の検査部長に転出させられる。本来ならそこまでの処分は受けずにすんだはずだったが、フロッピーディスクを入手した全国紙の上山という社会部記者が悪意ある記事を書いたことがあだとなった。

転出先の大手銀行で岡野は検査部長となり、熾烈な派閥争いに気を付けながら懸命に働き、いずれは役員という目も出てくる。しかし、保土ヶ谷支店で女性派遣社員による十四億九千万円の横領事件が発生。再び上山に悪意のある記事を書かれ、資料室付部長に左遷される。

さらに岡野は、金融省時代の部下の投資詐欺にひっかかる。怒りのあまり包丁で元部下に切りつけたが、もみ合いになって自分の脇腹を刺してしまう。その場に上山が居合わせ、包丁で切りつける岡野を写真に収め、脇腹から出血しながら助けを求める岡野に「悪いけど、あんたにかかわっている暇はないんだよ。われわれ新聞記者は特ダネが第一だから」と立ち去ろうとする。しかし上山は、暴走族の車に撥ねられ、血だまりのなかでぴくりとも動かなくなる。

全盛期の濃密で切れ味のある情景描写や、作品全体に横溢するエネルギーはなかったが、金融庁という職場の現実、官僚のキャリア・システム、銀行での派閥争いなどがきちんと書き込まれ、読ませる出来栄えになっていた。タイトルの「絶対者」は、自分が絶対的な存在であると考える新聞記者たちを指しており、岡野を目の敵にしてつきまとう上山の偏執狂的な人間像の描き方が巧みだった。

3

平成十九年三月二十二日――

城山三郎が、間質性肺炎のため、茅ケ崎徳洲会総合病院で七十九年の生涯を閉じた。

平成十二年に妻の容子に先立たれてから、城山はみるみる痩せ細り、執筆意欲も急激に衰えていた。

最後の小説は平成十三年に出した『指揮官たちの特攻 幸福は花びらのごとく』だった。それ以降は年に一冊か二冊、軽いエッセイや対談集を出すだけになり、亡くなる二年前にはそれも終わった。

晩年はかなり物忘れをするようになり、毎日のように茅ケ崎の駅ビル内のチェーンの居酒屋の十一時半からのランチタイムを店の前で待ち、一人で赤ワインを飲んで所在なげにしていた。

同年、夏の終わり――

元日刊現代専務の鈴木教亢《のりたか》は、軽井沢の清水の別荘を訪れた。

講談社に昭和三十六年に入社した鈴木は、「週刊現代」編集部で清水の株の欄を一年ぐらい担当したことがあった。その後、「月刊現代」編集部などで働いたあと、日刊現代に移り、清水から年に二、三回、麻雀やゴルフや飲み会に呼ばれていた。軽井沢には親戚がいるので、そちらを訪問がてら、清水の別荘にも時々顔を出していた。

「……まあ、老人病なんだよな、眼の病気っていうのは」

リビングの椅子にすわった清水がいった。

鈴木が予想していたよりは元気そうにみえたが、執筆をしている様子はなかった。

二年ほど前に清水が「もう書くことがないんだよ」というので、鈴木が「企業がいろいろなことをやって、内部告発なんかが出てるから、清水さんは書かざるを得ないんだよ」と励ましたことがあった。

「眼以外は大丈夫なんですか？」

「いやぁ、医者には三つか四つかかってるよ」

ここ数年、清水は目立って衰えていた。六年前には、変形性脊椎症や両股関節炎で、一時医者からゴルフを禁止された。回復してからは、夏に追分の別荘にきたとき、大浅間ゴルフクラブでカートに乗り、もっぱらハーフ（九ホール）のプレーをしていた。

ゴルフコンペでの優勝は、七十二歳だった四年前、東京ゴルフ倶楽部（埼玉県狭山市）で開かれた「東洋会」のコンペにハンデ二十八で出場したときが最後である。

「病院にいくたんびに、次から次へと薬が増えるんで、往生してるよ。女房が朝からセットしてくれるんで、それを飲んでるけど、なんの薬かわからねぇ、はっはっ」

飲んでいるのは降圧剤、糖尿病関係、精神安定剤などらしかった。

「今朝、宗田さんから電話があって、とっくに人生卒業してるから、そのへんの爺さんと似たようなもんだって話したよ」

宗田は、「ぼくらシリーズ」の累計発行部数が二千万部近くなり、押しも押されもせぬライトノベルの流行作家になった。現在は、家族と一緒に名古屋市東区に住んでいる。

「そんなに薬、飲まないほうがいいんじゃないですか？」

「うん、でも飲むと、病気が進まないから。……去年までは、ゴルフもやってたんだけどなあ」

鈴木は、また来年も会いましょうといって、別荘を辞した。

しかし、翌年は会うことができず、翌々年は清水に「もう別荘にはいってない」と告げられた。

この年、清水は新作を出すことなく、三次文庫の『密閉集団』（光文社文庫）、六次文庫の『女教師』（徳間文庫）など、文庫を四冊出しただけだった。


翌平成二十年――

九月中旬に発生したリーマン・ショックと、それに続く世界経済の混乱で、日経平均株価は一時七一六二円という二十六年ぶりの安値まで暴落し、ちまたに不況風が吹き荒れていた。

ある日の夕方、かつて清水の取材スタッフを務めた板坂康弘は、銀座五丁目のソニービルで清水と待ち合わせた。

七十三歳になった板坂は、二年ほど前に官能小説の執筆から実質的に引退し、趣味を生かして、千代田区内神田で「竹の子」という麻雀サロンを経営していた。

清水とは四年くらい前から、年に二、三回飲み会をやるようになっていた。何人かで、上野、神田、銀座などで飲み、その後、清水の好きなカラオケにいった。

（遅いなあ、どうしたんだろう？）

腕時計をみて、板坂は訝った。

几帳面な清水は、十五分くらい早く待ち合わせの場所に着いているのが普通だった。

（なにかあったんだろうか？）

待ち合わせの予定は三十分近くすぎていた。

清水が姿をあらわしたのは、さらに三十分ほどたってからだった。

「清水先生、どうされたんですか⁉」

板坂は驚きながら椅子から立ち上がった。

「いやぁ、悪い悪い。東京駅からのきかたがわかんなくて、しょうがないからタクシーできたんだよ」

（え、東京駅から銀座へのきかたがわからない……？）

板坂は、清水の老いを感じずにはいられなかった。

この頃、清水は、もうほとんど執筆をしていなかった。書きたいと思っても、視力が衰え、手に力が入らず、思考を集中させられなくなっていた。時々、美恵と温泉に出かけたりしていたが、家にいるときはぼんやりテレビばかりみていた。長男の泰雄は、そんな父親の姿をみて、ゴルフと麻雀以外に趣味をもたず、ひたすら働いてきた昭和一桁世代の燃えつき症候群のように感じた。

清水と板坂は、一緒に夕食をしたあと、飲みにいくことになった。

「……おかしいなあ、このへんにあったと思うんだが」

銀座の街角で、清水は目指す店の場所がわからず、うろうろした。いきつけだった「まさ」は七年くらい前に店を閉めていた。

「清水先生、お店の場所がわからないんでしたら、『魔里』にいきましょうよ」

梶山季之が開いたバー「魔里」は、七十二歳になったママの大久保マリ子が今も毎晩カウンターのなかに立ち、店の灯を守っていた。

その日、「魔里」には、『偶像本部』の材料を提供し、青樹社で清水の担当編集者を務めた武田一美や、光文社の丸山弘順もきていた。大久保が清水専用の歌詞カードを出して、「先生、歌う?」と訊いたが、清水は「歌はいいから」といって、糖尿病のために禁じられているウイスキーをほんの少し舐めるように飲んだだけだった。

客のほとんどは清水を知っていて、「先生、どうも」といって帰っていったが、清水はそのたびに「今の誰だった?」と尋ねた。

一時間ほどいて店を出ると、清水は、美濃部と再会した場所である長い廊下を歩き、エレベーターで地上に降りた。

かつてはあたりを払うようなどっしりとした存在感があり、優しそうな細い目の底に鋭い光をたたえていた清水の身のこなしや足取りは、ずいぶんとおぼつかなくなっていた。

板坂が通りでタクシーを拾い、清水は皆に見送られて車に乗り込んだ。

「清水先生、大丈夫なのかしらねえ……」

赤いテールランプをともして遠ざかるタクシーを見送りながら、大久保が心配そうにつぶやいた。

この年、清水は徳間文庫から四次文庫の『敵対的買収』と三次文庫の『重要参考人』を出しただけで、後者が生涯最後の本となった。

　翌平成二十一年夏――

　清水は、旧玉の井（現・墨田区東向島五・六丁目、墨田三丁目）の街をゆっくりと走る乗用車の後部座席にいた。

　運転していたのは、長年清水の取材スタッフを務めてきた自動車評論家の男だった。日刊自動車新聞の元記者で、本田技研工業の創業者、本田宗一郎と副社長だった藤沢武夫をモデルにした『器に非ず』（昭和六十三年、光文社カッパ・ノベルス）などの取材に携わった。年齢は清水より十歳くらい下で、運転の名手である。

「……ああ、ずいぶん変わっちゃったなあ。もうどこなのか、わからねえなあ」

　清水が、窓の外の風景をみながらいった。

　木造で灰色のモルタル壁の建物が多く、くたびれて、ごちゃごちゃとした下町の商店街だった。スーパー、食料品店、洋品店、魚屋、中華料理店、パチンコの景品交換所など、庶民の生活感のある雑多な店が建ち並んでいた。

　清水のかたわらには、元証券マンで、昭和三十年頃から清水と付き合いがあり、『虚業集団』（昭和四十三年、読売新聞社）など、金融関係の取材に携わってきた男がすわっていた。

　この日、清水が「玉の井をみたい」といい、長年の腹心である二人が連れてきたのだった。

「ここが『いろは通り』ですね」

　空調がよくきいた車のなかで、元証券マンの男がいった。

旧玉の井を東西につらぬくメインストリートで、片側一車線の通りの左右に商店が建ち並んでいた。

「これが、いろは通りか……」

薄茶色のレンズの眼鏡をかけた清水は、窓から通りを熱心に眺める。しかし、視力が衰えているので、あまりよくはみえない。

ところどころの路地に視線をやると、二階部分が洋風で、一階が広めのホールだったとわかる古い建物があったり、壁に模造タイルを張った家があったり、塩を売る琺瑯《ほうろう》の看板が出ていたりするが、それ以外は往時の名残を留めるものはほとんどなかった。

清水の知っている玉の井は、二階建てのくすんだ木造の家々がひしめき、「ぬけられます」「ちかみち」など、たくさんの看板があふれ、おしろいを塗った女たちや割烹着の婦人たち、カフェーへいく男たちがいきかい、路地で坊主刈りやおかっぱの子どもたちが遊んでいる、迷宮のような場所だった。夜になると、カフェーの赤い軒灯がともり、ガラス戸や小窓の向こうの光のなかに、白い顔の女たちや客の男たちが異世界の人々のように浮き上がっていた。雨が降れば路地に水があふれ、低く庇《ひさし》を接した陋屋《ろうおく》がひしめいていて、晴れの日でも清水の実家には陽が差し込まなかった。その陋屋で美恵と結婚式を挙げた。

「このあたりには、映画館があったんだが……」

当時、清水一家は、いろは通りの荒川寄りの裏手にある二階家に住んでいた。「玉の井新劇場」という日活系の映画館の近くだった。

「『ムービー』も、もうとっくの昔になくなったんだろうなあ」

美恵が働いていた喫茶店「ムービー」は、いろは通りからカフェーが集まっている一角に行く途中にあったが、今は民家兼スナックになり、カラオケ教室の案内が張ってあった。

お歯黒どぶはとうの昔に埋め立てられ、不自然に曲がりくねった道が、昔の玉の井を感じさせるだけだった。

「みんな、もうすっかり変わっちまったんだなあ」

昔の街の面影をみいだすことができなかった清水の声は、半ば失望し、半ば納得しているようだった。

頭上から夏の日差しがかっと照り付け、遠くから東武伊勢崎線の電車が鉄路を踏み鳴らす規則正しい音が聞こえていた。この日が清水の生涯最後の玉の井訪問となった。


翌平成二十二年二月十四日——

結婚して静岡に住んでいる清水の元秘書の佐藤（旧姓・高地）俊江に、美恵から電話がかかってきた。

「俊江さん、お元気？　いつもチョコレート有難う」

美恵はいつもの明るい声でいった。佐藤は昭和六十一年に秘書を辞めたあとも、ずっとバレンタインデーに、清水と宗田にチョコレートを送っていた。

「お父さーん、俊江さんよー」

美恵が清水を呼び、少しして清水が電話に出てきた。

「と、俊江さん……いつも、ありが、とう」

秘書をしていた頃とはまったく違う、震えがちな老人の声で清水がいった。

（ああ、先生も歳をとったのだなあ……）

清水は七十九歳、うら若き乙女だった佐藤も五十歳をすぎた。

「先生、ご無沙汰してます。お身体の具合はいかがですか？」

佐藤は清水によく聞こえるように、明るく大きな声で訊いた。

「あ、ああ、なんとかやってるよ……」


それから約一ヶ月後の三月十五日——

東京の空は雲におおわれていたが、風はなく、日中の最高気温は十八度近くまで上がり、春らしくすごしやすい日だった。

東京の半蔵門病院に二週間ほど前から入院していた清水一行は、午後五時十五分、家族に見守られながら息を引き取った。晩年になって糖尿病を患い、数年前から心臓も悪くなり、老衰による死去だった。

葬儀は家族だけで執りおこなわれた。お経、戒名、花、仏壇など、いっさい無い家族葬だった。

清水は若い頃から「葬式や墓にこだわるのは馬鹿々々しい」「盛大な葬式は面倒なだけ」と話していたので、家族はその意を汲んだ。すべての装飾的要素を切り捨て、最後は美恵が痩せて小さな身体になった清水を抱くようにして送った。家族は、美恵に心ゆくまで清水を送らせたかったので、義理でくる人は遠慮してほしいという思いもあった。

墓は松戸の八柱霊園にあるごく質素なものである。清水家の墓所は、幅三・五メートル、奥行き五メートルほどで、正面奥の左に清水と美恵の墓、その右隣に忠助、華、みつの墓がある。二つとも白御影石で、高さが七〇センチほどのごく小さな墓である。生者である美恵の名前は、赤い文字になっている。忠助らの墓の右隣に、「清水家先祖の霊」と刻まれた、高さ一・五メートルほどの白御影石の宝塔が建っており、その手前（敷地中ほどの右寄り）に、高さ七〇センチほどの白御影石に蓮の葉に乗ったお地蔵様が浮き彫りにされた墓が建っている。生後三ヶ月弱で夭逝した長女、幸の墓である。清水の骨は、長女、幸を葬ったときと同様、骨壺に入れず、土のなかに直接埋められた。

清水の死は当初世間には発表されなかったが、交流のあった人々の間で少しずつ伝わり、親しかった取材スタッフ、編集者、高杉良、評論家の佐高信、佐藤俊江らが、三々五々、鷺宮の家に焼香にやってきた。弔問客があると美恵は丁寧に応対し、清水の肖像画や連載の挿絵を描いた画家たちの絵が壁に飾られたリビングで、文庫の大台突破記念に贈られたブロンズ像や銀製の置物、推理作家協会賞授賞式の写真、ゴルフコンペの優勝トロフィーなど、ゆかりの品々をみせたりしながら、思い出話をした。

マスコミが清水の死を知ったのは、亡くなってから一週間後で、ＮＨＫニュースや新聞で報じられたが、死後に特集番組やドラマなどもつくられた城山三郎に比べ、扱いは小さかった。清水は七十九歳と二ヶ月、城山は七十九歳と七ヶ月だった。生涯の作品数は、清水が二百十四作品、城山が百十八作品である。

文壇関係者のみならず、中曽根康弘元首相、小泉純一郎前首相、大賀典雄ソニー相談役、堤清ニセゾンコーポレーション元会長（ペンネーム・辻井喬）ら著名政治家・財界人など約七百五十人が出席し、港区芝の東京プリンスホテル「鳳凰の間」で厳粛かつ盛大なお別れの会が開かれた城山とは対照的に、そうした集まりはいっさい開かれなかった。城山も生前、清水同様「文士の勲章は野垂れ死に」と語っていたが、死後の扱いは対照的だった。

清水の仕事部屋の机の上には、亡くなる二年ぐらい前に、愛用していた薄緑色の枡目の原稿用紙にブルーブラックのインクでしたためた原稿が何枚も残されていた。全盛時代の枡目の右半分だけを使い、右上が跳ねたような文字ではなく、震えはあるものの、几帳面そうな丁寧な文字が並んでいた。

〈山鹿機関説
第一章　軽い骸《むくろ》
清水一行

視野の一角で微かな色彩感がこぼれた拍子であった。……という息つぎで首をねじると、そっと抱いた腕の中の骸が、羽のように軽くなった。

「できたばっかりなのに、おくるみがもったいないないな」

「そう」

言葉を切った感じ。だがつづけて「またいるかなァ」と辻棲の合わないことを言った。

「代わりましょうか」
色白な顔で美沙子が慰める。後れ毛がもつれて、ほとんど一週間の不眠の看病疲れを物語っていた。〉
日本版『静かなドン』を目指し、乱れがちな思考と震える手で書かれた原稿は、どれも一枚目に同じような文章が並び、そこから先には進んでいなかった。

完

本書の人物名、組織名等はすべて実名で、内容はノンフィクションです。

原稿用紙の「枚数」は、特に断り書きがある場合を除き、すべて四百字詰め原稿用紙の（またはそれに換算した）枚数です。

一九三ページから一九四ページに引用した『悪の公式』の原文は、差別的とされたものですが、読者が作品の雰囲気を理解できるよう、地名や過激な表現を削除して掲載しました。

甲山事件において殺人罪で起訴された元保母は、平成十一年九月に二度目の控訴審で無罪とされ、大阪高検が上告を断念し、判決が確定しました。

初出（第三章の3まで）
「G2」第八号（二〇一一年九月五日）、同第九号（二〇一二年一月十六日）、講談社
第三章の4以下は書き下ろしです。

主要参考文献

『梶山季之』橋本健午著、日本経済評論社、一九九七年七月
『風立ちぬ・美しい村』堀辰雄著、新潮文庫、一九五一年一月
『角川春樹の功罪 出版界・映画界を揺るがせた男』山北真二著、東京経済、一九九三年九月
『兜町戦史―戦後50年投資家はいかに闘ったか』榊田望著、ダイヤモンド社、一九九五年五月
『兜町二十年』日本経済新聞証券部編、日経新書、一九六九年五月
『兜町の四十年 一証券記者の見た戦後史』細金正人著、中公新書、一九九〇年九月
『飢餓との闘い 買い出し体験の記録』創価学会青年部反戦出版委員会編、第三文明社、一九七八年九月
『クルマの女王・フェラーリが見たニッポン』清水草一著、講談社、二〇〇六年六月
『経済小説のモデルたち』佐高信著、現代教養文庫（社会思想社）、一九九四年六月
『最後の角川春樹』伊藤彰彦著、毎日新聞出版、二〇二一年十一月
『斎藤一郎著作集第二巻月報5号 産別会議と私たちの青春』清水一行・美濃部修著、あかね図書販売、二〇〇六年七月
『斎藤一郎著作集第七巻月報6号 斎藤一郎と海野幸隆』清水一行・美濃部修著、あかね図書販売、二

〇〇七年六月
『三一新書の時代』出版人に聞く⑯』井家上隆幸著、論創社、二〇一四年十二月
『産別会議―その成立と運動の展開』労働運動史研究会編、労働旬報社、一九七〇年十二月
『ザ・流行作家』校條剛著、講談社、二〇一三年一月
『実録 総会屋』小川薫著、ぴいぷる社、二〇〇三年十一月
『週刊誌風雲録』高橋呉郎著、文春新書、二〇〇六年一月
『城山三郎伝 筆に限りなし』加藤仁著、講談社、二〇〇九年三月
『城山三郎の昭和』佐高信著、角川書店、二〇〇四年六月
『真説光クラブ事件 東大生はなぜヤミ金融屋になったのか』保阪正康著、角川書店、二〇〇四年十一月
『玉の井 色街の社会と暮らし』日比恆明、自由国民社、二〇一〇年十月
『玉の井という街があった』前田豊著、立風書房、一九八六年十二月
『玉の井挽歌』大林清著、青蛙房、一九八三年五月
『伝説の編集者坂本一亀とその時代』田邊園子著、作品社、二〇〇三年六月
『東大落城』佐々淳行著、文春文庫、一九九六年一月
『同和と銀行 三菱東京UFJ〝汚れ役〟の黒い回顧録』森功著、講談社、二〇〇九年九月
『日本経済のドラマ』堺憲一著、東洋経済新報社、二〇〇一年三月
『焼け跡の青春・佐々淳行』佐々淳行著、文春文庫、二〇〇六年七月
『ゆけっ! 青春ドライバー』清水草一著、三推社・講談社、一九九五年四月

『流行作家』川上宗薫著、文春文庫、一九八五年十月
『わが闘争』角川春樹著、イースト・プレス、二〇〇五年六月
「解放新聞」一九六七年三月十五日号、同四月二五日号、同八月十五日号、同九月十五日号

その他、清水一行氏と宗田理氏の著作・エッセイ・インタビュー、各種論文、新聞・雑誌・インターネットサイトの記事・動画などを参考にしました。

清水一行作品一覧（新作のみ）

〈昭和41年〉
小説兜町（三一新書）
買占め（河出書房新社）
賭博的株教室：億万長者への最後のチャンス（光文社カッパビジネス）
東証第二部（三一新書）

〈昭和42年〉
兜町狼（東都書房）
乗取戦争（東都書房）
仕事師（徳間書店）
松下イズム：ナショナル商法の秘密（徳間書店）
悪の公式（徳間書店）

〈昭和43年〉
賭け（文藝春秋）（のち『相場師』に改題）
暴落（徳間書店）
虚業集団（読売新聞社）
泥の札束（徳間書店）
雲に踊る札束（徳間書店）
地場者（講談社）

〈昭和44年〉
情報銘柄（講談社）
大奥崩壊（講談社）
鐘の鬼（サンケイ新聞社出版局）
巨大企業の罠（講談社）（のち『巨大企業』に改題）
西の神話（講談社）
虚名浮沈（文藝春秋）

〈昭和45年〉
銀の聖域（文藝春秋）
でめ金挑戦（上・下）（講談社）
女拓物語（講談社）
太閤の柩（青樹社）

赤たん褌（講談社）
怒りの回路（光文社カッパ・ノベルス）
〈昭和46年〉
横領計画（青樹社）
天から声あり（徳間書店）
ウラ街道ばんざい（双葉新書）
狂人相場（講談社）
色即是空（徳間書店）
重役室（光文社カッパ・ノベルス）
銭の罠（徳間書店）
とことん 無我夢中の章（双葉社）（のち『ふてえ奴』に改題）
〈昭和47年〉
放火倒産（青樹社）
社長逃亡（徳間書店）（のち『蟻の奈落』に改題）
赤線物語（徳間書店）
巨頭の男（桃園書房）
餌食（青樹社）
燃え盡きる：小説牧田與一郎（徳間書店）
〈昭和48年〉
残侠一代：鷹の風道（徳間書店）
噂の安全車（祥伝社ノン・ノベル）（のち『合併人事』に改題）
覆面工場（青樹社）
女楽（桃園書房）
毒煙都市（徳間書店）
最高機密（祥伝社ノン・ノベル）
好色三昧（桃園書房）
〈昭和49年〉
匿名商社（青樹社）
いくやいかずや 恥女連盟（桃園書房）
同族企業（光文社カッパ・ノベルス）
創業社長（青樹社）
投機地帯：ギャンブル・ゾーン（双葉社）

姦触時代（桃園書房）
動脈列島（光文社カッパ・ノベルス）

〈昭和50年〉
企業爆破（青樹社）
尼僧くずし：ＳＥＸコンサルタント（桃園書房）
雛の葬列（祥伝社ノン・ノベル）
狼の地図（青樹社）
天国野郎（光文社）
時効成立：小説三億円事件強奪編（講談社）
巨城を叩け（ベストブック社 Big bird novels）
怪文書（青樹社）
動機（光文社カッパ・ノベルス）

〈昭和51年〉
黒い尊厳（青樹社）
奔馬の人：小説藤井丙午（光文社）
すげぇ奴（青樹社 Big books）
神は裁かない（集英社コンパクト・ブックス）
不敵な男（ベストブック社 Big bird novels）
財閥系列：企業&サスペンス（青樹社）
女の時間（桃園書房）（のち『女の事情』に改題）
人脈：人間関係を誤れば一生の悲劇（青春出版社プレイブックス）
砂防会館３Ｆ（祥伝社ノン・ノベル）
事件屋悠介（ベストブック社 Big bird novels）
首都圏銀行（双葉社）
砂の紋（光文社カッパ・ノベルス）

〈昭和52年〉
財界人社長：企業&サスペンス（青樹社）
敵意の環（集英社）
死の谷（実業之日本社 Joy novels）（のち『死の谷殺人事件』に改題）
女教師（光文社カッパ・ノベルス）
凪の骨（双葉社）
抜擢（青樹社）
最年少重役（青樹社）

〈昭和53年〉
捜査一課長（集英社）
赤い絨毯（徳間書店トクマ・ノベルズ）
総合商社広報室（青樹社）
背信重役（光文社）
副社長（光文社カッパ・ノベルス）
折れた巨船（青樹社）
愛・軽井沢（集英社）
後継者（青樹社）
頭取室（光文社カッパ・ノベルス）

〈昭和54年〉
虚構大学（光文社）
女患者（光文社カッパ・ノベルス）
指名解雇（青樹社）
七人心中（集英社）
太く短かく（上）青雲編（双葉社）

〈昭和55年〉
世襲企業（光文社）
男の報酬（祥伝社ノン・ノベル）
機密文書（青樹社）
血の河（実業之日本社）
辞表提出（青樹社）
九連宝燈（角川文庫）
医大理事（光文社カッパ・ノベルス）
密閉集団（集英社）

〈昭和56年〉
偶像本部（双葉社）
取締役解任（青樹社）
憤死：死ぬ外に抗議の術なし！（光文社カッパ・ノベルス）
太く短かく（下）熱血編（双葉社）
逃亡者（カドカワノベルズ）
一億円の死角（徳間書店トクマ・ノベルズ）

〈昭和57年〉
いい加減にしろ！日本人論（光文社）
新人王（双葉社）
処刑教師（光文社カッパ・ノベルス）
名門企業（青樹社）
冷血集団（光文社カッパ・ノベルス）
小説財界（集英社）

〈昭和58年〉
擬制資本：長編兜町内幕小説（徳間書店トクマ・ノベルズ）
共謀融資（青樹社）
謀殺銘柄（双葉社 Futaba novels）
大物（光文社カッパ・ノベルス）
使途不明金（角川文庫）
女相場師（徳間文庫）
闘いへの執着（光文社カッパ・ノベルス）

〈昭和59年〉
限界企業（青樹社 Big novels）
汚名（双葉社 Futaba novels）
悪名集団（光文社カッパ・ノベルス）
石油王血族（カドカワノベルズ）
ダイヤモンドの兄弟：専務の負債78億円（徳間書店トクマ・ノベルズ）
公開株殺人事件（光文社文庫）
派閥渦紋（徳間文庫）
サラリーマン直訴（徳間文庫）（のち『直訴』に改題）

〈昭和60年〉
兜町物語（集英社）
極秘指令（光文社カッパ・ノベルス）
女重役（光文社カッパ・ノベルス）
醜聞（カドカワノベルズ）
側近筆頭（青樹社 Big books）
取締役候補（徳間文庫）

湿地帯（集英社）
単身赴任（角川文庫）
株価操作（角川文庫）

〈昭和61年〉
問題重役（徳間文庫）
欲望集団（光文社カッパ・ノベルス）
逆転の歯車（光文社カッパ・ノベルス）
非常勤取締役（光文社文庫）
造反連判状（角川文庫）（のち『造反』に改題）
女色絵譚（勁文社）

〈昭和62年〉
業界首位（カドカワノベルズ）
社命犯罪（徳間書店トクマ・ノベルズ）（のち『社命』に改題）
落日銀行（青樹社 Big books）
銀行員（光文社文庫）
報復相場（角川文庫）
証券恐慌（徳間文庫）

〈昭和63年〉
財界重鎮（光文社文庫）（のち『葬った首』に改題）
器に非ず（光文社カッパ・ノベルス）
寄生虫（徳間文庫）

〈平成元年〉
末席重役（光文社文庫）
秘密な事情（角川書店）
社内情事（角川文庫）
頭取の権力（徳間書店）

〈平成2年〉
暗黒の月曜日（青樹社 Big books）
経営の神様（ケイブンシャ文庫）
花の嵐：小説小佐野賢治（上・下）（朝日新聞社）
株の罠（徳間文庫）

乗取り（光文社文庫）
敵対的買収：Merger & acquisition（光文社）
銀行内紛（角川文庫）（のち『銀行の内紛』に改題）

〈平成3年〉
百億円投機（光文社文庫）
架空集団（徳間書店）
悪魔祓い（角川書店）
地銀支店長（徳間文庫）
社長の息子（ケイブンシャ文庫）

〈平成4年〉
小説暴落企業（光文社）
苦い札束（集英社文庫）
出向拒否（光文社文庫）
系列（集英社）
会社の女（徳間文庫）
内部告発（角川文庫）

〈平成5年〉
女帝：小説・尾上縫（朝日新聞社）
迷路（勁文社）
新・天国野郎（徳間書店トクマ・ノベルズ）
銀行取付（徳間文庫）

〈平成6年〉
勧奨退職（徳間書店）
相続人の妻（角川書店）
切捨人事（角川書店）

〈平成7年〉
君臨（光文社）
裏金（角川文庫）
懲りねえ奴：小説M資金（徳間書店）
取締役の首（光文社）

〈平成8年〉
辞任のとき（角川文庫）

仕手株地獄（角川書店）（のち『金まみれのシマ』に改題）
ザ・スキャンダル（勁文社）
高級官僚（徳間書店）（のち『遊興費』に改題）

〈平成9年〉
一瞬の寵児（角川文庫）
宴かな（光文社文庫）
別名は〝蝶〟（集英社文庫）

〈平成10年〉
烘火：東京下町物語（徳間文庫）
三人の賢者（光文社文庫）

〈平成11年〉
追われる男（角川文庫）
真昼の闇（光文社文庫）
銀行恐喝（光文社文庫）
颪の神様（徳間文庫）

〈平成12年〉
腐蝕帯（集英社文庫）
歪んだ器（光文社文庫）
最終名儀人（徳間文庫）

〈平成13年〉
勇士の墓（光文社文庫）

〈平成14年〉
陰の朽木：リストラ社員の決断（徳間文庫）

〈平成15年〉
家族のいくさ（光文社）
会社泥棒（光文社文庫）
血の重層（徳間文庫）

〈平成16年〉
ＩＴの踊り（光文社文庫）

〈平成17年〉

創業家の二人の女（徳間文庫）

社長の品格（光文社文庫）

〈平成18年〉

絶対者の自負（徳間文庫）

黒木　亮（くろき・りょう）

一九五七年、北海道生まれ。早稲田大学法学部卒、カイロ・アメリカン大学大学院修士（中東研究科）。都市銀行、証券会社、総合商社を経て、二〇〇〇年、大型シンジケートローンを巡る攻防を描いた『トップ・レフト』でデビュー。著書に『巨大投資銀行』『エネルギー』『冬の喝采』『鉄のあけぼの』『法服の王国』『国家とハイエナ』『島のエアライン』『アパレル興亡』など。一九八八年よりロンドン在住。

兜町《しま》の男《おとこ》　清水一行《しみずいっこう》と日本経済《にほんけいざい》の80年《はちじゅうねん》

印刷　二〇二二年一二月一〇日
発行　二〇二二年一二月二〇日

著　者　黒木《くろき》　亮《りょう》
発行人　小島明日奈
発行所　毎日新聞出版
〒一〇二－〇〇七四
東京都千代田区九段南一－六－一七　千代田会館五階
営業本部　〇三－六二六五－六九四一
図書第一編集部　〇三－六二六五－六七四五

印　刷　精文堂印刷
製　本　大口製本

ISBN 978-4-620-32760-0

装丁／森裕昌
写真／朝日新聞社提供
フォトライブラリー